LIEFDESLIED VAN EEN REIZIGER

Mariët Meester

Liefdeslied van een reiziger

ROMAN

Uitgeverij Balans

Deze uitgave kwam mede tot stand dankzij een beurs van het Fonds voor de Letteren en het Vlaams Fonds voor de Letteren.

Omslagontwerp Nico Richter
Omslagfoto Stuart McCall/Getty Images
Foto auteur Jaap de Ruig
Boekverzorging Adriaan de Jonge
Druk Wilco, Amersfoort

ISBN 978 94 600 3189 2
NUR 301

www.marietmeester.nl

Mixed Sources
Productgroep uit goed beheerde bossen
en andere gecontroleerde bronnen.
www.fsc.org Cert no. CU-COC-803902
© 1996 Forest Stewardship Council

Uitgeverij Balans stelt alles in het werk om op milieuvriendelijke en duurzame wijze met natuurlijke bronnen om te gaan. Bij de productie van dit boek is gebruikgemaakt van papier dat het keurmerk van de Forest Stewardship Council (FSC) mag dragen. Bij dit papier is het zeker dat de productie niet tot bosvernietiging heeft geleid.

Over Liefdeslied van een reiziger

Dit boek heb ik thuis in Amsterdam geschreven. Dat de kat niet bij me is heb ik geaccepteerd, hij maakt zich nuttiger dan ooit. Regelmatig word ik van zijn wel en wee op de hoogte gehouden. Maar ik had hier met Ruben moeten zijn. Hij wilde per se die paddenstoel voorproeven, en dat heeft hem het leven gekost.

Er zijn geen woorden voor mijn verdriet. Het enige wat ik nog voor Ruben kon doen, was optekenen wat hij me heeft verteld gedurende de dagen en nachten van twee lange, gelukkige weken. Ik heb mijn best gedaan zijn taalgebruik zo goed mogelijk weer te geven. Toch schemert ongetwijfeld mijn visie op zijn werkelijkheid erdoorheen. Afgezien daarvan is dit verhaal gebeurd zoals het er staat. Wel denk ik dat Ruben het zelf anders zou hebben opgeschreven. Zijn vrienden en collega's zijn gewend aan ironie als stijlmiddel, ik vermoed dat hij het niet had aangedurfd zich ten opzichte van hen zo kwetsbaar op te stellen. Nu staat het er zoals ik het heb onthouden. Deze woorden heeft hij tegen mij, zijn vrouw, gebruikt.

Ik verontschuldig me ervoor dat mijn eigen naam zo vaak in de tekst voorkomt. Op die plekken zei Ruben zinnen als: 'En toen moest ik aan jou denken, toen herinnerde ik me dat jij een keer had beweerd...', etc. Soms had ik die dingen helemaal niet op die manier beweerd, maar hij dacht van wel en daarom geef ik ze onveranderd weer. Daarmee is het schrijven van dit boek in zekere zin ook een zelfonderzoek geworden. Hier en daar schetste Ruben een beeld van mij dat ik niet van mezelf had, dat geeft me te denken.

De titel van dit boek heb ik zelf gekozen. Ik bedoel ermee dat de reis van de hoofdpersoon een ode aan het bestaan is geweest. Ondanks alles wat hem in het verleden is overkomen, heeft hij nooit gekoketteerd met de dood. Vanaf zijn geboorte is hij iemand geweest die wilde kijken, ervaren, onderzoeken, de menselijke mogelijkheden verkennen.

Maar het kan ook zijn dat ik die reiziger ben en dat dit boek mijn lied voor Ruben is.

H.

BIJ UTRECHT ZAT hij al te zingen. Het was halftien, het wilde maar niet licht worden, de lampenparen voor en achter hem werden omfloerst door een halo van regen, en toch galmde hij onbekommerd de tune van een televisieserie uit zijn jeugd. '*Rawhide, Rawhide, Rawhide... Rawhiiiiiiiiide!*' Zijn uithaal ging over in een schallende lach. Tenslotte had hij geen lasso maar een stuurwiel vast, hij was niet aan het galopperen maar nog geen negentig aan het rijden omdat de A2 zelfs op dit tijdstip overvol was. En zijn voertuig was geen koets, maar een bestelbus met een zelfgetimmerd bed en een voorraadkastje erin. Een bestelbus, niet eens een krachtiger wagen.

Hij wierp een blik over zijn schouder en kon opnieuw zijn lach niet inhouden. Op de bodem van de cabine stond een rieten draagmand met zijn reisgenoot voor de komende maanden. Igor was acht, gecastreerd en had geen bezwaar tegen autorijden. Hij was van een tante van Hannah geweest, die vlak voor haar dood had gevraagd of zij het dier van haar wilden overnemen. Natuurlijk hadden ze 'ja' gezegd, maar toen Igor eenmaal bij hen in huis woonde, bleek zijn aanwezigheid niet helemaal te passen bij hun manier van leven. Als ze kort naar het buitenland gingen vroegen ze een buurmeisje om hem te verzorgen, maar tijdens langere reizen wilden ze hem niet zo lang alleen laten. Eenmaal hadden ze hem naar een dierenpension gebracht, waar hij door de andere katten te grazen was genomen. Een oppas in huis nemen was ook een mogelijkheid, er was altijd wel iemand te vinden die gratis een tijdje in Amsterdam wilde wonen, maar als ze dan weer thuiskwamen was Igor een kilo gegroeid, terwijl hij in zijn normale gedaante al een hangbuik met zich meezeulde. Igor was een veelvraat, op vaste tijden moest hij een afgepaste hoeveelheid dieetbrokjes hebben. Ook al beweerden hun oppassen dat ze zich eraan hadden gehouden, zijn reactie op het geluid van een blikopener sprak andere taal.

Het was maar goed dat Hannahs tante, die nooit getrouwd was geweest, haar kat van jongs af aan mee uit rijden had genomen, in een gele Suzuki met hoge instap waarbij vergeleken zijn eigen wagen een strakke bolide was. Igor stelde één voorwaarde aan iedere autorit: na afloop eiste hij een beloning. Het moest altijd dezelfde beloning zijn, een roze ovaal snoepje dat volgens het opschrift op het zakje goed voor zijn tanden was. Het was moeilijk om zijn psychologie te doorgronden, omdat die zo van de menselijke verschilde en in veel opzichten ook van de andere dieren die hij in de loop van de jaren had verzorgd, maar wat de beloning betreft was Igor een en al duidelijkheid.

Veel vage gedachtes. Het was niet onprettig. Wanneer hij ergens naar op weg was, voelde hij zich altijd het best. Tussen de weilanden langs de snelweg zag hij hier en daar vreemde, aan de grond vastzittende kisten staan; van die kisten met een dak erop en ramen erin, zware vormen die met geen mogelijkheid in beweging te krijgen waren. Daar suisde een kogel aan voorbij, want daarop leek de sobere Expert nog het meest, zijn auto was een zwarte kogel met een man en een kat erin, een capsule met een gestroomlijnde neus die werd gelanceerd richting het zuiden. Het was eind januari, buiten was het een graad of vijf, maar de wanden van de auto waren geïsoleerd en hij had een goede voorraad eten en drinken bij zich. Zijn bed was in dichtgeklapte staat een bagagekist, waarin hij zelfs een elektrische onderdeken had opgeborgen, al had hij daar uiteraard alleen iets aan op plekken waar stroom was.

De dieselmotor maakte het gebruikelijke geluid. Het gaf een zekere gelijkmatigheid aan zijn gedachten, het hield ze bij elkaar. Hij zou de radio kunnen aanzetten of hij zou naar een van zijn cd's kunnen luisteren, in een vak van het dashboard lag een map vol. Voorlopig was hij er nog niet aan toe, het was hem te druk. Muziek van Metallica had hij niet meegenomen. AC/DC had hij wel bij zich, Rammstein ook, geen enkel probleem, maar Metallica, nee, dan zou hij veel te veel aan Hannah moeten denken. Ze zat sinds drie dagen in New York, bij de makers van *Some Kind of Monster*, de lange documentaire over Metallica die ze keer op keer had bekeken. Nadat ze ook nog een boek over de totstandkoming van de film had gelezen, was ze op het idee gekomen om de makers, Joe Berlinger en Bruce Sinofsky, een brief te schrijven waarin ze vroeg of ze een aantal maanden als stagiair mocht meelopen op hun kantoor. In haar brief had ze verteld dat zij en haar man ook documentaires maakten en op een vergelijkbare manier samenwerkten, ze had dvd's met hun eigen films meegestuurd. Ook schreef ze over het project dat ze aan het voorbereiden waren, een bioscoopfilm over *chalga*, de Bulgaarse variant van *turbofolk*. Ze had uitgelegd dat chalga simpele, pompende popmuziek was met dweepzieke teksten die werden gezongen door vrouwen met borsten van de plastisch chirurg. Voor de zekerheid, je wist niet in hoeverre men op de hoogte was in de VS, had ze erbij gezet dat Bulgarije een nieuwe lidstaat van de Europese Unie was. Er hing een onderwereldsfeer rond chalga, een nationalistische ranzigheid die je in de rest van de EU niet in deze mate tegenkwam. Hannah schreef Sinofsky en Berlinger verder dat ze veel van ze hoopte op te steken, en dat het andersom misschien interessant was wanneer zij de Nederlandse benadering konden leren kennen.

Documentairemakers van dit niveau kregen waarschijnlijk dagelijks dergelijke brieven. Hannah ging er eigenlijk al van uit dat ze niet eens antwoord zou krijgen, maar tot haar vreugde liep het anders, de twee reageerden enthousiast. Wat hen betreft kon ze vier maanden komen, op voorwaarde dat ze bereid was te helpen bij alles wat er in hun bedrijf gedaan moest worden. Een vergoeding konden ze niet bieden, maar ze mocht tijdens haar verblijf een kamer in hun kantoor gebruiken.

Hannah was vaker alleen op reis geweest. Ondanks alle voornemens die hij dan van tevoren maakte, deed hij zelf tijdens zo'n periode meestal niet veel meer dan op haar zitten wachten. Vier maanden waren dan erg lang. Eerst had hij woedend gereageerd, hij had zelfs een keukenstoel kapotgeslagen omdat hij niet wilde dat ze wegging. Uiteindelijk was hij tot de conclusie gekomen dat die vier maanden hem ook mogelijkheden boden. Hij zou bijvoorbeeld zomaar wat kunnen gaan zwerven, eindelijk eens niet met een vastgesteld doel. De afgelopen vijftien jaar waren ze voortdurend aan het werk geweest, vaak tot diep in de nacht, ook op zondag. Alles moest altijd ergens toe leiden, alles moest nut hebben, erop los leven was uitgesloten. Mensen met 'gewone' beroepen hadden geen idee van de totale toewijding die nodig was wanneer je iets maakte waaraan alleen indirect behoefte bestond.

Het enige probleem was Igor. Wanneer Igor vier maanden aan een oppas toevertrouwd zou worden, zou hij zo'n beetje in omvang verdubbelen. Bovendien was hij niet op vreemden gesteld, het duurde altijd wel een week voor hij hen tweeën weer vertrouwde wanneer er een onbekende over zijn territorium had geheerst. Moest hij hem dan maar meenemen? Hij was er niet zeker van of hij een kat plezier deed met een lange reis. Aan de andere kant: hij had ook geen zin om alleen voor Igor vier maanden lamlendig in huis te blijven hangen, op Hannah wachtend, zich verbijtend, langzaamaan verloederend.

Hij had uitgezocht welke inentingen en papieren een kat in het buitenland nodig had. Het bleek niet al te ingewikkeld te zijn. Igors dieetbrokjes konden mee, een voorraad kattenbakvulling kon mee, zijn mand met het vertrouwde kussen kon mee. Er werd vaak beweerd dat katten zich vooral aan hun omgeving hechten en minder aan hun baasjes, maar in Igors geval betwijfelde hij dat. Bovendien zou de auto, die ruimer was dan een personenwagen, al snel zijn nieuwe vertrouwde omgeving worden.

Hij had Hannah uitgedaagd. 'Jij wilt naar New York. Dan heb ik ook een idee. Wat zou je ervan vinden als we tijdens die vier maanden nou eens alles loslieten wat we belangrijk vinden wanneer we samen zijn?' Hij had hier vaker over nagedacht, hij zou wel eens een periode willen inlassen waarin ze geen van beiden onderworpen waren aan de ongeschreven regels die nu eenmaal bij een langdurige relatie horen. Het had iets armzaligs om geen kinderen te hebben, ook al had je daar zelf voor gekozen, maar in een geval als dit waren de voordelen enorm. Zonder verantwoordelijkheid voor kinderen was er geen reden waarom je jezelf niet een poos zou afschieten naar een wereld die leek op de wereld waar je met je geliefde verbleef, met als groot verschil dat je er nu alleen rondliep. Niets hoefde, niets was verplicht. En alles mocht.

Hannah moest wennen aan het plan, maar na een paar dagen zei ze achteloos 'oké, prima', zo achteloos dat hij er zelfs enigszins van was geschrokken. 'We doen het. Jij neemt vier maanden vakantie van mij, ik neem vier maanden vakantie van jou.' Later, nadat ze er langer over hadden doorgepraat en alle mogelijke consequenties tegen het licht hadden gehouden, hadden ze één wederzijdse voorwaarde geformuleerd: na de periode van vier maanden moesten ze verder kunnen gaan met hun leven zoals het was. In zijn geval betekende het dat hij geen onnodige risico's mocht nemen waardoor hij gehandicapt kon raken. En er mochten, maar dat was niet meer dan logisch, geen vrouwen zwanger van hem worden.

Hij vond het nog steeds een goed uitgangspunt. Dit was de eenentwintigste eeuw, de tijd van de vrijblijvende huwelijken was voorbij, de geschiedenis had bewezen dat die meer verdriet dan plezier opleverden. Maar dat betekende niet dat je elkaar geen afgebakende periode gunde waarin je mocht experimenteren zoveel je wilde, op welk gebied dan ook. Aan anderen, in wier relatie het bindmiddel kennelijk de gewenning was, viel het bijna niet uit te leggen, maar het was beslist niet de bedoeling dat Hannah en hij met elkaar zouden breken. Hun plan had ook niets te maken met het loven en bieden dat je tegenwoordig veel zag, vooral bij stellen die een druk leven leidden. 'Als jij vanavond uitgaat, dan wil ik volgende week een avond vrij.' Nee, het plan kwam voort uit de mentaliteit die Hannah en hij altijd al hadden gehad, en die inhield dat ze álles, echt álles uit dit ene leven wilden proberen te halen. Als mens zat je vast aan het bestaan waarin je door spelingen van het lot terecht was gekomen. Iedere kans om mee te maken hoe het ook had kunnen zijn, moest je grijpen.

Hij miste Hannah nu al. Haar grappen, haar observaties, de plannen voor hun werk die in haar opwelden, soms twee of drie door elkaar. Tegelijkertijd, het had geen zin om het te ontkennen, wond het hem op dat ze er niet bij was. Er lagen vier maanden van vrijheid voor hem. Vier volle maanden waarin hij verlost was van de vermoeienissen die samenleven met zich meebracht, want hoe gek hij ook op haar was, een relatie met een vrouw onderhouden betekende ook dat je voortdurend moest luisteren en antwoorden, je moest er redelijke, bij voorkeur positieve op-

vattingen op nahouden. Bij alle besluiten die je nam, vooral de besluiten die voor allebei gevolgen zouden hebben,
wat meestal het geval was, moest je tot een consensus zien
te komen, en zoals iedere consensus lag die ergens in het
veilige midden. Hij dacht wel eens dat alleen-zijn zijn eigenlijke biotoop was. De eerste twee jaar van zijn leven
had hij voor het grootste deel in zijn eentje doorgebracht
en ook later tijdens zijn jeugd was hij gewend zichzelf als
vriend te hebben. Toen ze elkaar net kenden kreeg hij regelmatig te horen dat hij zo weinig zei, dat hij haast nooit
uit zichzelf een conversatie begon.

Zijn mobiele telefoon lag thuis. Wel had hij een prepaid
toestelletje gekocht waarvan alleen Hannah het nummer
wist. In nood kon ze hem bereiken, ze hadden uitgezocht
welk netwerk dekking gaf tussen de Verenigde Staten en
Europa. Geen laptop, geen camcorder, geen fototoestel,
behalve de ingebouwde radio/cd-speler geen mediaspeler,
zelfs geen navigatiesysteem. Doordat Hannah eerder van
huis was gegaan dan hij, hadden ze de afgelopen dagen
nog wel per mail en telefoon contact gehad. Het ging pri
ma in New York. Ze zat niet in de stad zelf, maar even ten
noorden ervan. De kamer in het kantoor viel mee, er stond
een kookplaat en ze kon slapen op de sofa. Haar gastheren
gedroegen zich vriendelijk. Vriendelijk, zo formuleerde ze
het. Op foto's in het boek over *Some Kind of Monster* had hij
gezien dat Berlinger en Sinofsky redelijk aantrekkelijke
mannen waren. Iets te dik, maar toch. Allebei getrouwd.
Hallo, hij was zelf ook getrouwd, hij wist maar al te goed
wat getrouwde mannen wilden.

Hij probeerde zich op het autorijden te concentreren.
Het regende nog steeds, de ruitenwissers stonden continu
aan. Wel schoot het nu lekker op, hij was al bijna bij Breda.
Er waren veel vrachtwagens op de weg. Ze vervoerden de
eigenaardigste producten. Zo zat hij nu achter een ver-

voerder van 'sausdispensers'. Hoe kwam iemand op het idee om een bedrijf in iets als sausdispensers te beginnen? Van vader op zoon? Bij toeval erin gerold, een gat in de markt ontdekt? Ergens moest een kantoor zijn waar de directeur samen met zijn secretaresse leiding aan de sausdispenserhandel zat te geven. Of was de sausdispenserdirecteur helemaal geen man maar een vrouw, een doortastende vrouw? In gedachten hoorde hij Hannah hem op zijn vooroordeel wijzen, je deed het nooit helemaal goed als man.

Hij schurkte zijn rug tegen de stoelzitting. Vrij! Deze eerste dag hoopte hij tot in de Bourgogne te komen. Hij had nooit verwacht dat hij zoveel van autorijden zou gaan houden. Misschien kwam het doordat hij het zo laat had geleerd, pas na zijn veertigste. Toen hij examen moest doen, na een snelcursus van acht dagen, zei de examinator dat hij er bewondering voor had wanneer 'oude mensen' nog iets wilden leren.

Hannah en hij vonden het een grote overgang om van de fiets en het openbaar vervoer naar een auto over te stappen, de voorbereidingen voor de aankoop hadden maanden geduurd. Eerst moesten ze bepalen welk merk en welk type ze wilden. Ze kwamen uit op een oude Jaguar of Mercedes. Ook vijfdehands cabriolets hadden ze in alle kleuren en modellen bekeken, andere auto's vonden ze zo onesthetisch dat ze er niet tegenaan wilden kijken en zich er zeker niet in vertonen. Het afwegen van argumenten had uiteindelijk toch tot een 'verstandige' beslissing geleid, want in een bus als deze kon je alle mogelijke apparatuur vervoeren en dan nog was er ruimte om te overnachten. De Expert was laag genoeg om hem in een parkeergarage te kunnen zetten, degelijk genoeg om niet meteen naar een andere te hoeven uitkijken, modern genoeg om de lucht niet te veel te vervuilen. Ze hadden er een hut van gemaakt waarin je kon doen alsof het een huis was. Hij, destijds: 'Ik kan niet houden van een bestelbus.'

'Als je er drieduizend kilometer in hebt gereden ga je er vanzelf van houden. Je oude Mercedes ga je haten wanneer je er constant mee in de berm staat.'

Wanneer hij in zijn auto stapte, werd hij meteen weer het jongetje dat liggend achter de leunstoel van zijn opa zijn Tekno's over de vloer duwde, speelgoedauto's die hem vanuit Denemarken waren toegestuurd. Autorijden had een hoog attractiegehalte voor hem; hij ervoer het als spelen, vermaak, kermis. Al die machines bij elkaar voerden een dans uit waarin je zelf één van de deelnemers was. Als in een choreografie voegden ze sierlijk in en sloegen weer af, je gaf elkaar de ruimte. Nieuwe dansers kwamen erbij, haalden een ander met vanzelfsprekende, weloverwogen bewegingen in. Wanneer je zag dat iemand twijfelde, gaf je hem een kans. Wanneer je zelf onzekerheid toonde, liet een ander jou begaan. Meestal liep het allemaal wonderlijk goed, soms net niet. Het ergerde hem wanneer er tussen de andere automobilisten figuren zaten die niet eens probeerden om mee te doen met de choreografie, die boven op je gingen zitten of die richting aangaven om in te halen terwijl dat nog helemaal niet kon, waardoor ze anderen in paniek brachten.

Het betrekkelijke van snelheid. Wanneer je naar tafeltennissers keek, ging de bal als een razende over de tafel heen en weer, maar in het tijdsbesef van de tennissers ging hij een stuk langzamer. Wanneer je je samen met andere chauffeurs op de weg bevond hield je allemaal min of meer hetzelfde tempo aan, maar als jij bij wijze van spreken honderdveertig reed en een ander net vijf kilometer harder, schoof die traag langs jou heen. Autorijden, als filmmaker mocht hij deze platgetreden gedachte toelaten, betekende ook dat je in een bewegende bioscoop zat. Dat was het verderfelijke ervan en tegelijkertijd de aantrekkingskracht. Je bekeek de werkelijkheid, maar doordat je die tot een twee-dimensionaal beeld reduceerde hoefde je er geen contact mee te hebben.

In het begin stroopte hij zijn mouwen altijd op zodra het spannend begon te worden. Hier ben ik en je hebt maar rekening met mij te houden. Tegelijkertijd wist hij dat wanneer er iets mis zou gaan, het tachtig procent van de keren zijn eigen schuld was. Hij moest dus voorzichtig blijven, hoe onverschrokken hij ook poogde te zijn. Hannah, die het nog steeds niet nodig vond om haar rijbewijs te halen, mocht graag te berde brengen dat je je als automobilist in Nederland wel heel stoer kon voordoen, maar in feite was je weinig meer dan een segment van een lintworm.

Hij voelde zijn gezicht in een grijns trekken. Het klopte natuurlijk wel. En toch was het mogelijk om een oud leven uit te rijden en een nieuw leven binnen te gaan, desnoods met een snelheid van een paar kilometer per uur. Het was echt niet zo moeilijk. Je deed de deur achter je dicht en zette jezelf in beweging. Ergens anders begon je vanuit het niets opnieuw. Op een zeker moment kwam je dan op een punt waarop het leek of het oude er nooit was geweest. Het enige wat je nodig had was wat geld om de eerste tijd door te komen. Toch waagden weinigen het erop. Kennelijk waren ze tevreden. Of ze lieten zich meevoeren op de wind, dat vloog het lekkerst, zelfs als de wind de verkeerde kant op stond.

'*Rollin' rollin' rollin'*, *Rawhide... Movin', movin', movin', Rawhiiiiide...*' Hij had iets meer recht om dit te zingen dan anderen die in een bestelbus zaten, tenslotte had hij ooit paarden tussen zijn benen gevoeld. Hij had hun stal uitgemest, ze voor zelfgebouwde wagens gespannen, hun tuig gerepareerd. Ook had hij kuddes met ze opgedreven, kuddes die voornamelijk uit geiten bestonden, sierlijke bruine dieren met een donker kruis over de rug. Misschien had het kijken naar de televisieserie hem wel in dezelfde mate beïnvloed als alle andere, ogenschijnlijk veel belangrijker gebeurtenissen uit zijn jeugd. De spannende muziek... Avonturen die je te wachten stonden... Uitgestrekte natuur... Af en toe een welgemikt pistoolschot... Hoefgetrappel, de geur van gras, van steppegras... Stoere mannen, bloedmooie vrouwen...

Hij kon zich geen gezicht of verhaal uit de serie voor de geest halen, wel een sfeer. Paarden, koeien, kalveren. Een cowboy ('kojboj', zei je) komt ergens binnen waar vrouwen zijn. Hij doet meteen zijn hoed af en houdt die voor zijn borst, want vrouwen zijn voor een cowboy heilig. In deze serie waren indianen de slechteriken, hoewel er vast ook goeie tussen zaten, dat wist hij niet precies meer. Wanneer hij als kind met de modelfiguurtjes speelde die hem net als de Tekno's door zijn vader waren toegestuurd, speelde hij vooral met de indianen, voor hem waren die de goeieriken. Als hij met andere kinderen cowboytje speelde was hij altijd een indiaan, maar dan wel een indiaan die in zijn eentje rondsloop. Geweren vond hij minder leuk dan een pijl-en-boog, want een pijl-en-boog kon je zelf maken. Zoals een ander kind af en toe onder handen werd genomen door zijn vader, of naar de zondagsschool ging en daar normen en waarden kreeg ingepompt, zo haalde hij zijn informatie uit Rawhide. Dat je elkaar moet helpen. Dat je vrouwen op een voetstuk moet zetten. Dat je ontberingen moet ondergaan om te overleven. En dat het slechte vernietigd moet worden. Het laatste lukte in het programma altijd.

'*Move 'em on, hit 'em up!*'

Achter hem, uit de rieten mand, klonk een doordringende mauw. Igor eiste aandacht. Misschien moest hij plassen. Voor hun vertrek had hij water gedronken, het zou kunnen dat hij dat nu kwijt moest.

Hij nam de eerste afrit naar een parkeerplaats en zette de auto tussen een Nederlandse vrachtwagen met een blanco dekzeil en een gezinsauto met Belgisch nummerbord. Zodra de motor uit stond, begon Igor dwingender te mauwen.

'Nog even volhouden, jongen,' zei hij terwijl hij zijn gordel losmaakte en tussen de voorstoelen door naar achteren klom. Op zijn hurken opende hij het deurtje van de ouderwetse mand, die ze ook van Hannahs tante hadden geërfd. Hij had het ding met haken en een elastiek aan de bagagekist vastgezet. Igor kwam eruit, maar ging niet meteen op zoek naar een kattenbak, hij begon nog fanatieker te jammeren. Het was hetzelfde geluid dat hij 's ochtends liet horen als hij wilde eten, en dat van een normale toonhoogte in een soort kopstem overging. Waar-óm, waar-óm, zo klonk het ongeveer. Het snoepje, natuurlijk, hij dacht dat de reis was afgelopen.

Uit het houten wandkastje dat hij in de cabine had gemaakt en dat tegelijkertijd een eenvoudig aanrecht was, haalde hij de zak met roze snoepgoed. Igor schoot toe, schrokte zijn beloning naar binnen en maakte daarna zijn snoet schoon. Zijn zwarte vacht en zijn witte voeten, buik en bef contrasteerden mooi met de vloer, die was bekleed met dieprood marmoleum. Nadat hij tevreden was over de staat van zijn snoet begon hij sluipend en ruikend de cabine te verkennen. Hij aarzelde bij de speciaal voor hem in de voorkant van de bagagekist uitgezaagde opening. Nadat hij er eerst zijn kop doorheen had gestoken en zo korte tijd roerloos had gestaan, dreigend met zijn staart zwaaiend, waagde hij het erop om de kist binnen te stappen. Met twee tussenschotten was er een rechthoekige ruimte in afgeschermd, waarin het onderste stuk van zijn vertrouwde kattenbak stond.

Het duurde even, toen stak hij zijn kop met de witte vlek

over de neus en de witte snorharen weer naar buiten. Te oordelen aan het geluid dat klonk en de wezenloze manier waarop hij voor zich uit staarde, zat hij inderdaad te plassen.

Het geluid van poten die kleikorrels naar achteren wierpen. Het kattenhoofd kwam verder naar voren, gevolgd door de rest van Igor. Er zaten wat korrels onder zijn voetzolen, die achterbleven op het marmoleum toen hij tikkelend met zijn nagels verderging met het verkennen van de auto.

Nog steeds op zijn hurken keek Ruben toe hoe het Igor schijnbaar moeiteloos lukte om op de stukken matras te springen die op de bagagekist lagen, en die waren bedekt met een rode wollen deken. Omdat hij zelf ook moest plassen, pakte hij het kattentuigje uit het zijvak van de passagiersdeur, gespte het Igor aan en klikte een riem aan vast. Boven de bagagekist had hij vlak onder het plafond een lijn gespannen waaraan hij de andere kant van de riem vastmaakte. Zo kon Igor niet weglopen wanneer een deur of een raam van de auto openging, terwijl hij zich toch redelijk vrij kon bewegen.

Igor liet het gewillig toe. Aangeraakt worden was een eerste levensbehoefte voor hem, meer nog dan eten. Zodra je je hand naar hem toebracht en je begon daadwerkelijk met aaien, kwam er altijd een goedkeurend kreuntje uit hem dat je nog het beste kon vertalen als: 'Oef, lekker.'

Hij pakte zijn jas van de passagiersstoel en schoof de zijdeur open. Terwijl hij naar buiten stapte keek Igor met gespitste oren toe, maar anders dan een hond zou doen probeerde hij niet om mee te gaan. Dat hij vastzat leek hij nauwelijks te merken.

Bij zijn terugkomst uit het toiletgebouw zag Ruben in de Belgische gezinswagen een man ongeduldig op het stuur trommelen. Twee kinderen en een jonge vrouw stonden met hun neus tegen de achterruit van zijn eigen auto. Toen hij dichterbij kwam, draaide de vrouw zich naar hem om en lachte vertederd.

BRUINE, MET EEN matte waas bedekte bladeren plakten aan zijn schoenen en wisten zo de auto binnen te dringen. De ramen had hij van binnen afgedekt met stukken zilverkleurig isolatiemateriaal dat was omzoomd met band, zodat je de randen in de ondiepe spleet tussen de carrosserie en het glas kon schuiven. Toch had hij het koud. Hij keek op de thermometer, die hij had gekocht omdat hij had begrepen dat katten geen zweetklieren hebben en oververhitting onderweg het grootste gevaar voor Igor zou zijn. Vannacht zou hij daar geen last van krijgen: in de auto was het negen graden.

Ze bevonden zich op een camping tussen twee dorpen ten zuidwesten van Auxerre. Voor zover hij wist waren er geen andere kampeerders. Hij had de auto tussen een paar rijen aluminium stacaravans gezet. Af en toe hoorde je een tik, dan viel er een verlate eikel op. Toen ze arriveerden was het bijna donker, maar hij had nog kunnen zien dat rond de stacaravans het gehalte tuinkabouters aan de hoge kant was. Als jongetje had hij eens een borduursel mogen uitzoeken dat een oudere buurvrouw had gemaakt. Hij kon kiezen tussen een vogeltje en een tuinkabouter met een gieter. Hoewel zijn moeder vond dat hij de vogel moest nemen, omdat hij die nog steeds mooi zou vinden wanneer hij later groot zou zijn, koos hij toch de kabouter. De buurvrouw zei toen met enige nadruk die hij niet begreep: 'Een mensenleven is als een borduursel, je ziet alleen de voorkant.'

Achter in de cabine trok hij zittend op de rand van de bagagekist zijn schoenen uit en haalde het dekbed uit de sloop waarin het overdag als kussen fungeerde. Igor, die los door de auto liep, zijn staart als een soepele rookpluim omhoog, sprong meteen bij hem op het matras. De rieten mand stond voor de passagiersstoel, voer en water bij de pedalen.

Hij sloeg het dekbed om zich heen en probeerde warm te worden. Igor zocht een gat waardoorheen hij onder de donzen laag kon komen en ging als een levende kruik tegen zijn dijbeen liggen. Daar begon hij te ronken en te trillen, spinnen was niet de juiste benaming voor wat hij deed.

Zelf bleef hij huiveren. Misschien hielp het om een stuk te lopen. Om Igor plezier te doen bleef hij vijf minuten zitten en gooide pas toen het dek van zich af. Hij trok zijn schoenen weer aan, zette Igor vast en begon richting de ingang van de camping te lopen. Voor een blokhutachtig bouwsel zag hij toch nog een medekampeerder staan, die hard in zijn mobieltje praatte. Zeker gescheiden, zeker door zijn ex naar deze plek verbannen tot hij betere woonruimte had. In zijn eigen kennissenkring waren het vrijwel altijd de vrouwen die het initiatief tot een scheiding namen.

Hij kwam voorbij het huis van de beheerder, die goddank zwijgzaam was geweest toen hij zich inschreef. Zwijgen was zijn belangrijkste prioriteit deze maanden, het was de behoefte die hij tijdens het samenleven met Hannah het meest had onderdrukt, meer nog dan de behoeftes waaraan anderen onmiddellijk refereerden wanneer hun plan ter sprake was gekomen.

Hij snoof; zo te ruiken stookte de beheerder een houtkachel. Straatverlichting kende men hier ook niet, het was te donker om veel verder te lopen. Het platteland in deze omgeving was minder veranderd dan hij had verwacht. Toen hij vanaf de snelweg de borden 'camping' had gevolgd, omdat hij in de gaten had gekregen dat hij deze nacht de elektrische deken hard nodig zou hebben, had hij gezien dat de bebouwing langs de landweggetjes nog min of meer hetzelfde was als drie decennia geleden. Net als toen leken de dorpen op een enkele inwoner na uitgestorven. Hij was nergens uitgestapt, toch meende hij het bekende wantrouwen te proeven, het 'wat doet die vreemdeling hier' dat zo bij het Franse platteland hoort. Toen hij vroeger eens op een veemarkt bij een clubje handelaren naar de prijs van een veulen had willen informeren, keerden ze hem als één man de rug toe.

Het belangrijkste dat hij in de Bourgogne had opgestoken, op die leeftijd een fundamenteel inzicht, was dat er van nature geen rechtvaardigheid bestaat. De natuur, en alles is natuur, kent geen rechtvaardigheid, ze kent alleen maar orde. Een zwak dier gaat eerder dood dan een sterk dier, een dier dat niet genoeg te eten krijgt wordt eerder prooi voor een ander dan een dier dat erin slaagt altijd voorop te komen bij het bemachtigen van voedsel. De winst van de een gaat automatisch ten koste van een ander. Dat was wat hij onder 'orde' verstond. Het begrip rechtvaardigheid daarentegen was door mensen bedacht, rechtvaardigheid had te maken met keuzes, met de wil. Rechtvaardigheid ging tegen de natuur in. Zodra je ophield ervoor te strijden, heerste vrijwel onmiddellijk de orde weer.

Hij draaide zich om en schuifelde in de richting van de auto. Deze duisternis was hem te link, hij had geen zin om in een Franse greppel terecht te komen. Hij wist niet of het kwam doordat hij zich in deze situatie toch wel wat verloren voelde, maar terwijl hij zich met zijn handen naar voren langzaam voortbewoog richting de auto, eenmaal tegen een ruwe eik opbotsend, nog een keer langs een andere stam schampend, kwam er iets boven dat was gebeurd rond zijn achtste jaar. Of misschien kwam de associatie wel door de tuinkabouters, de scène met het borduurwerkje vond plaats in dezelfde tijd, misschien zelfs vlak erna, dat wist hij niet meer, al zou het hem niet verbazen.

Hij was een jongetje met bruin haar, bruine ogen en nogal wijduitstaande oren. Terwijl ze samen zaten te eten, in een wijk met rijtjeshuizen even buiten het centrum van Amersfoort, had zijn moeder een grote verrassing voor hem. 'Je vader komt op bezoek!' De man had een excursie van zijn werk en was in Nederland. Hij, de kleine Ruben, was zo opgetogen dat hij na het afwassen meteen de kooi van zijn parkiet ging schoonmaken, dieren verzorgen was altijd al een sterk punt van hem geweest. Terwijl hij nog met de kooi in de weer was, kon hij zich niet meer beheersen en rende de achtertuin in, zijn armen wijduit alsof hij een vliegtuig was, woest zoemend en bochten makend. Toen hij de buren ontwaarde, een streng christelijk gezin met talloze kinderen, die aan de andere kant van hun huis woonden dan de mevrouw van het borduursel, galmde hij opgetogen tegen ze: 'Mijn vader komt!!! Mijn vader komt!!!'

Uiteraard kwam zijn vader niet. Nadat hij tot laat was opgebleven, gapend en knikkebollend, bracht zijn moeder hem naar bed. In het holst van de nacht kwam ze zijn kamertje binnen om hem wakker te maken en te vertellen dat zijn vader alsnog was verschenen. Slaapdronken klom hij zijn bed uit; een achtjarig jongetje op blote voeten, gehuld in een pyjamaatje, in zijn ogen wrijvend vanwege het felle licht. In de woonkamer stond hij een paar minuten naast de stoel waarop zijn vader zat. Daarna werd hij door zijn moeder weer naar bed gebracht. De volgende ochtend was zijn vader verdwenen. Het was de eerste keer dat hij hem had gezien.

Later, toen hij er rond zijn achttiende over was begonnen, beweerde zijn moeder dat zijn herinnering niet klopte; volgens haar hadden ze de volgende morgen nog ge-drieën ontbeten. (Waar zou Jesper dan geslapen hebben, had ze die nacht seks met hem gehad?) Ze schenen hem na het ontbijt samen naar de trein te hebben gebracht. Alle buren, niet alleen de christelijke maar ook de borduurme-vrouw, stonden te kijken van achter de gordijnen. Zo'n buurt was het, zo'n tijd was het. Hij wist er weinig meer van, zijn herinnering was zeer matig waar het zijn jeugd en de hele situatie betrof. Volgens Hannah was hij olympisch kampioen in het niet laten doordringen van tegenslagen.

In de auto sliep hij over de hele breedte van het bed. Bij het wakker worden was zijn eerste gedachte: wat is er ook alweer vandaag? O ja, ik ben op reis, ik ben alleen op reis!

NA DE BOURGOGNE zag hij het landschap veranderen. Eerst voerde de weg nog door sappige glooiende velden met af en toe een pluk bos, waaraan oude stadjes zonder al te veel aangroeisels lagen, maar voorbij Montélimar kwam hij langs het ene na het andere industrieterrein, er hing een licht dreigende sfeer. Op een parkeerplaats bij een Mc-Drive zag hij vlak voor zijn bumper iets bewegen, twee die-ren zaten elkaar spelend achterna. Konijnen, dacht hij eerst nog, maar ze hadden wel erg lange staarten voor ko-nijnen. Even later zag hij door het achterraam op nog geen meter van de auto net zo'n 'konijn', waarschijnlijk sprong de McDrive niet al te zorgvuldig met afval om.

Rond Montpellier werd het landschap droog, de afgelo-pen zomer moest het hier gloeiendheet zijn geweest. Er-gens na Montpellier zag hij rechts van de weg een groot aantal caravans, busjes en kampeerauto's staan. Op een bord werd gemeld dat deze plek voorbehouden was aan 'Mensen van de reis'. Ongeveer honderdvijftig meter verderop, aan de andere kant van de weg, zag hij een vergelijkbaar kampement, ook met bussen, caravans en kampeerwagens, maar met een heel ander bord ernaast: 'Evangelische gemeenschap'. Hij kon niet anders dan concluderen dat de reizigers rechts niet, en zij van links wel bekeerd waren tot een blij geloof. Zij waren de geredden, de uitverkorenen, terwijl de anderen, tot voor kort hun gelijken, nu in hun ogen verdoemd waren. Na hun dood stond ze een gruwelijke hellevaart te wachten.

Daar zou wel eens een onderwerp in kunnen zitten. Als Hannah probeerde om het vertrouwen van het evangelische kamp te winnen, dan ging hij zelf wel een tijd aan de verdorven kant zitten. Wanneer ze ieder een handcamera hadden konden ze, als ze het vertrouwen tenminste allebei zouden kunnen vasthouden, de beelden zo monteren dat...

Vakidioot. Wat was ook alweer de bedoeling van deze maanden? Zat hij toch weer plannen te maken. Het ontbrak er nog maar aan dat hij in gedachten de financiering al rond had.

Hij grinnikte hardop om zichzelf en sloeg abrupt af in de richting van de plaats Sète, vanwege de naam. Hij had geen idee wat hij er kon verwachten, maar het klonk aantrekkelijk.

Op het moment dat hij Sète in reed begon het te regenen. Hij wilde het stadje, dat aan zee lag, alweer net zo impulsief verlaten als hij er was gekomen, toen hij op een kade een stuk of vijf witte kampeerauto's zag staan met de neus naar het water van een breed kanaal. Misschien was dit een geschikte plek om te overnachten. Geen bordje *reservé aux gens de voyage*, evenmin een ander bordje, alleen een blauwe rechthoek met een witte P.

Hij draaide de auto de kade op en zette hem ook met de neus naar het water. Ongetwijfeld waren de 'mensen van de reis' tussen deze verrijdbare witte koelkasten niet welkom. Hij wilde wedden dat de bezitters als de dood voor de andere soort waren, terwijl hijzelf, op een andere manier, minstens zo bang was voor deze verplaatsbare blokken burgerlijkheid.

Het bleef regenen. In geen enkele kampeerauto brandde een lamp. Igor en hij zouden ook in het schemerdonker moeten zitten. Het tl-buisje in de cabine, dat hij op de accu had aangesloten, gaf net genoeg licht om te weten wat je aan het doen was.

Hij klom naar achteren, bevrijdde Igor uit zijn mand en gaf hem snoep. Ook zette hij een schaaltje water bij de voetpedalen en zorgde dat de mand weer voor de passagiersstoel kwam te staan. Dieren hielden van herhaling, herhaling betekende zekerheid, als huisdier wist je toch al nooit wat er nu weer stond te gebeuren, laat staan als huisdier op reis. Wat dat betreft was het maar goed dat hij Igor had meegenomen, zelf had hij weinig aanleg om zijn leven regelmaat te geven. Hannah was binnen hun relatie degene die ervoor zorgde dat de dagen structuur hielden, omdat er geen krachten van buitenaf waren die het voor ze regelden, zoals bij mensen die een baan hadden of een bedrijf leidden dat ze tot vaste tijden dwong.

Hij ging op de bagagekist zitten en pakte kaas, een peer en een halfvolle fles wijn uit de voorraadkast. Boven een bord sneed hij een stuk grof brood van thuis af. De korst was bedekt met geroosterde zonnepitten. Wat zou hij straks in Spanje verrukkelijk kunnen eten, net zo vaak en net zo uitgebreid als hij wilde, hij verheugde zich erop. Alleen al wanneer hij dacht aan iets simpels als de Spaanse sinaasappels liep het water hem in de mond. Fenomenale vruchten. De vorm, de kleur. Het steeltje dat losliet zodra de sinaasappel rijp was, opdat hij van de boom kon vallen. De beveiligende dikte van de schil, het laagje dat ervoor zorgde dat regenwater eroverheen gleed, de geurige, in buisjes verstopte etherische olie die ongedierte afschrok. Onder de schil de mathematische rangschikking van de partjes. Het dunne vel dat ieder vormpje vruchtvlees in een lichte boog trok, de door voedende materie omsloten pitten. Er kon een compleet nieuwe boom uit ontstaan die in de loop van de jaren duizenden nieuwe sinaasappels zou voortbrengen.

Een avocado. Een banaan. Een artisjok, waarvan je met je tanden de vlezige delen trok, waarna je de dropachtige nasmaak lang bleef proeven. De stapel afgekloven blaadjes leek meer volume te hebben dan de oorspronkelijke distelbloem. Het was allemaal zo slim van opzet, zo gevarieerd van smaak, het had zulke fraaie kleuren, dat je er bijna van zou gaan kraaien. Of preken. Hij moest nu ook aan vijgen denken, aan rijpe vijgen, die werden vaak genoemd in de Bijbel, net als druiven. Hij was naar openbare scholen geweest, van het christelijke geloof wist hij weinig, zijn moeder had er nooit iets over gezegd en zijn opa al helemaal niet, die was een bevlogen voorstander van het openbaar onderwijs, maar de afgelopen zomer had hij toch, uit nieuwsgierigheid, de nieuwe bijbelvertaling gekocht, om eens globaal te weten te komen wat er nou eigenlijk in stond. Al lezende en bladerende was hem opgevallen dat de voedingsmiddelen uit de Bijbel de voedingsmiddelen waren die hij nu, duizenden jaren later, nog steeds het liefste at. Er werd hem in de Bijbel alleen te makkelijk met het leven van dieren omgegaan. Men slachtte maar bokken, men slachtte maar schapen. Tegenwoordig, met alle kennis die je had, zat er niet veel anders op dan zo weinig mogelijk vlees te eten. Het besef was zo diep in hem verankerd dat hij niet verwachtte dat er tijdens deze maanden verandering in zou komen. De manier waarop bijvoorbeeld kippen werden gehouden, was zo abject dat hij er niet verantwoordelijk voor wilde zijn. Daarentegen kon hij er niets verkeerds in zien om je eigen varken te slachten of in het voorjaar je overtollige geitenbokjes te verorberen, hij had het zelf gedaan. Een dier kent het begrip toekomst niet, hij vermoedt weinig tot niets als zijn einde eraan komt. Doodgaan is voor een dier alleen maar het heden. Dat was meteen het grote voordeel van dier-zijn, maar het impliceerde wel dat wanneer je als mens besloot dat je een dier zijn leven wilde afnemen, omdat je het nodig had, je het zo snel en zo pijnloos mogelijk moest doen. En zo zelden mogelijk, een mens diende een minimum aan dieren te eten. Helaas dachten maar weinigen er zo over. Dat wat de moderne mens op grote schaal aan het uitrichten was kon je geen slachten meer noemen, het was afslachten. Doden was in moorden omgeslagen.

Het was nog geen acht uur, maar omdat hij met niemand rekening hoefde te houden bracht hij het isolatiemateriaal al voor de ramen aan, pakte water uit de jerrycan en poetste zijn tanden boven de kleine emmer die ernaast in de kast stond opgeborgen. Daarna waste hij zijn gezicht en piste in het vuile water. Terwijl hij Igor met de ene hand stevig tegen zich aandrukte, liet hij met de schuifdeur op een kier de emmer leeglopen op het asfalt van de parkeerplaats.

Om negen uur werd hij wakker. Hij had aan één stuk door geslapen. In zijn laatste droom had hij een achttienspan paarden in bedwang moeten houden. Als er niet op een paar centimeter van zijn oor een kat om voer had zitten jammeren, was hij nu nog steeds met handenvol wegglippende teugels in de weer.

Hij kwam overeind en deed een greep naar Igors brokjes. Nog stijf van de lange nacht liet hij over de bestuurdersstoel heen de brokjes in de kom glijden. Vele malen leniger dan hij bewoog Igor zich er via de stoelzitting naartoe en begon ze op te schrokken.

Zou Hannah nog hebben geprobeerd om hem te bereiken? Hij pakte zijn broek van de passagiersstoel, een wijde legergroene. Hij had alleen maar zulke broeken bij zich, met veel ruimte voor alles wat je moest meenemen. In de zak op de rechterbovenpijp zat het nieuwe mobiele toestel. Hij keek of er iets speciaals op het scherm stond. Niets. Geen envelopje, noch de woorden 'gemiste oproep'. Hij stopte het toestel in de broekzak terug en begon zich aan te kleden. Intussen drong tot hem door dat er een zekere geur in de auto hing. Tijdens zijn voorbereidingen had hij er geen rekening mee gehouden dat de inhoud van de kattenbak voor hem als mens niet bereikbaar was wanneer het bed was uitgeklapt. Hij draaide het zijraam aan de passagierskant op een kier om frisse lucht binnen te laten. De stank bleef hangen, licht misselijk haalde hij het bed af en begon het op te klappen. De cabine mat slechts een paar kubieke meter, tussen het bed en de schuifdeur was een spleet van twintig centimeter breed waarin hij zijn benen moest laten zakken om zichzelf tijdens het karwei niet in de weg te zitten, hij stond vastgeklemd tussen bed en deur. Wanneer Hannah en hij tijdens reizen voor hun werk samen in de auto sliepen, viel regelmatig het woord 'doodskist'.

Nadat het bed was weggeklapt schepte hij de drol uit de kattenbak en bracht hem over naar een plastic zak die hij dichtknoopte. Ook Igors urine zou hij in het vervolg meteen weghalen, de lucht van kattenpis drong door tot in het kleinste voorwerp dat je bezat. Hij had een klapraampje in het dak van de auto moeten maken.

Hij voerde het ritueel met de jerrycan en de emmer weer uit. De voorzieningen die hij voor Igor had getroffen waren beter dan die voor hemzelf, op een waterkoker na had hij niet eens kookspullen bij zich. Hij had zin om in een café te gaan ontbijten, het was nu droog buiten. Hij zette

Igor weer vast, ook hier durfde hij het niet aan om de deur van de auto open te doen terwijl zijn reisgenoot losliep.

Hij verliet de auto en wandelde het centrum van Sète in langs een smal kanaal waarin bootjes van particulieren lagen. Intussen ademde hij de pittige buitenlucht diep in; hier deed hij het allemaal voor. Sète was prettig authentiek en toch ook mondain. Je had er een jachthaven, een haven voor cruiseschepen en een haven voor grote vissersschepen, waar mannen in overalls bezig waren de vissen die ze 's nachts hadden gevangen op een bodem van ijsgruis in kisten te leggen.

Aan een tafeltje buiten in de zon at hij twee croissants en dronk een *café au lait*. Een straat verderop kocht hij een zonnebril. Op de toonbank van de winkel lag een folder waarin het zeemanskerkhof werd geroemd dat hoog tegen de heuvel lag waar Sète tegenaan was gebouwd. Even overwoog hij om het te gaan bekijken. Hij besloot het niet te doen. Onherroepelijk eindigde je als as of als bottenstelsel, om daarvan doordrongen te raken had hij geen zeemanskerkhof nodig. Voor het zover was moest je leven, omdat je nu eenmaal geboren was. Het was bijna komisch hoeveel gedoe dat nog opleverde. Slapen in zuurstofarme auto's waarin een kattenwalm hing, zelfgezaagde kleppen van bagagekisten die bij het inklappen van het zelfgezaagde bed op je vingers terechtkwamen.

In een bedaard tempo liep hij naar de parkeerplaats terug. In de auto bevrijdde hij Igor en tilde hem in zijn mand. Nadat hij de mand aan de bagagekist had vastgesnoerd, keek hij op de kaart, startte de auto en tufte het stadje uit, om zich over een smalle landtong in de richting van de plaats Agde te begeven. De lucht werd toch weer donkerder. Links was de zee, met golven die het strand tot aan de weg opslokten. Rechts zag hij een weerbarstig landschap met onbestemd roodbruin struikgewas. Achter het struikgewas lag een meer met glad water, waarin middenin een kluit roze flamingo's stond die van kunststof leken in deze ruige omgeving. Menselijke toevoegingen zag hij nergens, behalve het asfalt waarover hij reed.

Striemende regen nu. Hij nam een stuk de *péage*, koos toch weer een bescheidener weg langs de kust. Hij passeerde nog meer binnenmeren en zag veel witte kampeerauto's. Aan het Étang de Leucate stonden er zeker veertig, klaarblijkelijk tipte men elkaar wanneer er ergens een geschikte plek was. Tussen de plompe witte stond één kleine dappere rode.

Nadat hij wat dorpen had doorkruist die lelijk waren geworden doordat ze te dicht bij Perpignan lagen, met te veel huizen van nieuwkomers, kwam hij in een stadje dat onder aan de Pyreneeën rond een natuurlijke baai lag, Port-Vendres. Op een parkeerplaats vond hij een plek regelrecht aan de plezierhaven. Er was een slagboom, alleen auto's lager dan twee meter konden hier komen, anders zou het ongetwijfeld mudvol hebben gestaan. In een van de kampeerauto's in Sète had hij een man gezien die niets anders deed dan naar buiten staren. Zijn vehikel, dat een Duits nummerbord had, stond op lekke banden.

Hij liet Igor los en ging achterin zitten. Terwijl hij tegen het kussen leunde, installeerde Igor zich languit tegen zijn been. De ruiten van de auto besloegen door hun adem, met als gevolg dat er een immateriële vitrage ontstond waarvan hij telkens een rechthoek moest wegvegen. Zolang hij het licht niet aandeed, zou niemand op hen letten. Rondom de parkeerplaats lagen bulten van visnetten en drijvers. Vooral de oudste, meest verwaarloosde stapels waren fraai. Er groeide onkruid omheen waarvan de kleur fel contrasteerde. Het was een rare ervaring om hier zonder camcorder te zijn en zelfs geen fototoestel tot zijn beschikking te hebben, gewoonlijk legde hij ieder beeld vast dat op de een of andere manier bruikbaar zou kunnen worden. Uit een vuilcontainer kolkte een ijle wolk, die bestond uit een afgedankt visnet van dunne transparante draden vol regendruppeltjes.

Hij veegde weer een vlaag waterdamp van het zijraam. Vlak voor hem lagen tientallen zeilboten te deinen. De lijnen langs de masten klingelden als klokjes.

DROOG, ROTSIG. HAARSPELDBOCHTEN. Weidse gezichten op zee. De weg steeg sterk, zijn maximumsnelheid was veertig. Bij de grensovergang naar Spanje zag hij een vervallen hok.

Hij pauzeerde in Portbou, waar Walter Benjamin, de filosoof, in 1940 op de vlucht voor het Vichy-regime overleed. Zelfmoord, scheen het.

Terwijl hij door het stadje wandelde, vroeg hij aan een oud mannetje waar hij Hotel Francia kon vinden; hij had gelezen dat Benjamin het daar had gedaan. Het bleek een treurig pand te zijn waaraan al decennia niets was opgeknapt. Het stond leeg, maar op de gevel hing nog een bord: Hotel-Restaurant Francia. Heel Portbou was treurig, wat werd versterkt door het donkere weer. Een pleintje, overkapt door bomen met grote bladeren, werd schoongehouden door een jongen met een rubberen mand. Telkens wanneer hij wat bladeren in de mand had geveegd, waaide de helft er weer uit.

Ik, Ruben Wildschut, ben tegen zelfmoord, stelde hij voor zichzelf vast. Zelfmoord was namelijk vrijwel nooit nodig. Moeilijke periodes moest je uitzitten, ze gingen vanzelf weer over. Soms had je er een ander persoon bij nodig om ze over te laten gaan, soms ontbrak er alleen een stofje in je hersenen en was een pillenkuur voldoende. Dieren konden je ook helpen bij de overgang naar betere tijden.

De redenen waarom mensen in zijn omgeving zelfmoord hadden gepleegd, waren wat hem betreft niet valabel. Vorig jaar nog moest een van zijn beste vrienden, die acteur was, weer eens dramatisch doen. Hij sneed zijn polsen door en sprong van een brug. Een voorbijganger vond het nodig om hem uit het water te vissen. Veertien dagen later sprong hij opnieuw. Het had iets met vrouwen te maken, hij kon niet kiezen tussen de ene en de andere. Niet valabel, absoluut niet valabel.

Meteen na je geboorte, zodra je ademde, was er minstens één persoon die zich aan je begon te hechten, waardoor je die harder trof dan jezelf wanneer je het deed. Misschien zou je pas zelfmoord moeten plegen wanneer geen enkel levend wezen dat bezwaarlijk vond, wanneer geen mens of dier je ook maar een moment zou missen. Een Bulgaar die hij tijdens de voorbereidingen van de chalgafilm had leren kennen, had hem getergd verteld dat zijn grootouders er samen een einde aan hadden gemaakt. 'Zij deden de deur achter zich dicht, maar die knalde tegen mijn kop.' ,

Wanneer je toch besloot het te doen, moest je het in ieder geval intelligent aanpakken. De meeste zelfmoordenaars pakten het niet intelligent aan. Hij begreep niet dat er nog mensen waren die het met een touw deden. Ze snapten toch wel dat dat niet zo prettig was voor degene die je vond? Als hij zelf ooit zover zou komen dat hij zelfmoord wilde plegen, zou hij de zak-over-het-hoofd-methode gebruiken, die was de beste. Wanneer Hannah bijvoorbeeld tijdens haar maanden in New York zou overlijden, zou zijn verdriet niet overgaan, dat wist hij zeker. Hij zou dan zo gauw mogelijk zijn eigen leven beëindigen. Wat dat betreft moest hij zijn mening beter formuleren:

hij was tegen zelfmoord wanneer iemand anders dan hij-zelf die pleegde. Hoewel hij, nu hij dit zo bedacht, ver-moedde dat zelfs verdriet om Hannah op de lange duur toch zou slijten.

Hij zou als ze in New York overleed dus toch geen zelf-moord plegen, voor zover hij dat nu kon voorspellen. Maar waarom zou hij willen doorleven?

Volgens hem wilde hij, als hij de zaken niet mooier maak-te dan ze waren, vooral blijven leven uit eerzucht. Hij wil-de laten zien wat hij kon, hij wilde aantonen dat hij het ta-lent had om films te maken. Maar wanneer dat niet lukte, als andere mensen vonden dat hij geen talent had, pleegde hij dan wel zelfmoord? Hij wist nog goed hoe Hannah en hij op een dag verdwaasd de stad uit waren gefietst nadat hun tweede documentaire in vrijwel alle recensies met de grond gelijk was gemaakt. Het was in 1998, ze zaten op de fiets en Hannah begon voor het eerst van haar leven over zelfmoord. Ze had geen concrete plannen, maar het woord kwam wel voorbij, terwijl ze ter hoogte van het standbeeld van Rembrandt langs de Amstel reden.

Na hun eerste film, die succes had gehad doordat ze min of meer toevallig op het juiste moment op de juiste plaats waren geweest, had het jaren geduurd tot ze weer een on-derwerp hadden gevonden waarvan ze dachten dat het even sterk was. Na veel geduw en getrek waren ze erin ge-slaagd een producent, een omroep én het Fonds achter zich te krijgen. Precies zoals dat van ze werd verwacht, hadden ze het scenario tot in detail uitgeschreven, twee cameralieden ingehuurd en een ervaren editor gekozen. Hannah was er kapot van dat al die inspanningen niet wer-den gewaardeerd door de journalisten, mensen die vol-gens haar hun baantje alleen maar konden houden dankzij degenen die ze naar beneden trapten. Zelf had hij zich minder door de kritiek laten meeslepen, wat hem op bittere verwijten van Hannah kwam te staan. Ze vond dat dit nou zo'n geval was waarin hij meer emoties moest tonen. Deze tegenslag moest hij volgens haar nou eens wél tot zich laten doordringen. En hoe wilde hij de komende jaren aan geld komen? Het was over en uit, ze zouden vakken moeten vullen in de supermarkt.

Hij wierp tegen dat mensen die iets maakten nu eenmaal bijna altijd het gevoel hadden dat hun onrecht werd aangedaan, hoe succesvol ze ook waren. Mensen die een creatief vak beoefenden waren op een enkele uitzondering na vrijwel altijd voor niks of bijna niks aan het werk, opdat een stoet anderen geld aan ze kon verdienen. Zo ging het in de hele kunstwereld, of je nu filmde, schilderde of schreef. Beviel dat je niet, dan moest je iets anders gaan doen. Er kwam bij dat de kritiek die je moest incasseren soms werd geleverd op verkeerde gronden, net zoals mensen werden bejubeld op verkeerde gronden. Degenen met de beste relaties slaagden erin zich te laten ophemelen – over 'orde' gesproken. De mensen die de recensies lazen beseften dat niet, die geloofden alles.

Waarschijnlijk was dat de grondoorzaak wanneer mensen zichzelf van het leven beroofden: dat ze zich niet gewaardeerd voelden. Bij zijn vriend die van de brug was gesprongen, speelde het verloop van zijn acteursschap mee. Net als de meeste mensen had hij de intentie om dat wat hij aanpakte zo goed mogelijk te doen. Bij de een lukte het alleen beter dan bij de ander.

Shakespeare had zijn monoloog *To be or not to be* in de mond van een Deen gelegd. Daarbij vergeleken was zijn eigen redenering simplistisch. Waarschijnlijk was het een overlevingsredenering. Hij wilde per se uitsluiten dat het ooit zover zou komen dat hij er een einde aan zou maken. Tegelijkertijd wist hij dat er bepaalde kiemen in hem broeiden, meer dan in de gemiddelde mens. Daarom rationaliseerde hij het onderwerp, om het zo ver mogelijk van zich weg te houden. Op dit moment was hij ook helemaal niet in de stemming om het fenomeen serieus te nemen.

De zelfmoord van zijn vader nam hij ook niet serieus. Een zielige vertoning. Anderen, die ziektes moesten overwinnen, streden voor hun leven. Deze man had zichzelf doodgemaakt uit zelfmedelijden, wetend dat zijn jongste zoon van achttien hem zou vinden.

Het was ook een esthetische kwestie dat dit type zelfmoord voor hem als filmer zoiets merkwaardigs was. Bungelend aan een touw gevonden te worden met je hoofd opzij. Een rare gelaatskleur, de mond opengesperd. En dan ook nog een berg stront en pies onder je, want zo scheen het te gaan. Die aanblik gunde je anderen. Martin was de garage binnengekomen en had dat beeld moeten zien, tijdens de nachten die volgden had hij het ongetwijfeld keer op keer opnieuw moeten zien. De kleine man die zijn vader was, had hij zien bungelen aan een touw. Het zou wel een touw van zijn zeilboot zijn geweest, had hij bedacht toen hij op de parkeerplaats in Port-Vendres naar de tinkelende mastlijnen zat te kijken. Een kabel waarmee Jesper zijn eigen boot jarenlang had vastgelegd, of een dunner touw waarmee hij de zeilen hees, noem maar op of hij had het in voorraad. Het leggen van de juiste knoop was vast ook geen probleem geweest.

Zijn nek was gekleurd, geschaafd misschien, hoe ging zoiets, brak je je nek wanneer je jezelf ophing? Werd je nek eerst rood, daarna blauw en groen? Een garage is meestal niet erg hoog, dus zijn vader hing geen kilometers met zijn voeten boven de grond, ze bungelden naar schatting een centimeter of dertig boven de betonnen vloer. Was hij op een stoel gaan staan om zijn hoofd in de strop te kunnen leggen? Had hij een haak in het plafond geschroefd of zat er al een haak? Had hij eerst nog schoenen aangedaan?

Was hij op sokken? Gestreepte sokken, geruite sokken, genopte sokken, alvast stemmig zwarte sokken? Of juist opbeurende Mickey Mouse-sokken? Een aan het plafond van zijn garage bungelend mannetje op sokken boven een plas pis en poep waarvan de lekstrepen langs zijn benen liepen, zo was Jesper geëindigd. De stoere motorrijder die hij van de foto's kende was op die manier geëindigd, op de meest vernederende manier die je je kon voorstellen. Hij had ook een tocht met zijn boot kunnen gaan maken, een gewicht aan zijn voeten kunnen binden en dan in de Oostzee springen, dat zou nog enige stijl hebben gehad. Maar nee, hij had gekozen voor de meest afgekloven methode, ophanging. Jezelf verhangen betekende jezelf veroordelen tot de galg.

Met zijn handen op de rug liep hij over het dorpsplein in de richting van de auto, hier en daar bladeren uit elkaar schoppend. Het had vast ook iets met een behoefte aan triomf te maken. 'Zo, kijk maar eens hoe moeilijk ik het heb gehad, dat wilden jullie niet geloven, hè? Ik geef jullie nog een trap na ook, ik brand mijn bungelende lijk op jullie netvlies.' Jesper had zijn eigen zoon en vrouw gebrandmerkt, hij had ze geïmpregneerd met een beeld dat tot aan hun eigen dood een deel van hun herinnering zou zijn.

Mijn redenering is de redenering van een persoon die net is begonnen vier maanden van vrijheid te vieren, bedacht hij nog weer eens terwijl hij in de auto Igor uit zijn tuig haalde en in de mand tilde. De rationele benadering. Jesper was ziek, helder denken zat er voor hem niet meer in. Daardoor bleef hij sneu, want hij was dus geëindigd als een persoon die de consequenties van zijn daden niet kon overzien.

FIGUERAS. OP STRAAT stonden de mensen er met elkaar te praten zonder hun stem te dempen. In een zaak waar groenten, vruchten, noten, paddenstoelen en olijven werden verkocht, vulde hij zijn voedselvoorraad aan. Daarna dronk hij in een café een van de lekkerste – en goedkoopste – koppen koffie die hij ooit had gehad. Wanneer je in Nederland vijfduizend euro bezat kocht je er een bankstel voor, hier gingen de mensen er tweeduizendmaal van naar de kroeg. Het mooie van Spaanse cafés was ook dat er altijd meerdere generaties bij elkaar zaten, de jongeren vonden het niet zo nodig om zich van de ouderen af te scheiden.

Toen hij weer achter het stuur zat, kwam er een zinnetje uit zijn mond. 'Een kind van acht gelooft niet meer in Sinterklaas, Igor, maar wel in zijn ouders.'

Vrijwel meteen erna, alsof hij een vrouw was, die binnen een paar seconden in een andere stemming kon raken, liet hij een 'jippie-a-jee!' door de auto schallen. Hoezo bankstel? Dit was Spanje, hij ging zijn geld spenderen aan alles waarin hij maar trek had. Nu er eindelijk weer een paar films gelukt waren, hadden Hannah en hij voor het eerst een som spaargeld kunnen opbouwen, bijna dertigduizend euro, het grootste bedrag dat ze ooit hadden bezeten. Voor deze vier maanden hadden ze zichzelf er allebei vijfduizend van toebedeeld. Hannah had niet meer nodig omdat ze in New York gratis woonde, voor hem moest het ook genoeg zijn. Ze waren gewend aan een manier van leven die door anderen als 'sober' werd betiteld, maar die in feite een poging was om zo onafhankelijk mogelijk te zijn. Je kon onafhankelijkheid kopen door veel geld uit te geven, maar dat hield wel in dat je eerst talloze afhankelijke handelingen moest verrichten om eraan te komen. Aan de andere kant was het enige wat een mens fundamenteel in zijn onafhankelijkheid kon belemmeren een gebrek aan geld. Zij tweeën waren altijd op zoek naar methodes om zichzelf met zo weinig mogelijk geld zoveel mogelijk vrijheden te permitteren, zonder een zekere elegantie te verliezen. De implicaties van hun mentaliteit aanvaardden ze: dat ze in een huurhuis woonden, dat ze niet in een pensioen hadden geïnvesteerd en na hun vijfenzestigste zouden moeten doorgaan met filmen.

Hij doorkruiste een gebied waar hangars, flats, reclameborden, garages, kerken en zanderige pleintjes zonder enig plan aan elkaar waren gebreid. Stof, flarden opwaaiend plastic, af en toe een modderplas. Hij was niet de enige die deze kustweg had gekozen; er moest worden betaald voor de snelweg die er parallel aan liep.

Tussen een verzameling bomen die je met enige goede wil een bos zou kunnen noemen, zag hij tot drie keer toe een jonge vrouw op een tuinstoel in de berm zitten. Alle drie rookten ze, alle drie hadden ze de benen over elkaar geslagen. Het moesten hoeren zijn. Als hij wilde stopte hij. Maar hij wilde niet. Nog niet, dacht hij er achteraan. Nu nog niet. Een snuivende lach ontsnapte.

Op een parkeerplaats direct aan het strand van de plaats Pineda, met naast de auto een hele serie op het droge gesleepte vissersbootjes, liet hij Igor een paar minuten door de cabine lopen zodat hij kon drinken, het toilet bezoeken en zijn poten strekken.

Mooi was het hier. De zee was woest, het water had een diepe, donkere kleur. Doordat het hard waaide kregen de golven schuimkoppen.

Hij lokte Igor naar zich toe, trok hem zijn tuig aan, schoof de zijdeur open en knoopte het uiteinde van de riem aan de onderste glijder. Igor zou nu naar buiten kunnen springen en op het strand kunnen gaan zitten. Maar dat weigerde hij, met stijve poten bleef hij op de vloer van de cabine staan. Hij had maar enkele gezichtsuitdrukkingen tot zijn beschikking, waarvan 'boos', 'verlegen' en 'bang' de meest opvallende waren. Het was niet moeilijk om vast te stellen dat hij nu op de laatste manier uit zijn ogen keek.

Ruben ging met zijn voeten op het strand in de deuropening zitten. Wantrouwig verschool Igor zich achter hem. Met zijn kop half om de rug van zijn baas heen, keek hij naar de bewegingen van de zee.

Hij draaide zich half om en streelde de zachte kattenvacht. Toen hij voelde dat het kleine lijf zich ontspande, pakte hij bestek en een bord uit de kast en trok de doos met zijn oogst uit Figueras naar zich toe, waarna hij de inhoud begon aan te breken. De carrosserie van de auto beschermde hem tegen de wind, terwijl de zon zijn gezicht verwarmde.

Igor durfde nu naar voren te komen en ging dicht tegen hem aan zitten. Zijn witte voeten zette hij keurig naast elkaar. Zijn zwarte gepunte oorschelpen, waarin fijne witte haartjes groeiden, priemden alert naar voren.

Ik ga niet naar Barcelona, besloot Ruben terwijl hij een avocado at. Hij was van plan geweest om daar vrienden te gaan opzoeken, maar Igor zou dan veel te lang alleen in de auto moeten zitten. Het was beter om meteen door te rijden naar het zuiden. Daar zou hij op zoek gaan naar een plek waar Igor zich vrijuit kon bewegen; een appartement, een studio of iets dergelijks. Hij kende Barcelona toch al goed, net als Madrid, waarvan de ligging ietwat ongelukkiger was. In Madrid was geen zee en zelfs geen rivier die de sfeer bepaalde. Het landschap rond de stad was ook niet aantrekkelijk. Je moest het er hebben van elkaar, van de straten en straatjes, de bars, de restaurants en de tentoonstellingen, van alles wat een paar miljoen mensen op een hoop maar konden verzinnen. Meer nog dan Barcelona was Madrid de stad van het goede leven, hoewel hij het er ook anders had meegemaakt, op 11 maart 2004, toen Hannah en hij bij toeval in de stad waren tijdens de aanslagen op onder andere het Atocha-station, waarbij meerdere *cercanias* het doelwit waren, regionale stoptreinen die altijd stipt op tijd reden, wat in dit geval funest was. Hannah en hij hadden zelf vaak in die treinen gezeten. In de wagons werd standaard klassieke muziek gedraaid. Begeleid door koesterende violen hadden de bommen die dag duizenden mensen verwond en tweehonderd volledig uit elkaar gereten.

In een café hadden ze naar de eerste televisiebeelden zitten kijken. Links en rechts van het toestel stonden gokkasten, eronder hing een poster die de komende *Semana Santa* aankondigde, de Heilige Week. Er was een bebloede arm van Jezus op afgebeeld met een spijkergat in de vuist. Hannah, hij herinnerde het zich nog precies, voelde de behoefte opkomen om de Semana Santa mee te maken, om haar eigen gevoelens te laten vervloeien met de smart van de sculpturen die in de week voor Pasen werden rondgedragen. Ze hoopte dat het haar kon helpen om troost te vinden.

'Wanneer zou Pasen dit jaar vallen?' vroeg hij zich hardop af. 'Ik moet het uitzoeken.' Hij had geen agenda of kalender bij zich, nu al wist hij nauwelijks welke dag van de week het was.

Helikopters cirkelden boven Madrid. Vlaggen hingen halfstok. Voor het raam van een souterrain stonden waxinelichten te branden. 's Avonds zouden Hannah en hij meedoen aan een project van twee Madrileense kunstenaars die in hun atelier collega's uitnodigden om uitleg bij hun schilderijen te geven, gedichten voor te dragen of iets anders wat ze hadden gemaakt te delen met een publiek van vrienden. Zij waren gevraagd om *De mannen met de zeisen* te vertonen, hun vanuit Hannahs schoudertas geschoten debuutfilm over de mijnwerkersrevolte van 1990 in

Boekarest. Nu er een terroristische aanslag was geweest ging de voorstelling ongetwijfeld niet door, dat was niet gepast, de Madrilenen hadden wel iets anders aan hun hoofd. Hannah en hij beseften dat zij degenen zouden moeten zijn die het voorstel deden om de avond te schrappen, de organisatoren zouden dat uit beleefdheid niet zelf doen.

Ze belden een van de kunstenaars. 'Natuurlijk gaat de voorstelling door,' reageerde hij. 'We zijn allang met de voorbereidingen bezig.'

Spanjaarden lieten zich niet zo makkelijk van de wijs brengen door een stelletje schurken. Dat was precies wat hem zo beviel in dit land: de herinnering aan het kwaad leefde er nog. Spanjaarden waren niet de zelfgenoegzame, gemakzuchtige wezens geworden die je zag in andere landen waar de welvaart toenam. In Spanje, een land dat nauwelijks bestond doordat de verschillende regio's zichzelf min of meer als autonoom wensten te beschouwen, hadden de mensen niet alleen nog steeds met de ETA te maken, ze waren ook onder een dictatuur gebukt gegaan, het was nog maar kort geleden dat Franco verdween uit het centrum van de macht. Franco was niet afgezet maar doodgegaan, dat was het pijnlijke, de dictatuur was in Spanje rochelend uitgestorven, er was geen einde aan gemaakt door een volksopstand. Spanjaarden realiseerden zich dat destructieve krachten op de loer bleven liggen, dat je altijd waakzaam moest blijven. De keerzijde was dat de ene helft van de bevolking het kwaad verwachtte van de andere. Doordat er nog steeds maar twee belangrijke politieke partijen waren, die dezelfde groepen vertegenwoordigden die tijdens de Burgeroorlog tegen elkaar hadden gestreden, speelden verkiezingen zich als het ware in een arena af. Wie won, won echt. En wie verloor verloor veel, heel wat maatschappelijke functies waren in Spanje gelieerd aan een van de twee politieke partijen. Na verkiezingen kantelde de macht tot in de kleinste vertakkingen van de samenleving.

Toen Hannah en hij in het atelier van de kunstenaars arriveerden, waren die nog bezig de wanden te bespannen met zwarte stof, zodat de ruimte zoveel mogelijk op een bioscoop zou lijken. Ze keken serieus, er kon geen glimlach af. Ondanks de omstandigheden kwamen er steeds meer toeschouwers binnen. Ze liepen meteen door naar een zijkamer, waar cola en whisky stonden. Op de whiskyflessen zat een prijssticker van 3,95 euro.

De voorstelling begon die avond om halfelf. Het publiek zat op de grond. Er werd veel gerookt, de ruimte stond vol damp. Niemand liep weg tijdens de vertoning, wat in dit gezelschap bijzonder scheen te zijn. Na afloop was het lang stil. De beelden van geweld en dood, ánder geweld en ándere dood, maakten dat de bezoekers bleven napraten, voornamelijk over de aanslagen, station Atocha lag maar een paar honderd meter verderop.

Na afloop gingen ze met één van de kunstenaars mee naar huis. Op straat was het stiller dan anders tijdens een donderdagnacht in Madrid. Tot halfvier in de ochtend zaten ze met hun gastheer en zijn vriendin televisie te kijken. Tijdens de drie dagen van rouw die volgden, rouwden Hannah en hij ook. Dat was een van de consequenties van veel reizen; dat andermans leed ook het jouwe werd. Ergens onderweg was er in de loop van de jaren een zekere ernst over hen gekomen, naast een zekere sensibiliteit, dat was het raadselachtige. Je zou verwachten dat je door het meemaken van zoveel strijd en geweld langzaam zou verharden, maar het tegengestelde was gebeurd.

Hij pakte een tweede avocado uit de doos en begon die uit te lepelen. Zout, peper, meer had een rijpe, stevige vrucht als deze niet nodig.

Hij checkte of er een sms was. Nee natuurlijk, anders had er wel een piep geklonken. Hij moest accepteren dat er in zijn telefoontoestel geen vrouw in miniformaat verstopt zat. Vrijwel alle gebeurtenissen uit zijn bestaan van de afgelopen vijfentwintig jaar waren met Hannah verbonden, helemaal gezond was dat nou ook weer niet. Als hij ergens een hekel aan had, was het aan figuren die alleen nog in de wij-vorm konden denken en praten. Een vriendin had Hannah eens toegekrijst dat zij en hij in een 'heel klein, benauwd wereldje' leefden, wat een behoorlijk geestig verwijt was aan mensen die films hadden gemaakt die zich afspeelden in Roemenië, Estland, Macedonië, Italië en Moldavië. Servië was mislukt, Bulgarije moest nog komen. Maar de krijsende vriendin bedoelde waarschijnlijk iets anders.

Met een iets te fanatiek gebaar drukte hij op de uit-knop van het telefoontoestel.

Hij sliep op de parkeerplaats aan zee. In een van zijn dromen stond hij met een bok in zijn armen op een steeds verder afbrokkelende muur.

Om halfacht reed hij weer. De zon hing nog heel laag. Het leverde een surrealistisch strijklicht op, alsof het buiten nul graden was, temperatuurloos misschien, levenloos, zodat zelfs de wormen en insecten dood waren. Aan de voet van gedrongen boompjes strekten zich lange, slanke schaduwen uit.

Voorbij Barcelona reed hij honderdveertig. Hannah zou nu een speciale tactiek van stal halen, ze zou een strenge stem opzetten en dan roepen dat als hij niet inbond, zij er hoogstpersoonlijk voor zou zorgen dat hij na zijn dood in de afdeling van de hel terechtkwam waar Ceauşescu verbleef. Het was een grap, in dit soort gevallen maakte ze altijd dezelfde, hoogstens varieerde ze in haar keuze van de tiran die hem gezelschap zou houden. Meestal had het effect, meestal nam hij gas terug, je was elkaar in een relatie voortdurend aan het bijslijpen. Bijna alle vrouwen die hij kende, hielden hun man enigszins aan de teugel. Zachtjes, met een rubberen bit, zodat ze het nauwelijks merkten. Dat moest volgens die vrouwen, dat beteugelen, anders verloor een man zich in extreem gedrag en dan kwam het niet goed met hem, noch met haar, noch met hen samen. Extreem gedrag was in principe goed, beweerde Hannah, anders kon er nooit iets nieuws ontstaan, maar het moest niet tot iemands ondergang leiden.

Hij gaf extra gas.

Zijn doel van vandaag was Benidorm. Hij was er nog nooit geweest. Je kende de naam, je vermoedde dat het er amusant zou zijn. Maar hoe was het er echt?

Het silhouet dat hij van een afstand zag deed hem denken aan de skyline van Manhattan, maar met slankere, misschien wel even hoge torens. Kennelijk probeerde iedereen die in Benidorm een stukje grond bezat er het grootst mogelijke rendement uit te halen. Maar waarom nou net daar, op die specifieke plek? Hoe had het zo ver kunnen komen, wie had dit bedacht, welke wonderlijke geest was er sinds de jaren zestig burgemeester?

Terwijl hij de stad in reed schoof hij een cd van Camarón in de cd-speler, hij wilde Benidorm op een gepaste manier binnenkomen.

Tussen de wolkenkrabbers door, waarvan er veel bruin van kleur waren, toerde hij naar de boulevard. Daar zette hij de auto in de schaduw en gooide geld in de parkeermeter. Nadat hij voor een ambulance opzij was gegaan begon hij over een voetpad langs het strand te lopen. Hij was niet de enige die dat deed. Het leek of hij in een openlucht verzorgingstehuis terecht was gekomen, een uitstalling van senioren, een seniorenmuseum, een seniorenmarkt. Ja, een markt, geen museum, want ze leefden allemaal nog en deden dat ieder op hun eigen wijze, de een in korte broek, de ander in driedelig pak, weer een ander in tanga op het strand achter een boompje dat de wind moest wegvangen. Een display gaf aan dat het zestien graden was. Toch liep een vrouw in bikini te joggen. Op een terras zat een getatoeëerde meid tegenover een gesoigneerde meneer die driemaal zoveel jaren telde. Oude mensen kwamen hem tegemoet, andere oude mensen kwamen hem tegemoet. Iemand werd voortgeduwd in een rolstoel. Nog iemand werd voortgeduwd in een rolstoel. Weer het geluid van een ambulance. In een winkel zag hij een wit T-shirt hangen waaraan een stel namaakborsten was bevestigd. In een kleiner wit T-shirt liep een hondje rond. Er stond iets op het textiel geschreven, hij probeerde het te lezen. De eigenaresse van het dier, een zorgvuldig geplamuurde dame, merkte zijn belangstelling en probeerde zijn aandacht vast te houden met een lach waarvan ze veronderstelde dat die lieftallig was.

Op de boulevard begon het al, maar toen hij weer achter het stuur zat, zomaar wat door de straten van Benidorm tuffend, in stilte omdat hij Camarón niet opnieuw wilde beledigen, sloeg een lichte neerslachtigheid toe. Hoeveel mensen konden er in zo'n flat van dertighoog worden opgeborgen en wat voerden die mensen de hele dag uit? Waarom kropen ze allemaal bij elkaar? Waar hadden ze het over, waaraan dachten ze? Hoe gingen ze om met het feit dat ze binnenkort zouden overlijden? Probeerden ze nog snel iets van hun leven te maken? Ongetwijfeld viel er een thrillerachtige documentaire te maken met Benidorm als plaats van handeling, na een paar dagen kwam je vermoedelijk al op ideeën. Van hem zouden ze niet komen.

De hoge flats als zonnewijzers gebruikend koerste hij

naar het zuiden. Er werd alweer een nieuw complex gebouwd, zag hij, een ommuurde verzameling van ongeveer
twintig bruine wolkenkrabbers van onthutsende afmetingen. Een projectontwikkelaar moest er miljoenen in hebben geïnvesteerd. Was er een filmhuis in Benidorm, was er
een kwaliteitsboekhandel, kon je er je geest scherpen?

Hij passeerde nu een lager nieuw gebouw, ook weer in
Benidormbruin. Namaak-Romeinse mozaïeken op de mu-
ren, een raam met een gebrandschilderde – maar dat was
een te mooie term – ondergaande zon. Het was een crema-
torium, met grote letters stond het erop.

Sinds hij van huis was vertrokken had hij niet gedoucht.
Hij kreeg er ineens behoefte aan. Bij een bord CAMPING
volgde hij de pijl. De camping lag aan zee. Hij schreef zich
bij de receptie in als 'kampeerauto' en zocht een staanplaats tussen dicht op elkaar staande caravans. Ondanks de
maar matige temperatuur verbleven de mensen hier zo te
zien maandenlang. Ze hadden planten rond hun tijdelijke
erf gezet, een grasgroen stuk tapijt voor hun deur geschoven, knipperende lampenslingers opgehangen, een kanjer
van een satellietschotel geïnstalleerd. Een gezette man lap-
te de vensters van zijn voortent met zeepwater en een speciale ruitenschoonmaakbezem.

In de wasgelegenheid ging hij eerst naar de wc. Hij liet
zijn uitwerpsel in de pot plonzen op het moment dat een
campinggast naast hem doortrok, zodat het geluid werd
overstemd. Anderen waren niet zo discreet, terwijl hij zijn
handen stond te wassen werd hij van meerdere kanten ge-
trakteerd op kreungeluiden.

Douchen trok hem niet meer. Nog bedekt met het zweet
van de afgelopen dagen sjokte hij naar de auto terug. Hij
trok de zijdeur open en bond Igors riem aan de glijbeugel,
zodat hij in een halve cirkel op onderzoek zou kunnen
gaan over het vergeelde campinggras. Igor ging inderdaad

als een zwart met witte sfinx vlak bij de rand van de cabine-
vloer zitten overpeinzen of hij de sprong naar buiten zou
wagen. Hij gaapte net, wat betekende dat hij zich op zijn
gemak begon te voelen, toen er gillen en kreten weerklon-
ken die zo doordringend waren dat hij in plaats van een
voorwaartse, een achterwaartse beweging maakte, die min
of meer mislukte doordat hij met zijn poten achter de riem
bleef haken. Op zijn flank kwam hij op het marmoleum terecht.

'O wat zielig!'
'Dat schattige poesje zit vastgebonden!'
Ook dat nog. Nederlandse vrouwen. Het lukte Ruben
niet om op tijd de cabine binnen te komen, de twee vrouwen stonden al bij hem, beiden gekleed in een kuitbroek.
De een droeg er een blauw-wit streepshirt boven, de ander
iets roze pluizigs. Ze hadden korte geblondeerde haren.

'Waarom gaat zo'n knappe jongeman met een poes op
reis?'

Het klonk schokkend schalks. Igor probeerde met tuig
en al weg te kruipen achter de kussensloop met het beddengoed erin. Ruben maakte de riem van de glijbeugel los. Terwijl de vrouwen tegen hem bleven kwetteren en kwelen,
hun kapsel met de handen in model brengend, rolde hij de
schuifdeur dicht en liet hem met een klap in het slot vallen.

's Nachts kon hij niet slapen. Waarom wist hij niet. Op
een ongekanaliseerde manier lag hij zijn onvrede te voeden. Hij dacht niet aan iets specifieks, noch aan bepaalde
personen, daarvoor waren de twee vrouwen te kort in zijn
blikveld geweest. Het kwam erop neer dat hij lag te implo-
deren, zijn bloeddruk op te voeren. Binnen in hem was het
niet zwart maar grijs, het vuile grauwgrijs van modder. Er
leek een klem op zijn hoofd te zijn gezet, waardoor er druk
op zijn oren stond. Dat gaf een zoemend, zijn ratio versto-
rend geluid.

's Ochtends douchte hij toch. Daarna reed hij de auto, met Igor onzichtbaar in de rieten mand, naar een grote betonnen bak bij het toiletgebouw waarnaast een tuinslang was opgehangen. Terwijl hij bezig was de auto af te spoelen kwam de ene na de andere oude man naar een put toe die zich naast de kraan van de tuinslang bevond. Sommigen droegen een rechthoekig reservoir met zich mee, anderen alleen een emmer met deksel. Eén man verscheen met een transparante jerrycan waarin een gele vloeistof zichtbaar was die hij er zorgvuldig in moest hebben gegoten. Bij het legen trilde hij zichtbaar.

EERDER DAN HIJ had verwacht zag hij een bord dat aangaf dat ze Andalusië hadden bereikt. Vrijwel onmiddellijk veranderde zijn uitzicht. Hele vlaktes waren bedekt met plastic kassen, vanuit de lucht moest het een merkwaardig gezicht zijn. Tussen de kassen stonden witgekalkte boerenwoningen.

Op goed geluk verliet hij de snelweg. Hij kwam in een gebied dat sjofel en onguur op hem overkwam. Hij zocht naar een betere typering, kwam alleen op 'unheimisch' uit. Omdat hij weer boodschappen nodig had zocht hij naar een supermarkt, maar bij de eerste die hij ontdekte durfde hij de auto met Igor erin ternauwernood op het parkeerterrein achter te laten. Hij liet hem in zijn mand, zette het alarm aan en rende door de winkel, hier en daar fruit, wijn en zuivel in zijn karretje gooiend. Toen hij bij de auto terugkwam stond er een andere naast, een roestbak waarin twee mannen met een weinig veelbelovend uiterlijk zaten. Hij keek naar het nummerbord: Litouwers. In de supermarkt had hij vergelijkbare mannen gezien, die hij een Slavische taal met elkaar had horen spreken. Het leken hem gasten die iemand omlegden wanneer dat volgens hen nodig was. Ja, zo dacht hij tegenwoordig. Je ging erop vooruit wanneer je het eindelijk voor elkaar had om films in landen te kunnen maken waar het allemaal niet zo lekker liep, maar tegelijkertijd verloor je minstens zoveel, met name je argeloosheid. De laatste tijd betrapte hij zichzelf steeds vaker op gedachtes waarin het woord 'ze' voorkwam. Hij had altijd zijn best gedaan om mensen als individuen te zien en ze niet als lid van een groep te beoordelen, maar dat ging hem telkens minder makkelijk af. Wanneer hij iets had begrepen in de afgelopen jaren, was het dat mensen nog steeds het liefst volgens het tribale systeem leefden. Je hoefde er niet eens voor naar Macedonië of Moldavië, een halfuur in Benidorm verblijven was voldoende. Het had met de kwetsbaarheid van het individu te maken. Als arme Oost-Europeaan of als oudere westerling voelde je je sterker als deel van een groep. Degenen die het zich in een maatschappij konden veroorloven om zich als eenling op te stellen, behoorden over het algemeen tot de geprivilegieerden.

Stapvoets reed hij verder, de ramen dicht en de deuren op slot. Hij zag kerels lopen die hem Algerijnen of Marokkanen leken. Ook doolden er groepjes van telkens drie zwarte mannen rond die zich leken te vervelen. In de kassen was soms werk, soms niet, je moest net mazzel hebben. Spanje scheen op dit moment alleen al vierhonderdduizend Roemenen te tellen, en dat waren dan degenen die officieel werkten, er verbleven ook nog eens honderdduizenden Roemenen zonder legale bezigheden in het land. Culturen gingen op elkaars grondgebied leven zonder zich te vermengen, hoe dan ook was het een bijzonder fenomeen. Langzamerhand begon Europa een soep te worden waarin van alles wat dreef.

Hij hotste door een uitgedroogd landschap over een

weg vol kuilen. Het was bewolkt, een grijze dag, zeldzaam in deze contreien. Non-descript zand, non-descripte stoppels. Hij zag veel politie. Was het niet zo dat Afrikaanse bootvluchtelingen altijd in deze buurt aanspoelden? Je las er regelmatig over, maar het had hem nooit genoeg geïnteresseerd om de naam van het gebied te onthouden.

In een dorp midden in het niets was een begrafenis gaande. Het droeg bij aan de sinistere sfeer. Hij probeerde zich ervoor af te sluiten, kreeg toch een mahonie kist in zijn blikveld. Mensen in grijs en zwart, een stel kransen.

Waarschijnlijk had de staat waarin hij de afgelopen nacht had verkeerd niet eens zozeer met Benidorm te maken gehad, zelfs niet met zijn vader en alles wat er was gebeurd, maar vooral met zijn moeder, zijn Nederlandse familie. Benidorm, met die opeenhoping van mensen die een hoge leeftijd hadden bereikt, had op iemand als hij misschien een sterker effect dan op een ander. Hij kende mensen die pas na hun veertigste hun eerste begrafenis hoefden mee te maken.

Eenmaal bij de zee volgde hij de weg die parallel aan het strand liep. Net als voorbij Sète zag hij aan de andere kant van de weg ondiepe meren. Hier stonden geen groepjes flamingo's, maar pelikanen in het water. Naast een fabrieksgebouw lag een berg ruw zout waaruit een dragline happen nam. Verder zag hij vooral grauwbruine aarde met wat pollen erop waartussen resten afval lagen. Af en toe groepjes lage, organisch gebouwde woningen. Niet gepleisterd, niet gewit, onverzorgd op het gore af.

De weg werd smaller, werkte zich tegen de rotsen omhoog. Geen tegenliggers. *Cabo de Gata* wees een bord, Kaap van de Kat, Igor en hij zaten goed. Je kon hier speelfilms opnemen over rondtrekkende, moeizaam levende outcasts die met de elementen streden. Het landschap had nauwelijks kleur, er lag alleen een waas van grijsgroen over de grauwe bergen. De lucht was ook grauw, net als het zee-water.

Onder een vuurtoren hield de weg op. Hij reed iets te-rug en parkeerde op een open plek. Nadat hij Igor had los-gelaten ging hij op de passagiersstoel zitten en keek over het weidse water uit. Wat zou hij doen, zou hij voorlopig aan zee blijven? Een langgerekte kuststrook ten oosten van Málaga scheen het beste klimaat van Europa te heb-ben. 's Zomers was het daar een paar graden koeler, 's win-ters een paar graden warmer dan in het binnenland.

Hij probeerde het beeld te verdringen van de mahonie kist, de rouwkransen, de familie in het grijs en zwart. Zijn moeder had zich door een maagzweer in de greep laten houden, waardoor ze een eruptie van bloed, zuur en etter over zichzelf had afgeroepen.

Opnieuw probeerde hij zijn gedachten naar iets beters te leiden. Het lukte pas nadat Igor bij hem op schoot was ge-sprongen. Terwijl het ronken van het warme kattenli-chaam steeds sterker werd, zag hij voor zich hoe Hannah en hij, nadat zij haar diploma van de filmacademie had ge-haald, toen ze elkaar pas kenden en al onafscheidelijk wa-ren, samen naar Andalusië waren gereisd. Zijn eigen geld was allang op, zij had vijftienhonderd gulden. Daarmee wilden ze een halfjaar wegblijven. Hannahs tante, dezelfde van wie Igor was geweest, stopte hun enkele briefjes van honderd toe waardoor ze de trein konden nemen, anders hadden ze moeten liften of dagen en nachten in een bus moeten hobbelen. Uiteindelijk kwamen ze in Periana te-recht, een dorp met een wirwar van huisjes en straatjes, steegjes en trappetjes. Periana had drieduizend inwoners, zevenhonderd werklozen, veertig kruidenierszaken en vijf-enveertig cafés. Dertig kilometer verderop kon je de Mid-dellandse Zee zien liggen. In de dalen hingen een enkele keer wolken, die daar geheimzinnige nevels vormden.

Zodra de zon kans zag er een stralenbundel doorheen te boren, stonden geïsoleerde plekken berg in het licht.

Net als in Frankrijk waren de dorpsbewoners wantrouwig. Mannen die op straat boven houtskool een visje roosterden, zeiden met moeite gedag. In winkels leken ze soms te worden afgezet. Dan legden ze bijvoorbeeld drie munten neer, maar als ze er even later naar keken lagen er twee en moesten ze er nog eentje naast leggen. Pas na ongeveer een maand kwam de acceptatie, toen de mensen hadden ingezien dat zij ook weinig te besteden hadden. Vlak voor kerst klopte een buurvrouw aan met dekens en eten. Ze droeg een duster over haar kleren, niemand in Periana had een winterjas.

In de dorpsbibliotheek waren kinderboeken. Zo leerden ze Spaans. Woordenboek erbij, grammaticaboek erbij. De inwoners van Periana hielden ervan om over de eenvoudige dingen van het leven te praten, op een gegeven moment konden zij daar min of meer aan meedoen.

Veel werk op het land werd nog met muildieren gedaan. Er was in Periana één muildier dat via de voordeur het huis van zijn eigenaar in moest, zodat hij kon worden gestationeerd op de patio. Eerst werd er dan een loper van stukken karton voor hem uitgelegd, net zoals zijn moeder vroeger, toen ze samen bij zijn opa inwoonden, een rij kranten door de gang legde om haar solex van de schuur in de achtertuin naar de voordeur te kunnen verplaatsen. Daarna plofte ze op de solex naar kantoor.

Een hele tijd keek hij nietsziend over de zee uit. Igor maakte met zijn snuit duwende bewegingen tegen zijn handen. Terwijl hij gehoorzaam de kattennek begon te kroelen, slaagde hij erin zijn gedachten terug te buigen naar Periana. Op een dag zat er een man op de stoep. Zijn trui was gerafeld en één van zijn schoenen was met een touw aan zijn enkel gebonden. Hij hield een soldeerbout vast waarmee hij gaatjes dichtte in een geëmailleerde pan. De bout verwarmde hij in een hoge metalen emmer waarin brandende spaanders op een rooster lagen. De pan die hij aan het repareren was zou nooit meer op het vuur kunnen staan, dan zou het tin op de gaatjes wegsmelten, maar toch begon hij telkens tevreden aan een volgend gat. Wanneer hij het te groot vond knipte hij eerst een vierkantje uit een plaat blik.

Terwijl de ketellapper rustig doorwerkte was hijzelf naast hem op de stoep gaan zitten en keek toe, alsof hij weer in de schuur zat wanneer zijn opa er iets maakte of repareerde. Als peuter ging hij al mee naar de schuur. Hij kroop dan altijd onder de werkbank, terwijl zijn opa blokjes hout naar beneden liet vallen waarmee hij mocht spelen. Soms kwam er zaagsel op zijn hoofd en kleren terecht, zodat zijn opa hem later moest afkloppen en zijn haren kammen.

Vanaf dat hij een jaar of vijf was mocht hij een echte hamer vasthouden en kreeg hij een bakje met spijkers, zodat hij ook kon timmeren. Het gereedschap hing tegen de achterwand van de schuur. Wanneer zijn opa er iets vanaf pakte zag je de omtrek van een nijptang of een schroevendraaier, zodat hij precies wist waar hij alles moest terughangen.

Het rook lekker in de schuur, wat bijdroeg aan de gezelligheid. Er was geen lamp, maar boven de werkbank zat een raampje. In de winter was het er donker en koud, dan bleven zijn opa en hij er nooit lang. Maar meestal timmerden ze in de zomer. Zijn opa zei dan ook wel eens woorden die hij in huis niet zei, bijvoorbeeld wanneer hij zich op de vingers had geslagen. Het kwam ook voor dat zijn opa boos was op mensen die er niet waren, die hij op de radio had gehoord en die het socialisme slecht vonden. Dan praatte hij veel en hard, zijn moeder moest ernaar luisteren. Maar tegen hem praatte opa nooit zo.

De periode in Periana, bedacht hij nu, niet alleen de ontmoeting met de ketellapper, de hele periode nadat Hannah en hij er eenmaal bijhoorden, was vergelijkbaar met het zitten onder een werkbank in een houten schuurtje. Toen ze uiteindelijk vertrokken kregen ze zakken vol besuikerde, in varkensvet gebakken koeken van de dorpelingen mee, naast potten ingemaakte perziken en een worst van gemalen vijgen die hun buurvrouw had gemaakt.

Waarschijnlijk zou hij nooit meer een vergelijkbare koestering terugvinden. Dat de wereld niet alleen uit aardige ketellappers bestond wist hij ook toen allang, maar een paar jaar later, in 1990, in Boekarest, was het tot het diepst van zijn ziel doorgedrongen dat de aardige ketellappers nog zeldzamer waren dan hij al vermoedde, en dat zelfs iemand die een aardige ketellapper leek van het ene op het andere moment in staat kon zijn bij wijze van spreken een emmer roodgloeiende spaanders over je heen te kieperen. Altijd en overal moest je op je hoede blijven. Na Boekarest liet hij geen enkele 'aardige ketellapper' zomaar meer in zijn leven toe, daar was geen sprake van. En waarschijnlijk was die mentaliteit van afhouden en afstand nemen al eerder begonnen, in Kopenhagen, op bezoek bij dat andere gezellige ketellappertje.

Hoe zou Periana er intussen uitzien? Hoewel je het op deze Kaap van de Kat niet direct zou zeggen, had Spanje enorm geprofiteerd van de toetreding tot de Europese Unie op 1 januari 1986, precies op het moment dat zij in Periana zaten. Er was zelfs een jubelend spandoek boven de waterbron van het dorp verschenen. Snelwegen, hogesnelheidslijnen, industrie; je zag het, je voelde het. Zelfs ziekenhuizen schenen tegenwoordig uitstekend te zijn in Spanje, de gemiddelde leeftijd was al even hoog als in Nederland.

Na Periana hadden Hannah en hij besloten dat ze een

film over de muildieren van het dorp gingen maken. Ploegende muildieren, olijvendragende muildieren, muildieren die nieuwe ijzers kregen, muildieren bij wie de hoefsmid als gebittendokter fungeerde en met een guts scheefstaande tanden uitstak of bloedzuigers uit het gehemelte verwijderde. De titel van hun film hadden ze al, *Musica Mular*, Muildiermuziek, naar het geluid dat muildieren voortbrachten en dat fluctueerde tussen balken en hinniken.

Het was nooit gelukt om ook maar iets van het plan uit te voeren. Geen geld, het grote probleem van de documentairemaker, zeker in die tijd, toen de digitale camcorder nog niet bestond. Ze hadden aan Periana wel een grote sympathie voor ezels en muildieren overgehouden, die jaren later tot *Het behaarde vredesteken* had geleid, hun documentaire over een Macedonisch ezeltje dat slachtoffer werd van een etnisch conflict. Deze film viel weer goed bij de critici, die zoals veel Nederlanders erg van de problemen van buitenlanders hielden, dan konden ze zich superieur wanen. Voorwaarde was natuurlijk wel dat de problemen van de buitenlanders zich ook echt in het buitenland afspeelden, een buitenland waarvan ze dachten dat het héél ver weg was.

Het was veel geweest. Erg veel. Nu pas, met Igor op zijn bovenbenen uitkijkend over de kust bij de Kaap van de Kat, merkte hij hoe uitgeput hij was. Leeg. Uitgezogen zelfs. Hij kon niet veel hebben op het ogenblik. Hij zou ergens een maand, misschien een paar maanden, moeten blijven, om er net zoveel te slapen, te eten en te rusten als nodig was. Maar waar? In Periana waren de veertig kruideniertjes waarschijnlijk vervangen door één supermarkt, de vijfenveertig cafés door één McDrive. Mochten de mensen hem herkennen, hoe legde hij dan uit dat hij nog steeds met Hannah samen was, dat ze intussen zelfs getrouwd waren, maar dat ze geen kinderen hadden gekregen, expres niet? Dat ze op dit moment niet bij hem verbleef maar bij twee mannen in New York die hij niet kende? Dat hij het daarmee eens was en binnenkort zelf met vreemde vrouwen contact zou hebben, huidcontact? Dat er onderweg al vrouwen in hem geïnteresseerd waren geweest en dat hij wilde uitzoeken of dat in Andalusië ook zo was? Zouden de mensen in Periana het begrijpen? Toen hij het thuis in Nederland had gewaagd een collega te vertellen over de viermaandenafspraak, was onmiddellijk het begrip 'opportunisme' gevallen.

Het grote nadeel van Periana was dat hij er niet anoniem kon zijn. Er zouden daar altijd mensen op Igor en hem letten. De buren, de bibliothecaris. Ze zouden met hem willen praten. Bovendien: de mogelijke veranderingen. Die met de toenemende welvaart te maken hadden, hij wist het, de welvaart had grotere voordelen dan nadelen, maar het zou hem nooit helemaal lukken om eraan te wennen.

Hij staarde naar de zee. Net als de lucht was het water nog steeds grijs. Alleen daar waar het op de rotsen sloeg zag hij felwitte randen. Op onverwachte momenten kwam de golfslag op zo'n manier tegen de kust dat je een holle dreun hoorde, alsof het geluid resoneerde via de enorme afgeplatte klif waarop de auto stond.

Wat zou hij doen, zou hij vannacht hier op de kaap blijven en pas morgenochtend beslissen waar hij naartoe ging? Op weg naar de kaap had hij op een muur een pijl en een verbleekt woord 'camping' gezien. Twintig meter verder stond een uitgebrande caravan, erg aanlokkelijk werd die camping daar niet door.

Op zijn twintigste dacht hij nog dat vrijheid min of meer gelijkstond aan onverschilligheid. Al heel snel had hij ontdekt dat vrijheid juist discipline vergde. Wie slordig leefde was er op de lange duur niet geschikt voor, wie slordig leefde kon geen risico's calculeren. De meeste mensen uit zijn kennissenkring dachten dat hij de avonturier was en zijzelf de angsthazen, maar hij vertoonde meer risicomijdend gedrag dan die mensen beseften. Het zat hem niet alleen in grote kwesties, zoals de grondige manier waarop hij de auto had laten nakijken voor zijn vertrek uit Nederland, hij voerde het door tot op het kleinste niveau, bijvoorbeeld wanneer hij at. Anderen verorberden producten zonder zich al te veel aan te trekken van de mogelijkheid dat die hun gezondheid konden ondermijnen. Hup, lekker makkelijk, schuif maar naar binnen, niet moeilijk doen. Die mensen, die zichzelf niet als avonturiers beschouwden, namen in zijn ogen bewust een risico. Dat was hun manier van gevaarlijk leven, daarin zat hun vrijheid, terwijl hij van verpakte voedingsmiddelen als een schoolfrik eerst de ingrediëntenlijst bestudeerde. Hij had zichzelf aangewend om ook op andere vlakken behoedzaam te zijn, juist om zo lang mogelijk door te kunnen gaan met het soort leven dat door anderen avontuurlijk werd gevonden.

De lucht werd donkergrijs. Igor sprong van zijn schoot en begon tussen zijn voeten te zoeken of zijn voer er misschien stond. Het was inderdaad allang tijd. Achter in de cabine mat hij de brokjes af. Terwijl Igor ervan schrokte, haalde hij resoluut het pakket met de raambedekking uit de kast. Sinds hij hier stond had hij geen enkel ander mens gezien, en al helemaal geen andere auto. Vaak kwam het gevaar van je medereizigers. Daar stond tegenover dat je medereizigers je ook beschermden, ze waren je extra ogen en oren.

Eenmaal in bed lag hij toch weer lang wakker. Igor verdween niet naar zijn mand, hij bleef naast hem op het dekbed liggen. De verleiding was groot om te concluderen dat hij dat deed om aardig te zijn, maar het was waarschijnlijker dat het kwam doordat hij zich ook niet helemaal op zijn gemak voelde. Het geluid dat de zee maakte, benaderde nog het meest het geluid van een drukke snelweg. Je hoorde de golven niet aanzwellen, het was een amorf geraas dat op geen enkele manier viel stop te zetten. Tussendoor bleef met onregelmatige tussenpozen de echoënde dreun klinken, die harder leek dan een paar uur geleden. Ze schrokken er allebei telkens van.

Wanneer er geen ander mens bij je was, werden je gedachten niet afgebroken. Als hij wilde vertoefde hij drie uur lang in het Periana van meer dan twintig jaar geleden. Wanneer je daarentegen samen met een menselijk wezen in bed lag, kreeg je met enige regelmaat de gedachtes en ideeën van die ander over je heen, waardoor je zelf de draad al snel kwijtraakte. Dat had wel wat. Aan sommige gedachtes wilde je niet eens beginnen, laat staan dat je ze af wilde maken.

Periana. Zodra de zon scheen, was het wit van de huizen er zo fel, dat je ogen het haast niet konden verdragen. Van sommige dorpelingen herinnerde hij zich het gedrag nog precies, bijvoorbeeld van de matrone met de gigantische boezem bij wie hij altijd melk ging halen. Ze schepte de vloeistof met een koffiebeker uit een pan en goot die daarna via een trechter in een meegebrachte fles. Misschien heeft die mevrouw zichzelf wel gemolken, hij wist nog wat hij de eerste keer had gedacht.

Zijn favoriete bakker. Die stookte zijn grotvormige oven met amandeldoppen en schoof op grote spanen het deeg erin. Als je een van zijn broden wilde kopen, deed hij er lang over om het exemplaar te kiezen dat hij voor jou het meest geschikt achtte. De man waakte beter over zijn broden dan zijn eigen vader ooit over hem had gewaakt.

Hij streelde Igor met hoekige bewegingen. Zijn vader had altijd weggekeken. Hij had zijn ogen gesloten, zijn lippen op elkaar geklemd, zichzelf van binnen verdoofd. Zo

wilde hij niet zijn, ook nu niet. Hij koos liever voor het tegenovergestelde. In één woord zou je het kunnen samen-
vatten met 'genadeloos'. Genadeloos. Niet voor een ander,
voor jezelf. Als hij tijdens deze maanden niet genadeloos
voor zichzelf zou zijn, dan had de hele onderneming weinig zin, dan was het nauwelijks meer dan tijdverdrijf, terwijl hij er juist het maximale uit wilde halen, anders had hij
beter met Hannah mee kunnen gaan naar New York of
haar tenminste iedere dag even kunnen bellen om te horen
of alles in orde was. Tijdelijk een half paar zijn droeg risico's in zich, die wel de moeite waard moesten zijn.

Niet wegkijken.

Toen er in 2001 een brief van een advocatenkantoor uit
Kopenhagen op de mat lag, wist hij het eigenlijk al wel. En
ja hoor, Jesper was dood. Al een jaar. 'We konden u niet
eerder vinden', was de smoes van de advocaat. Zeker nooit
van zoekmachines als Google gehoord, die bestonden allang op de fraaie datum die zijn vader had uitgekozen, 1
mei 2000. Uit de brief van de advocaat bleek dat de man
zijn Nederlandse zoon zowaar in zijn testament had opgenomen, hij had dezelfde positie als het wettige nageslacht.
Maar een erfenis zat er niet in. Zijn vader had schulden, elf
eisers waren er in totaal. Er stond – de brief was vertaald in
het Nederlands – dat de zaak nog niet rond was, dat er nog
aan werd gewerkt. Maar hij moest er rekening mee houden dat hij, om te voorkomen dat hij een deel van de
schuld op zijn nek kreeg, de erfenis zou moeten weigeren.

Een 'openingsbalans' was bijgesloten, zo meldde de
brief, maar er zat niets extra's in de envelop, de advocaat
was vergeten – bewust? – de balans mee te sturen. Per e-
mail vroeg hij hem op. Toen het document na een paar weken arriveerde, bleek het niet vertaald te zijn. Hij kocht
een Deens-Nederlands woordenboek en ontcijferde het.
Het huis waarin Jesper woonde was in euro's meer dan een

half miljoen waard. Hij bezat een zeilboot, een caravan en een Volkswagen Passat Limousine. Verder was hij in rechtszaken verwikkeld waarvan de draagwijdte ook met hulp van het woordenboek niet duidelijk werd. Wat de schulden betreft, hij begreep dat die iets met een illegale onroerendgoedtransactie te maken hadden. Een bedrag van tien miljoen Deense kronen, ongeveer anderhalf miljoen euro, moest nog worden afbetaald. Daarna stonden er een post 'begrafenis' en een post 'kosten grafsteen' op de balans. Erg veel geld was daaraan niet gespendeerd, het in de kille Kopenhaagse grond stoppen van de overblijfselen van zijn vader was met weinig ceremonieel gepaard gegaan. Direct onder 'begrafenis' en 'kosten grafsteen' kwam een post 'rechtbankverklaring'. Die was duurder geweest dan de begrafenis en de grafsteen bij elkaar.

Een rechtbankverklaring? Waarom stond onder 'begrafenis' en 'grafsteen' de term 'rechtbankverklaring'?

De rechtszaken... De nooit afgeronde, illegale onroerendgoedtransactie... Toch de auto niet verkopen, toch de boot en de caravan niet verkopen... Krampachtig had Jesper een levensstijl willen aanhouden die hij zich niet meer kon veroorloven. Hij was pas vierenzestig, een stuk jonger dan de leeftijd die de gemiddelde Deen bereikt. Mannen van zijn generatie zaten vaker met hun emoties in de knoop. Zou hij, had hij zich afgevraagd toen hij de openingsbalans bestudeerde, zou hij... zelfmoord hebben gepleegd? Ja, dat moest haast wel, het was bijna zeker zelfmoord.

Een week later arriveerde een ansichtkaart uit Kopenhagen. Die was verstuurd door de secretaresse van Jesper, tevens zijn laatste echtgenote, aan hoeveel banaliteiten kon één man voldoen. Op haar ansicht (er stonden poezelige roze bloempjes op) schreef ze in stijf Engels dat Jesper jarenlang ziek was geweest, hij kwam zijn bed niet meer uit.

Tot ieders schrik had hij er uiteindelijk zelf een einde aan gemaakt. Etcetera, etcetera.

Jesper was jarenlang 'ziek' geweest. Hij kwam zijn bed niet meer uit. Dat waren eufemismen voor 'depressief zijn', als iemand dat wist was hij het zelf wel. 'Tot ieders schrik heeft hij er een einde aan gemaakt.' Ze suggereerde dus dat niemand het had zien aankomen, ook zij niet. Iemand weigert zijn bed te verlaten en als hij zich dan uiteindelijk ophangt kijk je ervan op. 'Wat wonderlijk zeg, hij heeft zich opgehangen, nooit verwacht.' Misschien wilde ze wel gewoon van hem af. Zo'n depressieve oude vent in je huis, afschuwelijk. Ze was met hem getrouwd om er voordeel van te hebben, geen ellende. 'Is t-ie eindelijk dood? Opgeruimd staat netjes.'

Vanaf de komst van de ansichtkaart van Karen was hij, Ruben, erop voorbereid geweest dat hij zelf ook de aanvechting zou gaan voelen om het te doen. Ooit had hij meer dan een jaar vrijwillig in bed gelegen, dus wat dat betreft bleek hij nogal op zijn zaadleverancier te lijken. Het grote verschil was dat hij zichzelf bij de lurven had gepakt, dat hij van het ene op het andere moment naar de Bourgogne was vertrokken. Toen hij terugkeerde in Nederland en vrijwel onmiddellijk Hannah tegenkwam, was hij op zijn sterkst; van top tot teen gespierd, geestelijk en lichamelijk volkomen gezond. Dat beeld had hij tot op de dag van haar vertrek naar New York geprobeerd in stand te houden.

DE SNELWEG WAS uitgehakt in de rotsen. Het struikgewas aan weerszijden bestond uit verspreid staande agaves waar meterslange bloemstelen bovenuit staken. Op de bergen in de verte zag hij sneeuw liggen.

Een kilometer of zeventig voor Málaga nam hij op goed geluk een afslag. Die voerde naar een plaats met de naam Nerja. Een paar kilometer later was hij er al. De huizen leken hem hier stijlvoller dan in de andere dorpen die hij vandaag vanaf de snelweg had gezien. Dit Nerja gaf net als Sète de indruk het type toeristendorp te zijn dat overal tussenin zit: niet te authentiek, noch te afstotelijk. De inwoners zouden waarschijnlijk nauwelijks op hem letten, ze waren aan buitenlanders gewend. Als hij zich vergiste kon hij altijd nog ergens anders naartoe, dat was een kwestie van instappen en gas geven. Hij ging dan niet naar Periana, dat wist hij nu bijna zeker. Het was hem in Periana ook te koud. De komende tijd wilde hij voornamelijk in de zon zitten, goed eten, over het strand banjeren. Geen gezeur aan zijn kop, daar kwam het op neer. Documentaires maken, en vooral documentaires verkopen, betekende gezeur, heel erg veel gezeur met andere mensen.

Hij reed om een enorme rotonde heen waarop in een uitgekiende compositie subtropische planten waren neergezet. Hij maakte een extra ronde en koos de smalste afslag, een straat die langs een klein park met sinaasappelbomen liep waaronder buikige mannen zaten te keuvelen. De straat daalde enigszins. De huizen die er langs stonden, in wit, crème en roze, waren niet hoger dan drie verdiepingen. Hij keek zo intensief om zich heen dat hij voorbij een taxistandplaats de straat miste die volgens een pijl naar het toeristenbureau voerde. Intuïtief sloeg hij een paar straten verder een éénrichtingsstraat in. Te laat begreep hij dat hij niet rechts, maar links langs een blauw geverfde vluchtheuvel had gemoeten, met twee wielen denderde hij eroverheen. Lekker rommelig, lekker Andalusisch hier, constateerde hij tevreden.

Via een sterker dalende weg met flauwe bochten bereikte hij een bescheiden boulevard langs de zee. Dwars erop stonden auto's geparkeerd. Er was een plek vrij. Hij draaide erin, de voorruit zeewaarts.

Gedrongen palmbomen met dikke, bolle stammen die aan ananassen deden denken. Een hoge mimosaboom. Jonge cipressen. Een bloeiende Chinese roos, bijna een struik. Er schuin achter zag hij een promenade die in terrassen afliep naar de zee. In het park ernaast werd een door banken omzoomd laantje overkapt door een pergola waarover zich bloeiende klimplanten hadden gevleid met de vanzelfsprekendheid waarmee planten dat in warme landen kunnen. Een donkerrood bloeiende bougainville, een dieppaars bloeiende bougainville. Dichterbij in het park waren mensen aan het jeu-de-boulen op een speciale baan. Ook was er een levensgroot schaakbord waarvoor je schaakstukken zo groot als kinderen nodig zou hebben. Achter dat alles lag de zee, die kalm en helderblauw kabbelde.

Hij deed de deur van de auto open en snoof diep, maar dit was geen zee die je rook. De temperatuur van de lucht was goed, een graad of achttien. Vogels maakten een langgerekt geluid dat van hoog naar laag ging en dat nog het meest deed denken aan de manier waarop jongens in alle landen naar meisjes fluiten, wanneer je tenminste de eerste helft van het versierfluitje wegdacht.

Hij moest maar eens naar het toeristenbureau, misschien hadden ze er een lijst met appartementen die te huur waren. Of zou hij eerst naar de zee lopen, onder aan de terrassen? Ach, de komende tijd kan ik iedere dag naar zee, dacht hij vergenoegd. Hij zag redelijk veel buitenlanders, ze zaten in korte broek voor een restaurant, maar er liepen ook Spanjaarden in winterjas voorbij.

Hij zette Igor vast en stapte uit. Meteen voelde hij dat hij op iets scherps had getrapt. Hinkend keek hij naar zijn linkerhak. Er stak een hoefnagel uit. Het was niet te geloven, je zette je eerste stap in een toeristenplaats en meteen wist je dat zelfs hier nog ezels, paarden of muildieren leefden. Hij keek nog eens en bracht de hak een eind omhoog terwijl hij zijn voet vasthield. Hij moest tot de conclusie komen dat er iets anders aan de hand was. Het onderste deel van de hak was eraf, het uitsteeksel was geen hoefnagel maar hoorde bij de schoen zelf. Het had de verschillende lagen van de hak met de zool verbonden.

Andere schoenen had hij niet bij zich. Hij zakte weer op de bestuurdersstoel en keek of hij het afgevallen stuk leer ergens rond de voetpedalen kon vinden. Er lag niets. Toen hij de 'hoefnagel' beter bestudeerde, bleek die van plastic te zijn. Met het Opinel-mes dat hij altijd in zijn zak droeg kon hij het ding er in één beweging afsnijden. Nu had hij een hoge en een lage hak, maar dat hoefde niemand te merken. Een intocht op één schoen bleef hem bespaard.

Igor was languit op de bagagekist gaan liggen, precies in een baan zon die door de voorruit naar binnen viel. De thermometer gaf aan dat het in de auto negentien graden was. Hij draaide de zijruit naast zijn stoel twee centimeter open en zette een bakje water neer. Nadat hij alle deuren had afgesloten liep hij in de richting waar hij het centrum van het stadje vermoedde. Plof tak, plof tak, klonk het op het trottoir, dat was geplaveid met gladde siertegels van imitatiegraniet. Toen hij langs een witte muur kwam die hoger was dan hijzelf, klonk hij als een paard in draf.

Plof tak, plof tak, weerkaatste de muur, die werd onderbroken door een groen geverfd metalen hek. Onwillekeurig keek hij tussen de spijlen door. Achter het hek lag een grote tuin met in de lengterichting een breed pad van beton. Links vooraan in de tuin stond een villa van twee verdiepingen, die zowel beneden als boven over de hele breedte een bordes had. Op het onderste bordes sliepen katten in de zon, het waren er wel zeven of acht. Wellustig lagen ze tegen elkaar aan en over elkaar heen, zodat sommige uit één lijf met twee hoofdjes leken te bestaan. Hij stond stil om naar ze te kijken, zag toen pas dat op de gevel van de villa, ter hoogte van de bovenverdieping, een met de hand beschilderd bordje was gespijkerd: *Apartamentos El Mirador*.

Apartamentos? Met zijn ogen volgde hij het betonpad. Na ongeveer vijfenzeventig meter eindigde het bij een laag muurtje van gestapelde stenen. Daarachter zag hij de zee. 'El Mirador' betekende 'Het uitkijkpunt', het uitzicht moest daarginds inderdaad fantastisch zijn. Rechtsachter, net voor het muurtje, zag hij een gedeelte van een gebouw, een lage witte flat. Daarin zouden de apartamentos wel zijn.

Hij wierp een laatste blik op de katten, waarvan de meeste nu hun oren alert opgeheven hielden. De dieren waren rank, maar glansden wel.

Plof-takkend liep hij door. Iemand had sjaals, hoeden, tassen en zonnebrillen te koop gehangen aan een luifel die de hele breedte van de stoep besloeg. Op voorbijgangers van 1.90 meter werd hier duidelijk niet gerekend, hij moest bukken om er niet met zijn hoofd tussen te blijven steken. Verderop, voorbij een standbeeld waarin met enige moeite Don Quichot te herkennen viel, sloeg hij rechtsaf, door een smalle straat met winkels en woningen die allemaal anders waren. Via een openstaande deur kon hij een blik werpen op een patio met planten en een fonteintje.

Hij stak een langgerekt plein over waarin met kiezels mozaïeken waren gemaakt. Daarna passeerde hij een witgekalkte kerk met een asymmetrische toren. Het plaveisel voor de kerk bestond uit gekleurde en witte tegels, waarvan de witte een diagonale messing sierrand hadden.

Nerja beviel hem. Alles had hier bescheiden afmetingen, alles was met aandacht gemaakt. Het kerkplein ging over in een nog fraaier plein dat langgerekt de zee in stak. Een bord vermeldde dat dit het 'Balkon van Europa' was, gebouwd op de resten van een voormalig fort. In de lengte stonden twee rijen slanke hoge dadelpalmen. Op het verste punt, dat midden in de zee lag, was het Balkon van Europa halfrond, waardoor het geheel, ook al door de zuilachtige palmen en de majestueuze veelkleurige vloer, aan een kathedraal deed denken, de hemel was het dak.

Hij liep naar het afgeronde uiteinde en voelde aan een kanon met een verroeste loop dat op een verweerd houten karretje stond. In de diepte, aan de rechterkant van het Balkon, werden rotsblokken omspoeld door het helderblauwe, vanuit dit standpunt naar groen zwemende water van de zee, dat zich uitstrekte tot aan een bijna onzichtbare horizon. Verderop rechts, voorbij een strand waar niemand was, zag hij lage appartementencomplexen waartussen ook El Mirador moest staan.

Hij wandelde naar de andere kant van het Balkon en leunde over de ijzeren reling. Ook hier was beneden een baai, waarvan het strand werd beschut door een roodbruine rotswand die op de steilste stukken kaal was, maar waarop zich ook cactussen, palmen en agaves hadden genesteld. Op strandniveau waren er twee woningen voor de rotswand gemaakt. Een ervan bestond uit een grot waarvoor een witte gevel was gezet, de andere stak wat meer naar voren uit. Er stonden een bank en een tafel voor. Aan die tafel was een man bezig een modelboot te bouwen, terwijl voor hem, op het zand van het strand, dezelfde sloepen lagen in groter formaat.

Goedaardig grommend kwam de branding aanrollen. De zon legde haar warmte over de baai, die in de verte werd omsloten door een getande bergkam waaromheen een waas van tere wolkenflarden hing, alsof een reusachtig, maar ongevaarlijk insect zijn spinsel rond de toppen had achtergelaten. Het was allemaal van een zo grote zuiverheid, het contrast met zijn eigen dagelijkse beslommeringen in Nederland was zo immens, dat Ruben zijn vuilheid als een last op zijn rug voelde liggen. Hij was smerig, besmet, in alle opzichten. Terwijl hij thuis dag in dag uit bezig was geweest met pogingen anderen te laten doen wat hij wilde, want daar kwam het documentaire-maken kort samengevat op neer, inclusief het streven om er waardering voor te ontvangen, was die man daar beneden op een goudgeel zandstrand een miniatuur vissersloep aan het snijden, de zon op zijn lichaam, achter zich de veiligheid van zijn grot. Op hetzelfde moment dat de roze kaart van Karen een stekende pijn in hem opriep, pijn om de manier waarop zijn vader met zijn dierbaarste jeugdherinnering was omgegaan, zat die man, nadat hij de modelboot met kalme gebaren had opgeborgen, wat visjes te roosteren op de barbecue die hij voor zijn woninkje had gemaakt, al was 'barbecue' een term die meer bij stadsmensen hoorde die nauwelijks beseften dat een vis ooit een dier was geweest. Die man daar beneden had zittend op de stenen bank voor zijn grot een visje geroosterd en een bootje gebouwd, een replica van het bootje waarin hij vroeger de zee op ging om het weinige geld te verdienen dat hij nodig had, terwijl intussen ene Ruben Wildschut een paar duizend kilometer noordelijker zo kwaad en gekwetst was geweest dat het tot een hartaanval had kunnen leiden. In zijn jeugd was hij getraind om tegenslagen niet te hard te laten aankomen, dat klopte, hij had er in zijn latere leven veel voordeel van gehad. Mensen die onbekommerd kind hadden mogen zijn raakten in hun volwassen leven eerder uit balans, omdat ze maar niet konden geloven dat de tijd waarin de wereld onschuldig leek definitief was afgelopen. Maar de kaart van Karen had een gaatje in zijn beschermingspantser gemaakt.

Zijn kostbaarste bezittingen tijdens zijn jeugd waren drie ansichtkaarten. Hij had ze op de muur van zijn slaapkamertje geprikt, zodat hij er zo vaak als hij wilde naar kon kijken. Er stonden kleurenlitho's van het poollicht op, met rokerige, bijna abstracte vormen boven een leeg landschap. De litho's waren gemaakt door zijn Deense grootvader Harald Moltke, die kunstenaar en ontdekkingsreiziger was geweest, hij had aan verschillende expedities naar Groenland meegedaan. Van zijn moeder had hij gehoord dat zijn grootvader ook portretten van eskimo's had geschilderd, en dat zijn vader een heleboel van de originele litho's en schilderijen bezat.

Keer op keer tekende hij met kleurpotlood de ansichtkaarten na. Als hij groot was wilde hij ook kunstenaar en ontdekkingsreiziger worden.

Tijdens zijn latere tocht naar Denemarken was hem verteld dat zijn vader de hele collectie van zijn grootvader had weggegooid. Weggegooid, bij het afval gesmeten, in het vuil gedonderd. De litho's, de schilderijen, de schetsen, foto's, alles. Omdat hij het zelfs in 2001 nog niet kon geloven, ook niet nadat hij had gezien dat er op de balans die hem was toegestuurd geen enkel kunstwerk van Harald Moltke stond, had hij ernaar geïnformeerd bij de advocaat. Het antwoord bleef een aantal weken uit, toen kwam er een in het Engels gestelde brief waarin stond dat de collectie al jaren geleden was '*removed*'. De vertaling van dat woord was, hij zou er toch echt aan moeten geloven, 'weggedaan', 'verwijderd'.

Met gebogen hoofd verliet hij de reling. Zijn lichaam stond strak, alsof zijn gewrichten versteend waren in de tijd dat hij in de diepte had staan kijken. De mensen die hem tegemoet liepen waren vage vlekken. Dat er op het Balkon van Europa twee paarden met koetsen op passagiers stonden te wachten zag hij nauwelijks.

Hij had wraak willen nemen, wraak voor alles wat zijn vader had gedaan. Hij had alleen nooit goed geweten hoe hij het moest aanpakken, hij wachtte op zijn kans. Die was hem ontnomen doordat Jesper er vroegtijdig tussenuit was geknepen, dat zat hem nog het meeste dwars aan die hele zelfmoord.

Pas nadat hij bij het toeristenbureau, vlak naast het Balkon, een plattegrond van het dorp had gehaald en ook een folder had gekregen waarin El Mirador vermeld bleek te staan, verminderde het zware, geketende gevoel. De appartementen in Nerja werden, zo las hij in de folder, niet met sterren maar met sleutels gecategoriseerd. El Mirador had slechts één sleutel.

Op zijn hoge en lage hak liep hij met hernieuwde soepelheid terug in de richting van de auto. Hij bukte onder de hoeden, sjaals en tassen door, arriveerde bij het groene spijlenhek. Er bleek een kleine deur in te zitten. Hij voelde aan de kruk. Die gaf mee. Enigszins aarzelend opende hij de deur en stapte het betonpad op. In de tuin keek hij overdonderd rond. Aan een hoge struik hingen kromme droge lianen die een onverwacht frêle vracht van lila bloesem torsten. Een kerstster, zo'n ding dat zijn moeder vroeger in een potje had staan, had hier het formaat van een boom bereikt. Hij zag rozen bloeien waarvan enkele zo groot als een babyhoofd waren. Ooit was deze tuin zorgvuldig aangelegd, nu hield hij het midden tussen verwaarloosd en gecultiveerd. Zelfs de katten, waarvan de meeste nu op het warme betonpad lagen, hadden hetzelfde evenwicht bereikt.

Voorzichtig, zo beleefd mogelijk kijkend, je wist niet of er binnen iemand achter het raam zat, liep hij de traptreden op die naar het eerste bordes van de villa leidden. De katten die er nog lagen schoten weg. Hij zag geen bel, klopte op de gelakte houten voordeur.

Geen reactie. Hij wachtte een minuut en klopte harder. Binnen leek hij nu toch iets te horen, het klonk als schuifelen. '*Hola!*' riep hij voor de zekerheid.

Hij hoorde niet alleen geschuifel maar ook een stem, deed een stap naar achteren om niet te dicht bij de opening van de deur te staan. Er werd aan een slot gemorreld. Het duurde lang. De deur ging op een kier. Hij zag een half hoofd verschijnen, daarna een stuk van een ochtendjas zoals je die in Periana veel zag. Een bepantoffelde voet, een onderbeen met spataderen, nog een stuk van het hoofd. Het behoorde toe aan een oudere mevrouw met een zorgvuldig gekapte haardos. Hij trok een slijmerige grijns, meende iets van schrik in haar ogen te zien. Toch kwam het onverwacht dat er een hand met daarin een stok met een rubberen dop verscheen. Voor zijn borst zwaaide de dop dreigend heen en weer.

'Wat wilt u?'

Tijdens het wachten had hij in stilte geoefend, maar het 'ik ben op zoek naar een appartement' kwam er klunzig uit.

'*Ocupado,*' zei de mevrouw beslist. 'Wegwezen.'

De stok werd verder geheven, zwaaide ter hoogte van zijn kruin heen en weer. Toen verdwenen het hoofd, de ochtendjas, de pantoffel en uiteindelijk ook de hele stok. Met een bons viel de deur in het slot.

Ocupado. Hij zag in de hele tuin geen enkel persoon die de zaak hier 'ocupado' hield. Of ze moest de katten bedoelen.

Terwijl hij het hek uitging, keek hij nog eenmaal om. Ja ja, ocupado. Zouden de appartementen van die vrouw met slechts één sleuteltje in de folder van het toeristenbureau staan omdat ze iedereen behandelde zoals ze hem had behandeld? Die stok. De blik in haar ogen.

In de auto was het nu drieëntwintig graden. Hij vouwde de isolatiepanelen uit en begon ze te plaatsen. Intussen beraadde hij zich op de volgende stap. Hij wilde in Nerja blij-ven. Hij had nu die folder, er was genoeg te huur. Waarom zette dat mens haar appartementen in een folder terwijl ze liever geen bewoners had? Onzin, dacht hij er meteen ach-teraan, ze had immers al bewoners, anders had ze toch nooit 'ocupado' gezegd? Haar pand zat vol, daarom had ze hem verjaagd. Maar waarom hief ze haar stok er zo drei-gend bij? Zou het met iets anders te maken hebben? Ter-wijl hij naar de villa terugliep had hij er niet op gelet, maar tijdens de heenweg in de richting van het Balkon van Euro-pa had hij vaag de indruk gehad dat sommige mensen, vooral in het smalle straatje voor het plein met de mozaïe-ken, snel overstaken wanneer ze hem op de stoep zagen aankomen. Met name Spaanse vrouwen deden dat, die ver-trouwden het niet, die liepen hem liever aan de andere kant van de straat tegemoet.

In die subtropische tuin te kunnen zitten, er over het wa-ter van de Middellandse Zee te kunnen uitkijken...

Er kwam iets bij hem boven wat Hannah een keer had geroepen, ze had een keer een theorie op hem afgevuurd die hij had weggehoond, ze had gezegd: 'Voor een vrouw is haar man haar statement.' Daarmee bedoelde ze dat een vrouw via de keuze van haar man aangaf wie ze was. Een at-tribuut werkte ook wel, wanneer een vrouw een hockey-stick met zich meedroeg kon je beginnen te vermoeden hoe ze over de dingen dacht, maar het ultieme attribuut was volgens Hannah voor een vrouw toch haar man. Pas wanneer je een vrouw in zijn gezelschap zag, wist je zo'n beetje hoe je haar moest plaatsen, dan kon je denken: aha, is het er zo een? Aha, die heeft gekozen voor de macht, aha, die heeft gekozen voor een rustig bestaan, aha, die heeft gekozen voor het avontuur. Aan een vrouw zonder man was volgens Hannah veel moeilijker te zien hoe ze in het leven stond. Bijna alle vrouwen probeerden zich zo modieus mogelijk te kleden, dat was tegenwoordig voor vrijwel iedereen te betalen. Verder vonden de meeste vrouwen het heel belangrijk om sociaal te zijn. Dat las je af aan hun gezichten, ook daardoor gingen ze op elkaar lijken. Aan vrouwen kon je niet onmiddellijk afleiden of ze zich beter thuisvoelden op een receptie van een ambassadeur of in een hut bij zigeuners. De meeste vrouwen leken zich beter op de receptie van de ambassadeur thuis te voelen. Ook aan lesbische vrouwen zag je niets bijzonders meer. Mannen daarentegen waren nog steeds in types in te delen. Je had de corpsbal, die al op zijn twintigste liberaal stemde. Je had de arbeider, hoewel die sinds de opkomst van de computer minder voorkwam. Je had de intellectueel met roosschilfers op zijn schouders en een slobberig jasje om zijn ongetrainde bovenlijf. Je had de macho met een kaalgeschoren hoofd en een klein hart, je had een heleboel aangepaste mannen die in een nieuwbouwwijk in Almere woonden. Tot slot had je de mannen als hijzelf, die broeken met veel zakken droegen, hun haren net iets te lang lieten groeien en ook na hun veertigste slechts één colbertje in de kast hadden hangen. Tot op hoge leeftijd bleven ze de hoop koesteren in een rock-'n-rollband te gaan spelen.

Hij probeerde zijn gezicht te zien in het achteruitkijkspiegeltje. Het lukte niet. Hij pakte zijn toilettas uit de kast. Nu de ramen waren afgedekt was het in de auto schemerdonker, maar hij kon wel zien dat in de scheerspiegel een extreme versie van de flamencozanger El Cabrero hem aankeek. Baardstoppels van drie, vier millimeter. Ongewassen haren die in slierten naar achteren zaten. Hij hoefde niet in de spiegel te kijken om erachter te komen dat hij zijn kleren te lang had gedragen. Misschien stonk hij zelfs, sinds zijn vertrek van huis had hij één keer de moeite genomen helemaal onder in de bagagekist een schone onderbroek te zoeken. Over zijn sokkensituatie wilde hij niet eens nadenken.

Hij wreef over zijn kin en hoorde de haren langs zijn vingers raspen. Het zou moeilijk worden dat oerwoud weg te werken. Wat scheren betreft was hij geen toptalent, hij had het moeten leren van de televisie. Terwijl zijn moeder koffie ging zetten omdat er reclame kwam, zat hij ademloos af te kijken hoe het proces met mesjes, schuim en gladtrekken van de huid in zijn werk ging.

Ocupado. Het was pas halftwee, er was nog tijd, eten kwam later wel. Hij zocht naar schone kleren, die hij liggend op het matras aantrok. Zijn zwarte broek, een zwart T-shirt met korte mouwen dat niet gekreukt was, effen zwarte sokken, een zwarte riem, hij kon zo naar een feest.

Hij klopte mogelijke kattenharen van zich af, stapte weer uit en liep naar het plein met de mozaïeken. Daar koos hij op de gok een straat linksaf, de Calle Granada. Terwijl hij er op het trottoir liep, werd hij bevestigd in dat wat hij al had vermoed: toen hij dichterbij kwam stak een Spaanse vrouw voor de zekerheid over naar de andere kant van de straat.

Hij ging de eerste kapperszaak binnen die hij zag. 'Herenkapper' stond groots in het Spaans, Engels en Duits op de etalageruit, maar het was een door neonbuizen verlicht kamertje van misschien vijf vierkante meter, met één stoel, één wasbak en één slungelige kamerplant. Drie kinderen zaten op een rij op een lage bank te wachten, maar de kapper, een nog jonge man die het zeer naar zijn zin leek te hebben, liet hem voorgaan. Hij hoefde niet te vertellen wat de bedoeling was. Soepel ging een groot mes over zijn kin en wangen. Na de scheerbeurt, waarbij zijn oren niet werden overgeslagen, waste de kapper zijn hoofdhaar, knipte het, bewerkte de achterkant met een tondeuse en besproeide het met lotion, het was maar goed dat hij zich de komende maanden niet thuis hoefde te vertonen. De totale behandeling kostte het indrukwekkende bedrag van acht euro.

Hij wilde met ferme pas teruglopen naar El Mirador, maar leek meer dan voor zijn kappersbezoek te hinken op dat lange en dat kortere been. Wijzend op zijn kapotte hak, daarbij op één been balancerend, vroeg hij een Spaanse voorbijgangster – die geen enkel teken van angst vertoonde – of ze soms een schoenmaker wist? Met een handgebaar werd hij verderop de Calle Granada ingestuurd; dichtbij, aan dezelfde kant van de straat als de kapper, daar zou hij een schoenmaker kunnen vinden.

Hij vond de zaak en daalde bukkend twee treden af, een lage ruimte in waar flamencomuziek klonk. Achter een versleten houten werkbank stond een man met krijt cijfers op de zolen van twee kokette damesschoenen te zetten. Over zijn bril heen keek hij naar de nieuwe klant. Hij had een bijna Nederlands gezicht. Achter hem lagen niet alleen stapels schoenen, er hingen ook kleine, met een doek afgedekte kooitjes waarin gezongen en gekwinkeleerd werd.

'Kan ik u ergens mee helpen?' vroeg de man.

'Kijk,' antwoordde hij eenvoudig en tilde zijn voet omhoog.

De schoenmaker wees op een rechte houten stoel met een zitting van skai die voor zijn werkbank stond. Hij zou wel zorgen dat het in orde kwam. 'Ga daar maar zitten, geef ze allebei maar.'

Gehoorzaam trok hij zijn schoenen uit, zwarte schoenen die qua model tussen bergschoenen en lage schoenen inzaten. Met één hand reikte hij ze de man aan, die al bezig was zijn gereedschap te pakken. Dat zag eruit alsof er sinds honderd jaar mee werd gewerkt, alsof het van zijn vader en daarvoor van zijn grootvader was geweest.

De schoenmaker begon met een tang ook van de goede schoen de hak af te trekken. Ruben dacht aan zijn eigen gereedschap, waarmee hij de auto had ingericht. Een deel had hij meegenomen, het zat in een kistje onder de bestuurdersstoel. Al zijn gereedschap was van zijn opa geweest.

Zijn opa had wit, achterover gekamd haar met golfjes, waarin hij kleverig spul uit een potje smeerde zodat het de hele dag goed zou blijven zitten. Wanneer hij dat deed, 's ochtends nadat hij in de keuken zijn hele hoofd onder de koude kraan had gehouden, had hij van boven geen kleren aan. Hij rook dan naar zeep en ook een beetje naar pepermunt.

Flamencomuziek en vogelgezang omspoelden hem. Hij keek naar zijn schoenloze voeten. Zijn opa was degene die hem had geleerd zijn veters te strikken en weer los te trekken. Zijn opa was heel sterk, als het moest tilde hij hem zo van de grond en zette hem met een zwaai in het stoeltje voor op zijn grote, zwarte fiets. Niet achterop, voorop, opdat hij goed om zich heen kon kijken. Hij moest zijn voeten dan op twee uitsteeksels zetten die aan het frame van het stoeltje zaten. En daar gingen ze. Het was best gevaarlijk. Je zat hoog en je ging hard. Maar zijn opa hield het stuur stevig vast, er kon niets gebeuren. Soms ging hij een beetje langzamer rijden en zei: 'Kijk eens Ruben, zie je die zwaan, zie je die eendjes? Kijk eens, zie je dat grappige hondje daar?' Dan keek hij veilig vanaf zijn hoge troon naar de watervogels en de honden. Hele tochten hadden ze zo samen ondernomen. Meestal gingen ze ver weg, naar een plek waar geen huizen meer waren, alleen nog bomen en zand. Zijn opa zette daar de fiets tegen een boomstam, tilde hem uit zijn uitkijkpost, pakte van onder de snelbinders van zijn bagagedrager iets lekkers om te eten en te drinken, en dan gingen ze samen in het zand spelen. Ze zochten takjes, dennenappels en wat er ook maar was, daar bouwden ze boerderijen en kastelen van. Ook toen hij eigenlijk al te groot was en nog maar net in het stoeltje paste, maakten ze zulke tochten.

Zijn opa heette Ruben.

Tikketik, tikketik, tikketik. De schoenmaker had een van zijn schoenen in een gebutste bankschroef gezet en was bezig er een nieuwe hak onder te slaan. Toen ook de andere hak was geplakt en vastgetimmerd, draaide de man zich om en haalde van een plank een borstel, een lap en een potje schoensmeer. Langdurig, heel erg zorgzaam, poetste hij beide schoenen.

Als kleinzoon stapte Ruben het dorp weer in.

VANAF EEN WITTE plastic stoel keek hij uit over yucca's, agaves en één bananenpalm. Vooral de agaves waren zo groot, dat er iets mis leek te zijn met zijn ogen. Aan de bananenpalm bungelde een auberginekleurige bloemknop die aan een pendel deed denken. Tussen lager gewas dat de bodem bedekte en dat duizenden bijtende of prikkende dieren kon verbergen, bewoog zich een kat op jacht naar prooi. Aan de linkerkant werd het terrein afgesloten door het muurtje van opgestapelde stenen dat hij bij zijn aankomst al had gezien. Eronder liep een klif steil naar beneden, naar de zee, waarop hij een ongestoord uitzicht had. Rechts van de tuin stond een ander appartementencomplex, maar dat had geen balkons aan deze kant, er keken alleen wat kleine, betraliede ramen op zijn tijdelijke woning uit.

Toen hij met zijn opgeschoren kapsel en zijn glimmend gepoetste schoenen voor de tweede keer bij het boze mens had aangeklopt, was ze opnieuw verschenen in haar ochtendjas, een lichtblauwe. Ze had haar stok wel in de hand, maar gebruikte die alleen om op te steunen. Haar mond vertoonde zowaar een glimlach, waaruit hij opmaakte dat ze hem niet herkende. Een appartement? Ja hoor, er waren er meerdere vrij, wilde hij ze bekijken?

Ze kwam haar huis uit. In een traag tempo wandelden ze samen over het betonpad naar het flatgebouw. De vrouw ging hem voor op een wenteltrap aan de buitenkant. Haar een paar treden lager volgend, bereidde hij zich erop voor dat hij haar zou moeten opvangen wanneer ze struikelde

op haar ribfluwelen herenpantoffels. Op de bovenste verdieping – het gebouw had er drie – nam ze hem mee een
deur in die rechtstreeks uitkwam in de woonkamer van een
appartement. Het rook er stoffig. Dat moest met het meubilair te maken hebben, met het bankstel, dat zeker veertig
jaar oud was. Het hout van het frame, evenals het hout van
het dressoir en van een eettafel met vier stoelen, was donkerbruin geverfd. Op de granieten vloer lag een karpet.
Tussen bank en eettafel stond een koelkast. Hij vroeg zich
af hoe deze plek hem ooit aantrekkelijk had kunnen toe-
schijnen, totdat *Señora* – in zijn gedachten was ze al van
'dat mens' naar Señora gepromoveerd – een rolluik omhoog trok en het overdonderende uitzicht aan hem onthul-
de dat hij nu zag vanaf zijn balkon, waar je kwam via de
slaapkamer.

'Hoeveel per maand?' had hij semi-ongeïnteresseerd gevraagd.

'Vierhonderd.'

Misschien had hij het niet goed verstaan. 'Hoeveel is de
huur per maand? Niet per week, per maand.'

'Vierhonderd,' zei ze weer.

'Dit appartement kost vierhonderd euro per maand?'

Ze knikte, op een lichtelijk geërgerde manier, daarom
zei hij snel: 'Het is prachtig, ik neem het.'

Señora begon hem uit te leggen hoe de kachel werkte,
een rechthoekige metalen kist op wielen met een gasfles
erin. Het geval had geen schoorsteen, de verbrandingsgas-
sen gingen rechtstreeks het appartement in, hij mocht de
kachel niet langer dan een uur laten branden. Anders...
Terwijl ze met haar rechterhand op haar stok leunde,
maakte ze met de linker een gebaar langs haar keel.

Dat ken ik, knikte hij, dat ken ik goed, ik zal de kachel
niet langer dan een uur aandoen.

Hij schuifelde mee terug naar de villa om een contract te

tekenen. Hij mocht nu binnenkomen in de hal, waar stapels dekens, lakens en handdoeken lagen. Op het contract werd het bedrag van vierhonderd euro genoteerd. Alleen wanneer hij een gasfles had verbruikt kwam er de prijs van een nieuwe bij, waarschuwde Señora. De auto mocht hij op het terrein parkeren, parallel aan de flat was een afdak van golfplaat.

Hij haalde de Expert, zette hem onder het afdak en keek het terrein rond om te controleren of er nog steeds niemand liep. Met zijn winterjas over de rieten mand, zodat hij een onbestemde kofferachtige vorm leek te dragen, bracht hij als eerste Igor het appartement in. Voor de zekerheid had hij tegen Señora gezwegen over zijn kleine medehuurder, ze leek hem iemand die van mening was dat beesten buiten moesten blijven. In de hal van haar villa bevond zich geen enkele kat.

Hij liet Igor nog even in de mand zitten, ook al probeerde hij die met zijn voorpoten open te krabben. Pas nadat hij de rest van zijn bagage het appartement in had gedragen, inclusief een zak kattenvoer en de plastic kattenbakbodem die in de bagagekist stond, plaatste hij de mand op het karpet in de woonkamer en zette het deurtje open. Igor klom eruit en keek angstig om zich heen. Alleen zijn neus bewoog, er kwam een palet van nieuwe geuren op hem af.

'Kijk eens hoe mooi we in dit huis zitten?' Hij betrapte zichzelf erop dat het temerig klonk. Toen Igor in zijn leven was gekomen had hij zich voorgenomen om nooit op deze manier tegen hem te praten, maar in de praktijk bleek dat vrijwel onmogelijk.

Hij tilde Igor op en zette hem in de keuken, zodat hij kon zien waar de kattenbak stond. Daarna trok hij in de slaapkamer de rolgordijnen omhoog en ging op het zonbeschenen balkon zitten, waar hij nu nog zat, exact zoals hij het zich van tevoren had voorgesteld, ongestoord uitkijkend over de Middellandse Zee. Onder het afdak had hij een Spaanse, een Engelse en een Duitse auto zien staan, er moesten dus meer mensen in het gebouw aanwezig zijn, maar hij zag noch hoorde ze. Zijn balkon werd omrand door een muurtje van beton, zodat niemand Igor zou kunnen ontdekken en Igor ook niet weg kon komen, de rand van het muurtje was voor een kat met een hangbuik te hoog om erop te kunnen springen.

In gedachten oefende hij de woorden die hij straks moest zeggen wanneer hij boodschappen deed: *aguacates*, *alcachofas*, *chirimoyas* (als de custardperen met het zachte zoete vruchtvlees er in dit seizoen tenminste waren), *naranjas*, *aceite de oliva*, *miel*, *vino*, *pan*. Hij zou de ijskast die naast de oude bank stond tot de nok vullen. In de keukenkastjes had hij gebutste pannen ontdekt, een koekenpan met een bekraste bodem en wat ander rudimentair kookgerei. Het grote misverstand tussen een reiziger en een toerist was dat toeristen veronderstelden dat een reiziger in restaurants at.

Het met behulp van kinderboeken geleerde Spaans zat er nog aardig in. Op die manier had hij ook Deens moeten leren, dat zou beter zijn geweest. Hij zag zichzelf nog in de weer met de singletjes van een taleninstituut die hij voor zijn elfde verjaardag aan zijn moeder had gevraagd. Er zat een grammaticaboek bij waarvan hij de ballen snapte. De enige woorden die hem waren bijgebleven waren *tak*, bedankt, en *knallert*, bromfiets.

DE ZEE BEPAALDE zijn dromen. Heftige zee, heftige dromen. Rustige zee, rustige dromen.

De afgelopen nacht, terwijl de golven met doffe dreunen

tegen het rotsplateau sloegen waarop het appartementencomplex was gebouwd, en er zelfs af en toe een ontploffing
weerklonk waarvan hij pas vanochtend begreep dat het
donderslagen waren geweest, zat hij weer tussen de mijnwerkers in Roemenië. In het echt was hij er samen met
Hannah geweest, in zijn droom was hij moederziel alleen.
Het was zes maanden na de Roemeense revolutie, die minder een revolutie was geweest dan het woord deed vermoeden, het waren toch weer de leden van de communistische
kliek die de macht naar zich toe hadden getrokken. Hij
liep in het centrum van Boekarest, met in de zak van zijn
jack een klein consumentencameraatje. Tot zover was de
droom prettiger dan de werkelijkheid, want destijds had
hij in een rugzak de 16mm-camera meegesjouwd waarmee
je in die tijd nog moest werken wanneer je geen geld had
om een professionele camera te huren, en later, toen de situatie dreigend begon te worden, zat de camera zo onop-
vallend mogelijk in Hannahs zelfgemaakte schoudertas
van spijkerstof, waarin ze met een balpen een stuk van een
naad had losgetornd zodat er een gat ontstond waardoorheen ze, met de durf en de vastberadenheid van een zeven-
entwintigjarige, de scheve, hotsende opnames had gemaakt die later de enige bewegende beelden bleken te zijn
die er op de meest helse dag van dat jaar waren vastgelegd.
De golf buitenlandse journalisten die na de omwenteling
naar Roemenië was getrokken was allang weer op weg
naar interessantere streken, en voor Roemeense cameralieden was de situatie te gevaarlijk.

Hij liep daar dus helemaal alleen met zijn videocamera-
tje en filmde kamperende hongerstakers die het niet meer
pikten dat de communisten hun revolutie hadden gestolen, dat een vriendje van Ceauşescu het had geflikt om president te worden. In de droom ging het allemaal sneller
dan het in het echt was gegaan, toen waren er eerst nog

een paar dagen verstreken waarin demonstranten met de oproerpolitie vochten en gekaapte stadsbussen in brand staken. Het centrum van Boekarest rees op uit een wolk autobandenrook.

Soms werden mensen dood in hun bed gevonden. 'Vreedzaam ingeslapen.' Hij wist wel zeker dat hun dood helemaal niet zo vreedzaam was geweest, dat die mensen een droom hadden gehad waarin ze werden achtervolgd door een moordende menigte of op een andere manier een levensbedreigende situatie hadden doorgemaakt. Ineens waren ze er, de zwermen mijnwerkers in legergroene vodden, hun gezichten besmeurd met kolenstof, mijnlampen op hun voorhoofd, in hun knuisten zeisen, pikhouwelen, voorhamers, stalen staven met een afgeplatte punt, bijlen waarmee een eik gekliefd kon worden. Hij zat midden tussen die meute, duizenden barbaren waren het, als één monsterlijke brul klonken hun strijdkreten, hommages aan de gluiperige president met de eeuwige grijns op zijn snuit, tot op de dag van vandaag was het heerschap niet veroordeeld.

Toen begon het moorden. Hij had het vaker in dromen teruggezien, maar nooit zo van dichtbij als deze keer. In vroegere dromen reproduceerde hij in feite hun film, de film die ze tijdens het monteren en daarna, toen het succes was gekomen – niet alleen vanwege het onderwerp, ook omdat het nog nieuw was om schokkerig, onprofessioneel ogend materiaal te verwerken – zo vaak opnieuw hadden moeten bekijken tijdens festivals en vertoningen zoals die in Madrid. Hij had zelf ook klappen opgelopen, zodat hij wel wist hoe bloed eruitzag, hoe het langs je gezicht naar beneden kon druipen, hoe je haren konden opdrogen tot een kleffe koek, hoe een losse tand in je tandvlees wiebelde, ook dat hadden ze allemaal in beeld gebracht. Zijn blauwe neus, die nu nog steeds een beetje scheefstond, de gezwollen lippen waartussen Hannah in de dagen die volgden een plastic rietje had gestoken zodat hij in ieder geval wat vocht binnenkreeg. Hij wist dat, hij kende de aanblik, bioscoopschermgroot. De handeling van het moorden, het letterlijk met bijlen inhakken op demonstranten, op menselijk vlees, had Hannah vanaf enige afstand vastgelegd, anders zou er nooit een film zijn geweest, dan zouden ze het niet hebben overleefd. Maar de afgelopen nacht had hij hellemensen van veel dichterbij handen en armen zien afsnijden, hij had ze met een houweel een lillende put in een dijbeen zien kappen. De man die in de film over een bloembak struikelde en daarna rechtstreeks zijn moordenaars tegemoet vluchtte, gek van angst, zijn overhemd steeds roder van het bloed, had hij gedurende de afgelopen nacht van een paar decimeter afstand zieltogend het bewustzijn zien verliezen. Een mijnwerker paradeerde met een staaf waarop een vrouwenhoofd was gespietst.

Het mijnwerkersgeweld was de gebeurtenis geweest waardoor Hannah en hij gedurende het verdere verloop van hun leven en werk het meest bepaald waren. In zekere zin, en zo had hij het nog nooit eerder gezien, was het voor hemzelf een *blessing in disguise* geweest. Zodra hij ook maar enigszins de neiging kreeg om te zwelgen in zijn persoonlijke leed, hoefde hij alleen maar de beelden uit Boekarest op te roepen. Je zou kunnen zeggen dat die beelden als een onzichtbare beschermlaag om hem heen waren blijven zitten. Onbekommerd zwak (of wreed, wat min of meer hetzelfde was, wreedheid was een optelsom van zwakte en lafheid) kon hij niet meer zijn, dan lichtte er meteen een beeld uit de beschermlaag op.

Hij zette zijn zonnebril af en leunde achterover. Een opgeluchte zucht ontsnapte. Het was een droom geweest. Hij zat niet in Boekarest maar in een toeristenplaats aan de Costa del Sol met de naam Nerja. Na het onweer en het agressieve gebeuk van de golven was de zee nu, nog maar een paar uur later, onwaarschijnlijk rustig. Er zat zelfs bijna geen beweging in, alsof hij over het meer van Ohrid zat uit te kijken. In de tuin daarentegen leek iedere plant te barsten van lust en leven. De pendel aan de bananenboom tilde zijn auberginepaarse huid als vleugeltjes omhoog. Doordat de zon erdoorheen scheen, leken de vleugels rood in plaats van paars. Op een cactus prijkten oranje sterren, een paars bloeiende winde klom tegen andere planten op. Hij zag ook een bodembedekker die een Oost-Indische kers moest zijn, alleen waren de bladeren van deze soort tweemaal groter dan hem normaal leek. Als gretige satellietschotels draaiden ze mee met het licht.

Heel even doemden de mijnwerkers weer op. Hij sperde zijn ogen wijd open. Omdat Igor binnen op de versleten bank in de woonkamer lag, legde hij zijn beide handen op de warme rand van het muurtje rond het balkon.

Ach, die Igor. Hij maakte, mits hij zijn voer op tijd kreeg, de indruk wel voor altijd in Nerja te willen blijven. Nu al was de bank zijn favoriete plek. Wanneer het hem daar te heet werd zocht hij een plaatsje op de granieten vloer, waar hij zijn achterpoten zo ver uitstrekte dat er geen eind aan hem leek te komen. Eerst weigerde hij op de open kattenbak te gaan, hij ging zich zitten ontlasten in een hoek van de slaapkamer, maar vanaf het moment dat er een kartonnen doos met een gat erin over de kattenbakbodem heen stond was dat probleem opgelost, het was ontroerend hoe belangrijk dergelijke trivialiteiten voor zo'n dier waren. Soms rende hij zonder aanleiding met een noodvaart door het huis. Overdag was hij het minst actief, dan sliep hij opgekruld en deed hoogstens één oog open als je iets tegen hem zei. Je zag hem denken: o, is hij het weer? Het is nog geen etenstijd, ik slaap lekker verder. Wanneer het wel tijd voor zijn maaltijd werd, kon hij zeker een uur van tevoren op wacht zitten. Zodra op het aanrechtblad zijn bakje werd gevuld ging hij als een acrobaat tegen de kastjes staan en krabbelde met de nagels van zijn voorvoeten tegen de deurtjes.

Ook voor hem, als mens, was Nerja een interessantere plaats dan hij had verwacht, dacht Ruben. De autochtonen en de toeristen schoven in verschillende stromen langs elkaar heen. Die stromen raakten elkaar bijna nooit, behalve in winkels of restaurants. Daar bedienden de Spanjaarden de buitenlanders en verdienden aan ze. Verder wisten de twee groepen elkaar prima te vermijden. Hij had zelfs de indruk dat de inwoners van Nerja min of meer door de buitenlanders heen keken, je was er voor hen nauwelijks. Ze observeerden je niet en probeerden ook niet met je in contact te komen.

Vooral in de ochtenduren domineerden de buitenlanders de straatjes van Nerja. Er waren veel ouderen bij, maar dat raakte hem minder dan in Benidorm, ze waren hier jonger. De vrouwelijke, op wier gebruinde hoofden korte haren groeiden, bewogen zich voort op platte schoenen. Hun mannen kwamen iets virieler over. Je hoorde veel Engels, de meesten waren Brits, hoewel er ook kranten in het Duits, Frans, Nederlands en de Scandinavische talen te koop waren. Die werden gelezen tijdens het drinken van koffie op terrasjes, heel veel koffie op heel veel terrasjes. Daarvoor hadden de buitenlanders hun eigen circuit, je zag ze nauwelijks in gelegenheden waar Spanjaarden kwamen. Waarschijnlijk hadden de meesten bewust een bestemming gekozen waar ze landgenoten om zich heen zouden hebben, waar ze in hun eigen taal met dokters en zelfs met dominees konden praten, er werden hier kerkdiensten in diverse talen gehouden. In winkels was het hem opgevallen dat de meeste buitenlanders het Spaanse woord voor brood niet eens kenden.

Deze oudere Europeanen waren degenen die keer op keer geluk hadden gehad, die tot de sterksten van de sterken behoorden. Als kind hadden ze de Tweede Wereldoorlog overleefd. Tijdens hun latere leven hadden ziektes en ongeluk om hen heen toegeslagen, maar zijzelf waren gezond genoeg gebleven, waardoor ze ook nog eens voldoende geld hadden kunnen vergaren om hier nu te zijn. En, wat hem doorslaggevend leek, zij waren nog samen, het waren vrijwel altijd stellen die je zag. Vaak liepen ze hand in hand, alsof ze in Nerja voor de tweede keer verliefd op elkaar waren geworden.

Mijn moeder had hier ook kunnen lopen, kwam in hem op. Onmiddellijk concentreerde hij zich op de tuin. Die vleugels van de bananenbloem waren vooral aan de onderkant rood, door het bovenste stuk scheen minder licht.

Zijn moeder... Hij zag haar gezicht voor zich. Toen ze stierf was ze jonger dan hij nu.

Hij liet een beeld uit *De mannen met de zeisen* opkomen, mijnwerkers zaten een groepje studenten achterna. Een politieagent blies uit alle macht op zijn fluit. Hij herinnerde zich het geluid niet uit de film. Het leken wel meerdere agenten, hun gefluit werd steeds scheller.

Hij wreef in zijn oren. Het fluitgeluid kwam niet van binnen, het was echt, het kwam uit Señora's tuin. Het werd gemaakt door de vogels die hij na zijn aankomst in Nerja al had gehoord, de vogels die de tweede helft van het internationale versierfluitje floten. Het klonk provocerend, alsof hij werd uitgedaagd. Iedere vent met een beetje hormonen in zijn lijf maakte dit geluid in zijn verbeelding de godganse dag.

Hij stond van de balkonstoel op en liep de slaapkamer binnen. Igor lag op zijn zij op het voeteneinde van het bed, de poten aan één kant naast zich. Toen hij hem in het voorbijgaan over zijn buik streelde, ging hij als een hondje op zijn rug liggen.

Gehoorzaam zakte Ruben op de rand van het bed neer en bleef Igor strelen. Tussen de witte buikharen voelde hij tepeltjes.

Het vogelgeluid drong hier ook door. Hij trok zijn hand van de zachte buik terug en stond op. Igor begon om meer te miauwen. Hij deed of hij het niet hoorde en kamde met gebogen knieën voor de op dwerghoogte hangende spiegel zijn gekortwiekte haren. Voor hij de voordeur uit ging greep hij zijn telefoon van het donkerbruine dressoir, maar deed die wel uit.

Op weg naar het strand maakte hij een omweg langs een café waar alleen autochtonen kwamen. Drie mannen in met verf besmeurde overalls stonden aan de bar. Aan hun voeten lagen papiertjes, pitten, schillen en peuken. Hij zag blikjes frisdrank achter de glazen deur van een koelkast, heiligen ingelijst aan de wand. Een sigarettenautomaat en een gokkast. Een hooghangende tv.

Hij bestelde koffie. De barman liet de koffiemachine sissen. Boven de man hing een rij hammen, aan een lagere stang bungelden slingers worsten. Het blad van de bar was van gelakt hout, met een richeltje en een uitgeholde gleuf aan de voorkant. De richel was bedoeld om het vocht uit omgevallen glazen tegen te houden, in de holling kon je steunen met je ellebogen.

De barman zette het hoge glas koffie voor hem neer. Hij bleef ermee naast de werklui in overall staan, die aan gifgroene drank nipten. Ze spraken met harde stemmen, maar door het Andalusische accent waren ze moeilijk te verstaan. Het kwam erop neer dat ze elkaar aan het overtroeven waren. De een sneed ergens over op, de ander had iets nog groters, mooiers of beters gezien. Ze waren deze manier van converseren gewend. Geen van allen verloor zijn humeur.

De koffie was heet en sterk. Terwijl hij er met kleine slokjes van dronk, kwam de barman achter zijn toog vandaan en begon met een bezem de vloer van marmeren tegels aan te vegen. Barman-zijn was een intieme bezigheid, je wist precies wat je vaste klanten namen en wanneer ze dat deden. In het geval dat ze heel erg veel namen, wist je ook snel waarom.

De werklui stonden van hun kruk op, zetten die opzij om hun peuken en schillen bereikbaar te maken en praatten intussen door op gelijkgebleven toon. Terwijl hij zelf opzij ging zodat er geveegd kon worden op de plek waar zijn voeten hadden gestaan, kwam er een geurvlaag in zijn neus die hij alleen maar 'mannelijk' kon noemen.

Hij snoof weer, maar de barman was al te ver weg. Dat was pas een kerel, die werklui waren pas kerels. Bijna iedere Nederlandse man was een halve vrouw geworden. Andersom gold het ook, vrouwen werden halve mannen. De kloof tussen de geslachten werd gedicht, dat was een van de grote verworvenheden van de Nederlandse maatschappij, maar het bleef wennen.

Wanneer Hannah gespannen was, vroeg ze hem om haar schouders te masseren. Wanneer haar haren gekleurd moesten worden smeerde hij er kledder in, wanneer ze kleding had gekocht stond hij met zijn hoofd schuin de snit van jurken en rokken te beoordelen. Alle Nederlandse mannen deden dat, maar hijzelf was er net iets ernstiger aan toe. Op de lagere school legde hij bij tikkertje een hand op de rug van de meisjes, terwijl ze door de andere jongens werden opgebracht alsof ze beesten waren. Wat dat betreft was het maar goed dat hij geen kinderen had gekregen. Luiers verschonen, wagentjes voortduwen, hij zag zichzelf er al als een druk baasje mee in de weer.

Hij was nu twee weken onderweg. Nog steeds stond hij droog wat seks betreft.

Hij wees de barman op de glazen van de werklui in hun

besmeurde overalls en kreeg hetzelfde elixer ingeschonken.

Het was meer dan vijfentwintig jaar geleden dat hij het met een andere vrouw dan Hannah had gedaan. Dat had grote voordelen. Als je zo lang met dezelfde persoon sliep was alles geoorloofd, je kon heel ver gaan bij het zoeken naar nieuwe mogelijkheden. Er was toch niemand die er iets van te weten kwam, het bleef tussen jou en de ander. Je moest het alleen niet te vaak doen, hadden ze in de loop van de jaren ontdekt, twee- of driemaal per maand was in hun geval het beste, zo bleef je er voortdurend naar verlangen. Ze trokken zich er niets van aan dat 'men' dat weinig vond. Een ander voordeel wanneer je zo lang samen was, was dat je dan tenminste kon lachen om seks. Hij herinnerde zich monologen die hij nog niet zag ontstaan bij een onenight stand. 'Tjezus, die lul van jou, dat is geen lul meer, dat is een ziektebeeld. Wat is t-ie toch enorm. Over penisverkleiners krijg ik nooit spam, terwijl ze toch zo hard nodig zijn.'

Hij had wel de indruk dat er een hele afgrond was waarin hij zich niet waagde, hoogstens gluurde hij even over de rand. Hij had geen idee wat er voor duisters en donkers speelde in andermans brein. Die werklui naast hem neukten waarschijnlijk dagelijks.

Hij leegde zijn glas in een paar teugen, legde geld neer en beende met zelfverzekerde stappen de deur van het café uit. Via de stenen terrassen met de palmen waarvan de bolle stammen aan ananassen deden denken, daalde hij af in de richting van het strand. Het was voorjaarsachtig warm, voor de cafés op de terrassen zaten veel toeristen. Met een heersersblik keek hij naar de benen van een groep jonge vrouwen. In een roodleren tuigje stond een heel klein hondje onder hun tafel.

Toen hij voorbij de tafel was klonk er gegiechel. Hij keek

over zijn schouder en begreep dat het met hem te maken had. Het hondje bleek een dik in het haar zittende marter te zijn.

Het aantal mensen op het strand gaf een indruk hoe het 's zomers in Nerja kon zijn, alleen was het water nu nog te koud om te zwemmen, niemand waagde zich in de branding. Wanneer vrouwen een zekere leeftijd waren gepasseerd kregen ze te kampen met een buikenprobleem, constateerde hij van achter zijn zonnebril.

Hij liep door. Voorbij de resten van een uitkijktoren werd de wandelpromenade breder en ruiger. Het pad bestond hier uit grof grijs zand met dikkere, nogal scherpe stenen ertussen. Rechts stonden lage appartementengebouwen.

Hij stak een droge rivierbedding over. Zouden die jonge toeristes nog aan hetzelfde tafeltje zitten met hun marter? Hij wilde net rechtsomkeert maken, toen hij op het pad hoopjes mest zag liggen. Kortgeleden moest hier een ezel, paard of muildier hebben gelopen. De hoefafdrukken waren niet scherp omlijnd, waardoor er moeilijk uit af te leiden viel welke kant het dier op gelopen was. Het had in ieder geval een rustig tempo aangehouden, anders lagen de mestballen wel verder uit elkaar.

Terwijl hij toch maar doorliep zette hij zijn zonnebril af om beter in de verte te kunnen kijken, langs wat particuliere percelen die waren omheind met gaasdoek en rietmatten. Geen ezel, paard of muildier te bekennen.

Hij kwam bij een jachthaven zonder water, waar de boten op het droge lagen. Een grote gele tractor met een rijdende schep ervoor bracht ze naar de zee en haalde ze weer op.

Voorbij de jachthaven schopte hij met zijn voet tegen een plastic zwaard dat op het pad lag. Toen hij ter hoogte van een rommelig eettentje was aangeland, zag hij het dier aankomen dat de mest had laten vallen. Aan de oren te zien was het onmiskenbaar een ezel. Die ezel werd vastgehouden door een persoon in een fluorescerend jack, zo'n ding dat hij zelf ook in de auto had liggen om in noodgevallen zichtbaar te zijn. Vreemd dat iemand op deze plek en bij deze temperatuur zo'n jack droeg.

De persoon en de ezel waren nog ver weg. Ze moesten al een behoorlijke afstand hebben afgelegd, naar het einde van het strand. Hij wilde dringend naar de toeristes met de marter terug, straks waren ze verdwenen, maar hij wilde wel eerst weten of de persoon die de ezel begeleidde een man of een vrouw was. Aan het wiegen van de heupen te zien moest het haast om een vrouw gaan. Ze had blond haar. De ezel was lichtgrijs.

De twee kwamen dichterbij. Het ging echt om een vrouw. Ze was een jaar of vijfendertig en vrij klein. Op het jack na zag ze er heel normaal uit, op een frisse manier aantrekkelijk. De ezel was oud en had een plukkerige vacht.

Hij kon zich goed voorstellen dat de vrouw een ezel als huisdier had genomen. Dat ezels zulke bijzondere beesten waren had vooral met hun oren te maken, met die behaarde, beweeglijke antennes die als een permanent vredesteken op hun hoofd zaten. Een ezel met kleine puntoortjes zou een veel banaler beest zijn. Wanneer je een metafoor zocht voor iets wat op geen enkele manier gecorrumpeerd was, kwam je niet bij de paarden, noch bij de katten, maar bij de ezels uit.

De vrouw en de ezel waren hem al voorbij. Hij minderde snelheid, draaide zijn hoofd. Zij bleven in hetzelfde tempo doorlopen. De vrouw droeg het haar in een staart. Op de rug van het jack was een tekst afgedrukt. Wat stond daar nou?

Hij draaide zich helemaal om en begon met versnelde pas achter de blonde vrouw en de ezel aan te lopen. Na korte tijd was hij op leesafstand. *Nerja Refugio del Burro. Animales en ejercicio*. Daaronder stond het nog eens in de Engelse vertaling: *Nerja Donkey Sanctuary. Animals on exercise*.

Juist. Geen huisdier. Ergens in Nerja was een opvangcentrum voor ezels. Kennelijk was dat nodig, nota bene in Andalusië. De tijd van de boeren die als een koning op hun pakzadel prijkten was voorbij. Ook hier waren de mensen eraan gewend geraakt om auto's te laten doen wat ze wilden. Het frustreerde ze dat een ezel niet meteen liep wanneer je er voer in gooide en met je zweep zwaaide. Wanneer een ezel als een auto werd bejegend kon hij alleen maar onderhandelen met zijn hoeven, zijn tanden en zijn wilskracht. Hij kon trappen, bijten of weigeren een stap te zetten, dat waren de schamele wapens die hij tot zijn beschikking had.

Hij bleef achter het tweetal wandelen, zorgde ervoor niet te dichtbij te komen. Met zijn aantrekkingskracht op buitenlandse vrouwen zat het wel goed, dat had hij sinds zijn komst naar Nerja al talloze keren gemerkt, maar Spaanse vrouwen wilden ondanks zijn kappersbezoek toch nogal eens gereserveerd doen. Spaanse mannen hadden weer andere ideeën over hem, op straat hoorde hij regelmatig: 'Psst, psst, señor, hasjiesj?' Er viel weinig tegen te beginnen, of hij zou zich elke dag moeten scheren.

Hij kwam langs het plastic zwaard. Onwillekeurig rechtte hij zijn rug. Wat zou hij zeggen als hij haar aansprak? Iets over zijn ervaring met ezels, iets over *Het behaarde vredesteken*? Moest hij wel eerst weten in welke taal hij moest spreken. Ze kon toch eigenlijk haast geen Spaanse zijn. '*Do you speak English?*' Zo oud als de wereld, kon echt niet, hoewel het wel het meest voor de hand lag. Nog iets sneller gaan lopen, op haar hoogte opzij kijken en dan knipogen? Uitgesloten. Dan kon hij toch beter iets over de film zeggen.

De tractor die bij de droge jachthaven hoorde reed met veel lawaai de zee in. Als een galopperend paard maakte de waterscooter die zijn lading zou worden eerst nog een vloeiende bocht door de zee, terwijl erachter een metershoge straal de lucht in spoot.

Hij begon een macho gezichtsuitdrukking te oefenen, probeerde testosteron door zijn aderen te laten vloeien. 'Hallo. Dus jij laat een ezel uit.' Hij moest zorgen dat zijn stem zo laag, zo krachtig mogelijk bleef.

Hij wilde net in hoger tempo de vijftien meters die hem van de vrouw scheidden overbruggen, toen hij zag dat twee mannen van een jaar of vijfentwintig de ezeluitlaatster tegemoetkwamen. Het waren knappe kerels in pullovertjes, ongetwijfeld Spanjaarden. Wat deed die ene man nu, waarom liep hij naar dat hek van gaasdoek? Aha, er zat een sprinkhaan op, een buitenmodel sprinkhaan. De Spanjaard bewoog zijn hand er voorzichtig naartoe en pakte het insect met duim en wijsvinger van het doek af. Daarna gooide hij het omhoog, zodat het veilig binnen de omheining kwam.

Zij keek ook naar het tafereel. Ze hield daarbij haar hoofd zover opzij gedraaid dat hij een deel van haar neus kon zien. Het was een gemiddelde neus zonder speciale kenmerken. Nu draaide ze haar gezicht weer naar voren, de paardenstaart wipte vrolijk mee. De ezel wist van niets, die bleef met vlugge, stijve stapjes meelopen aan zijn halstertouw, zijn zware hoofd recht vooruit.

Mannen in zachtpaarse en grijsgroene lamswollen pullovers die sprinkhanen redden. De scooter met zijn ejaculatie van zeewater had ze geen blik gegund. Hij moest op de sentimentele toer, niet op de stoere. De meeste vrouwen waren gericht op helpen, op redden, zo waren ze biologisch geprogrammeerd. Dat sierde ze, maar tegelijkertijd was het een belemmering. Wanneer je harmonie ambieerde kwam je minder makkelijk aan de top dan mannen die nietsontziend het hoogste probeerden te bereiken. Voor zichzelf.

Hallo, mijn naam is Ruben. Dus jij laat een ezel van een opvangcentrum uit? In gedachten keek hij haar erbij in de ogen, knoopte een praatje over de ezel aan, krabde het dier tussen de oren. Geleidelijk zou hij dan een verhaal over *Het behaarde vredesteken* ophangen, dit was een vrouw met een nog grotere red-behoefte dan andere vrouwen.

De film was een onbedoeld gevolg van hun tijd in Servië, waar Hannah en hij hadden willen onderzoeken of ze iets konden doen met turbofolk, muziek die elektronische dansritmes combineerde met traditionele deuntjes en suikerzoete, nationalistische teksten. De Bulgaarse chalga was er een afgeleide van.

Hannah en hij werden in Servië nou niet bepaald in de armen gesloten. De mensen waren er in twee categorieën in te delen: degenen die lazen en schreven in het cyrillisch en degenen die het Latijnse alfabet gebruikten. Dat was een manier om te laten zien waar je stond en hoe je dacht. Bepaalde kranten, vanuit Nederlands standpunt de foute, waren in het cyrillisch, bepaalde boeken ook, net als de ondertiteling op bepaalde televisiezenders. Maar zelfs de Latijnsgeoriënteerden reageerden vermoeid op Hannah en hem, alsof ze dachten: vertel mij wat, daar komt weer een stel van die decadente lui die nooit iets hebben meegemaakt over ons oordelen. Het was iets in hun blikken. Iets onderhuids, iets geringschattends. Meer nog dan andere Oost-Europeanen waren de Serviërs gewend om mensen te benaderen als deel van een groep. Omdat Hannah en hij uit Nederland kwamen, ook nog eens het land van het Joegoslaviëtribunaal, waren ze per definitie verdacht.

Het lukte niet om in turbofolkkringen te infiltreren. De connecties met de Servische onderwereld waren te sterk, het was te gevaarlijk. Naast de deur van de Duitse ambassade hing een papier: Wapens afgeven aub.

Ze besloten naar Macedonië te trekken. Ondanks de etnische spanningen die ook in dit land heersten had Skopje, de hoofdstad, de sfeer van een provinciestad. De winkels hadden er nog iets stoffigs, iets goedaardigs, dat vond je in niet veel hoofdsteden meer. Je kwam er telkens dezelfde mensen tegen, het hele land telde maar twee miljoen inwoners.

Op een caféterras leerden ze een jonge vrouw met mosgroene ogen kennen, Tania heette ze. Tania wilde wel proberen Hannah en hem te introduceren in de Macedonische turbofolkwereld. Ze was eenendertig en alles aan haar was klein en grappig, zelfs haar voortandjes. Ze sprak uitstekend Engels, zoals meer mensen in Macedonië, waarmee het land in Europa een uitzondering was. Naar eenwording strevende politici realiseerden zich niet hoe beperkt de talenkennis was in Europa. Op Duitsland en de Scandinavische landen na, sprak in de meeste landen zelfs de elite, ook de jongere, geen woord over de grens.

Op een zondag maakten ze een uitstapje met Tania. Dat had geen verband met hun onderwerp, Tania wilde alleen maar laten zien hoe mooi haar land was. Ze gingen naar een kloof vlak bij Skopje die 'De baarmoeder' werd genoemd, en waar volgens haar vijftig ruïnes van orthodoxe kerken stonden. Tania, Hannah en hij liepen over een pad dat langs een van de steile wanden van de kloof was uitgehakt. Op een bepaald punt keek Hannah over de reling naar beneden, de diepte in, waar ze twee mannen zag die iets zo onvoorstelbaars, zo verbijsterends aan het doen waren dat ze eerst nog doorliep, het wilde niet tot haar brein doordringen. 'Tania, Ruben,' zei ze na misschien wel een halve minuut. 'Ik geloof dat ik iets verschrikkelijks heb gezien.'

Ze liepen snel terug en bogen zich over de reling. Vijfenzeventig meter lager, op de bodem van de kloof, waren twee mannen bezig, Hannah had het echt goed gezien, een levend, aan de voor- en de achterpoten gekluisterd ezeltje te ontdoen van zijn oren. Ze sneden ze eraf met een niet eens zo heel groot mes. Het ging geluidloos. Het ezeltje balkte niet. De mannen praatten niet. Ze werkten. Pas toen beide oren afgesneden waren en de mannen de bebloede flappen in een jutezak hadden gedeponeerd, begon de ezel een geluid uit te stoten dat door de rotswanden omhoog gestuwd hun eigen oren bereikte als een rauwe, afwisselend schrille en lage kreet, die op dezelfde manier werd opgepompt als wanneer het dier zou hebben gebalkt.

'Tania, we moeten iets doen!' hijgden Hannah en hij. Ze wilden schreeuwen, die beulen van bovenaf met stenen bekogelen, maar Tania smeekte hun om dat niet te doen. Volgens haar waren het Albanezen, daar barstte het van in Macedonië, hele hordes waren vanuit Kosovo naar haar land gevlucht, Skopje lag maar een paar kilometer van de grens. Wanneer ze schreeuwden zouden de mannen beseffen dat ze door een Slavische Macedonische gezien waren. Tania wist zeker dat ze er niet voor zouden terugschrikken ook haar oren af te snijden. 'Die klootzakken,' siste ze. 'Onontwikkelde boerenlullen. Laten ze bij elkaar kruipen in dat achterlijke Albanië in plaats van ons land met hun primitieve gewoontes te besmetten.'

De mannen beneden kerfden nu in de rug van het fragiele dier. Daarna liepen ze de kloof in, in de richting van de bergen. Eén van hen had de jutezak over zijn schouder. Het ezeltje, dat er tot dan toe in was geslaagd overeind te blijven, en wiens poten nog steeds met touwen aan elkaar vast zaten, viel opzij op de stenige grond. Hij bloedde hevig, zowel uit zijn kop als zijn rug. Voor het maken van geluid had hij geen kracht meer.

Hannah wilde onmiddellijk naar het dier toe, maar er was geen enkele mogelijkheid om langs de steile stenen wand naar beneden af te dalen. Tania was in paniek, zij wilde zelfs niet naar het begin van de kloof teruggaan om te proberen het dier over de bodem te bereiken. 'Jullie zijn zo naïef, dit is een land op de rand van oorlog,' riep ze maar steeds, onmachtig voor hen op en neer springend omdat ze zoveel kleiner was.

Dezelfde avond zaten ze in het vliegtuig terug naar huis. Maandenlang kon Hannah niet goed slapen. Ze kon maar niet vatten waarom mensen zo wreed zouden willen zijn tegen uitgerekend een klein, onbetekenend, totaal ongevaarlijk ezeltje. Wat kon het dier die twee mannen nou hebben aangedaan? En waarom hadden ze de afgesneden oren meegenomen, als trofeeën?

In 2002 besloten ze terug te keren naar Macedonië en hun speurtocht naar de achtergrond van de mishandeling te filmen. Ditmaal hoefden ze gelukkig niet vanuit een schoudertas te opereren, maar verder gebruikten ze ongeveer dezelfde middelen die ze voor *De mannen met de zeisen* hadden gebruikt: een eenvoudige handcamera (intussen was de video-camcorder uitgevonden), een richtmicrofoon, geen ingehuurde cameralieden of geluidsmensen, een rudimentair scenario. Resultaat: een ezeltje met afgesneden oren redde hun reputatie als documentairemakers.

Na *Een behaard vredesteken* was hij ezels als vertegenwoordigers van onschuld, schoonheid en berusting gaan zien. Iemand die een ezel kwaad doet herkent geen onschuld, schoonheid en berusting, laat staan dat hij de ezel in zichzelf herkent. In het balken van een ezel hoort hij niet de smartenkreten die hij zelf zou willen slaken, hij weet niet eens dat hij smartenkreten zou willen slaken. Een mens die niet af en toe wil balken is niet goed bij zijn hoofd. Balken is iets anders dan huilen. In balken zit anarchie. Balken is protest, balken is kracht en pijn ineen. Kracht en pijn, geen verdriet. Wie kon balken was pas echt bevrijd.

Dit wilde hij allemaal aan de vrouw met de paardenstaart gaan vertellen, uiteraard zonder Hannahs naam ook maar eenmaal te noemen. Wanneer de vrouw en hij al lopend en pratend vlak bij El Mirador waren gekomen, zou hij net op een cruciaal punt zijn beland. En dan: 'Zal ik straks verder vertellen? Brengen we eerst de ezel weg, gaan we daarna naar mijn appartement. Ik heb nog een goede fles rode wijn staan.'

Hij zag zichzelf samen met de vrouw op de bank in de woonkamer zitten. Igor moest hij dan maar in de keuken opsluiten, nu was zijn aandacht voor iemand anders. Het eerste wat hij zou doen was de Reserva 2000 openen, je moest vrouwen niet meteen bespringen. Hij hoopte maar dat ze geen Nederlandse was. Ze zou ook een Deense kunnen zijn. Die blonde haren, de vorm van haar gezicht... De kans dat ze Deens was, was redelijk groot. In dat geval moest hij af en toe een emotie laten blijken. Deense vrouwen leken erg op Nederlandse, de mix tussen mannelijkheid en gevoeligheid luisterde heel nauw.

Hij versnelde zijn pas nog iets, tot hij drie meter achter haar liep. Het fluorescerende jack hing over het grootste deel van haar billen. Doordat ze onder het jack een wit T-shirt met korte mouwen droeg, kon hij zien dat haar armen lekker strak waren. Zelfs haar handen, altijd het zwakke punt bij ouder wordende vrouwen, waren strak. Ze moest dus echt heel jong zijn, nog jonger dan hij eerst had gedacht. Met die strakke handen zou ze een goed glas wijn kunnen vasthouden. Daarna zou ze er totaal andere dingen mee gaan doen.

Hij verdubbelde zijn snelheid. Nu toeslaan, hij hield het niet meer. Zou hij voor Spaans kiezen? Hoe imponeerde hij?

Geen tijd meer voor overwegingen. *'Bonjour,'* zei hij vriendelijk glimlachend terwijl hij links van de vrouw ging lopen, op gepaste afstand omdat ze hem anders misschien een engerd vond. *'Bonjour, vous-êtes Française?'*

'Bonjour. Non, je ne suis pas Française. Je viens des Pays Bas.' Had hij het niet gedacht. Een Nederlandse die Frans sprak. Aan alles, haar hele gezichtsuitdrukking en houding, kon hij zien dat ze aangenaam verrast was.

'Ah bon,' zei hij zo zwierig mogelijk. Hoe nu verder? Moest hij zeggen waar hij vandaan kwam als ze het hem vroeg? Moest hij dan in het Nederlands verder praten? Dan stond hij voor joker omdat hij in het Frans was begonnen. Bovendien voelde hij zich dan veel te naakt. Hij was op zoek naar iemand voor wie hij een vreemde zou blijven, die net als hij in een andere tijdrekening dan de gebruikelijke zat. Voor je het wist kwam je in een 'relatie' terecht, waarna je je tot elkaar moest verhouden, inclusief het bijbehorende gedoe, de ruzies om de plaatsbepaling. Hij vroeg zich altijd af hoe het met de veel gecompliceerdere onderlinge verhoudingen in de rest van de wereld ooit goed moest komen als het bij een van de meest fundamentele menselijke samenlevingsvormen al nauwelijks lukte.

'Ben je hier alleen?' vroeg ze nu. Ze bleef in het Frans praten. Wat een goed gelukte vrouw. Ogen, tanden, alles. En ontwikkeld ook.

'Eh... oui.' Erachteraan vroeg hij of zij misschien ook alleen was?

Ze was ook alleen. Hij kon zien dat ze hoopte dat die staat van zijn zo kort mogelijk zou duren.

Precies zoals hij in zijn gedachten had voorbereid, begon hij te vertellen dat hij een film over een ezel had gemaakt. Hij had alleen niet verwacht dat hij het in het Frans zou moeten doen, waardoor zijn relaas hier en daar haperde.

'Interessant, très interessant.'

Dit was iemand die niet eens de tijd zou willen nemen om de ezel naar het opvangcentrum terug te brengen, ze knoopte het dier wel met het halstertouw aan het hek van Señora vast. En dan? Wanneer zou ze erachter komen dat hij een Nederlander was? Of had ze dat allang begrepen? Ze hadden hetzelfde accent.

Steels keek hij opzij. Ze had veel grotere borsten dan Hannah. Stak ze ze nou expres vooruit? Het zweet droop over zijn rug. Ze vroeg nu hoe het afgelopen was daar in Macedonië. Was hij inderdaad meer te weten gekomen over het ezeltje met de afgesneden oren?

Zijn horloge lag in Amsterdam, daarom pakte hij zijn telefoontoestel uit zijn broekzak en keek op het donkere display. Hij deed alsof hij schrok van de tijd die hij zag. '*Merde, excusez-moi, je dois partir. Au revoir!*' Alsof hij plotseling enorme haast had ging hij er met grote stappen vandoor. Na tien meter struikelde hij over een steen op het pad, maar slaagde erin zonder te vallen verder te komen. Nadat hij de droge rivierbedding was overgestoken verliet hij de wandelboulevard en draafde via een straat parallel aan het strand naar huis.

WAT WAS ER mis met hem?

Het lag niet aan Hannah, zij had hem nooit verboden iets met een ander te proberen. Ze vond dat wanneer je voor een nieuwsgierige partner had gekozen, je niet kon eisen dat hij of zij op andere vlakken een braverik was. Wel kreeg hij soms de indruk dat ze hem door subtiele manipulaties aan zich bond, namelijk door zo onmisbaar mogelijk te blijven, zodat het hem te veel nadeel zou opleveren om haar op het spel te zetten. Zelf ging hij in ieder geval wel zo te werk, er waren huishoudelijke handelingen die hij niet alleen dagelijks verrichtte om haar een plezier te doen, maar ook, als hij eerlijk was, om haar afhankelijkheid van hem te bestendigen.

Over de rand van zijn balkon staarde hij naar de tuin. Halfverscholen onder een blad van de Oost-Indische kers loerde een zangvogeltje op een vlinder die erboven dwarrelde. De vlinder, die niets in de gaten had, bleef maar hangen boven de plant. Pats, de vogel sloeg toe en vloog weg met iets wits in zijn snavel. Helaas voor hem bleek het niet de hele vlinder te zijn, alleen een snipper van een vleugel. Resultaat: een gehandicapte vlinder en een hongerige vogel. Nog vandaag zou een ander de vlinder binnenslepen.

Hij keerde zich van de tuin af en liep naar de keuken, waar hij erin slaagde de roestige geiser aan te krijgen. In de badkamer draaide hij de kraan van het ligbad open. Nadat hij zich had uitgekleed loosde hij met gesloten ogen iets in het bidet, terwijl hij voor zich zag wat er op dit moment had moeten gebeuren.

Toen het bad vol was ging hij er half bevredigd in liggen. Waarom was hij niet zoals die mannen in het café?

Hij liet zijn hoofd onder water verdwijnen, overwoog om niet omhoog te komen. Hij had nooit helemaal begrepen waarom mensen voor de pols-mesmethode kozen als je ook gewoon je mond open kon doen.

Hij kwam weer boven, blies lang uit. Nadat hij nog een keer met zijn hele hoofd onder water was geweest, zijn lippen op elkaar geperst, probeerde hij een beeldsequentie uit *De mannen met de zeisen* voor zich te zien. In plaats daarvan kwam hij in 1956 terecht, in de stad Amersfoort, waar in die tijd een meisje van drieëntwintig woonde, het enige kind van een huisvrouw en een lage ambtenaar bij de gemeente.

'Boekarest, Boekarest,' zei hij met zijn mond half boven de waterspiegel zodat hij bellen blies. Het Spaanse, sterk gechloreerde leidingwater leek de beschermingslaag van hem te hebben afgeweekt, geen enkele scène met mijnwerkers wilde verschijnen.

Misschien moest hij zijn persoonlijke geschiedenis als een soort scenario beschouwen, dacht hij. Als een verhaal dat een ander was overkomen. Dan werd het iets minder genant om er bij stil te staan op een moment dat nog steeds hele mensenmassa's in Europa, laat staan in de rest van de wereld, verdriet en strijd ondervonden; verdriet en strijd die niet zozeer te maken hadden met hun privéachtergrond, maar met de invloed die politieke machthebbers wisten uit te oefenen.

Nederland, 1956. Het leek zo lang geleden dat je je er bijna niet meer in kon verplaatsen. Het meisje van drieëntwintig was typiste op het Amersfoortse kantoor van 'Het Spoor', zoals de Nederlandse Spoorwegen in die tijd werden genoemd. Haar droom was om net als haar moeder een normale Nederlandse huisvrouw te worden. Een verloofde had ze nog niet, daar maakte ze zich ongerust over.

Op een mooie zomerdag zat dit onopvallende meisje in haar typelokaal. De deur zwaaide open, een buitenlandse stagiair verscheen. Het emplacement van Amersfoort was een van de grootste en modernste van Nederland, sinds kort waren alle lijnen geëlektrificeerd. Deze jongen was niet de enige buitenlander die daar meer van wilde weten. Maar hij was haar – en de andere meisjes – wel speciaal opgevallen. Hij lachte veel, had bruine ogen en een mooie rij witte tanden. Zijn rechte neus, zijn donkere, achterovergekamde haren; alles was goed aan hem. Groot was hij niet, maar dat werd gecompenseerd door zijn zelfverzekerde manier van lopen, de stoere kleren die hij droeg, de ronkende motorfiets waarop hij naar Het Spoor kwam. Door die motor wist ze waar hij woonde, hij huurde een kamer bij een familie bij haar in de buurt. Ze wist niet uit welk land hij kwam. Ze had hem een keer in het Engels horen praten.

Het meisje was dus aan het typen toen die jongen zijn hoofd om de deur van het lokaal stak. Hij wenkte. Ze keek naar achteren, wie zat daar? Ze keek naar links en naar rechts, bleef aarzelen. Hij wenkte nu met grotere, dwingender bewegingen: het klopte toch, hij bedoelde haar! Ze stond op en liep trillend van de zenuwen naar hem toe. Op de gang stelde hij zich voor: Jesper Moltke uit Denemarken, eenentwintig jaar oud, in opleiding voor ingenieur. Had ze zin om met hem naar de bioscoop te gaan?

Hij wist niet welke film die twee hadden gezien. Het deed er ook niet toe. Op een foto die hij na zijn moeders dood had gevonden zag je Jesper met een sigaret in zijn mondhoek op de motor zitten, zijn rechtervoet nonchalant aan de grond, grijnzend naar de camera, terwijl zij achter hem bezig was op de duoseat te klimmen, daarbij geholpen door een andere jonge vrouw. Vlinderbril, gepermanent haar, lange jas, onhandige bewegingen: zijn moeder was niet bepaald het prototype van de jarenvijftigstoot.

Jesper vertelde zijn Nederlandse verovering dat hij in Denemarken een dochtertje van vier maanden had. Met de moeder, iemand van twintig, was hij niet getrouwd. Ondanks dit nieuws slaagde hij erin zijn tweede ontmaagding uit te voeren.

Toen de stage voorbij was en stoere Jesper naar zijn land teruggekeerd, begon het Amersfoortse meisje te vermoeden dat ook zij zwanger was. Nadat ze hem dat had geschreven, adviseerde hij haar om op een *knallert* te gaan zitten die over bobbels en door kuilen reed. Ze deed het, maar de foetus trok zich er niets van aan. Toen ze Jesper opnieuw schreef, antwoordde hij dat ze zo snel mogelijk kinine moest innemen.

Ruben rilde. Koud was dat bad intussen. Toen Señora het veertig jaar geleden liet neerzetten had nog niemand van isolatiemateriaal gehoord. Het kwam erop neer dat hij nu het water warmhield in plaats dat het hem verwarmde.

Hij rees op en droogde zich vluchtig af. Hij wankelde een beetje toen hij naar de kamer liep en Igor, die blazend protesteerde, van de bank oppakte. Toch droeg hij hem naar de slaapkamer en ging met hem op het bed liggen. Het was een breed bed met alle mogelijkheden.

'Ik heb Hannah nooit over de kinine verteld,' zei hij tegen Igor terwijl hij hem met zijn arm omklemde. 'Ze weet niet dat mijn eigen moeder mijn hersencellen heeft beschadigd toen ik nog niet eens geboren was. Dat deed mijn moeder niet bewust. Maar toch. Ze heeft het gedaan.'

In zijn achterhoofd woekerde altijd de gedachte dat hij, doordat hem voor zijn geboorte een dosis gif was toegediend, niet voldoende was toegerust voor het eeuwige gevecht dat je als filmmaker met instanties moest voeren. Het gehoereer met fondsen, de bureaucratie waarmee je te maken kreeg. In de vs lag het nog ingewikkelder, zonder geraffineerde strategieën en een extreme vorm van spitsvondigheid kon je daar geen documentaire tot een goed einde brengen. Hannah was in potentie ook zo geraffineerd. Hij niet, vanwege de kinine niet, dus toen ze had geopperd dat hij best met haar mee kon gaan naar New York had hij hartelijk voor de eer bedankt.

Igor worstelde om los te komen. Ruben liet zijn greep op de zwarte romp verslappen. Nadat Igor met een boog van het bed was gesprongen en zich in de deuropening nog even had omgedraaid om met zijn geelgroene ogen vorsend naar het bed omhoog te kijken, verdween hij definitief naar de woonkamer terug.

Een jaar of vijf geleden had hij bij een kennis die huisarts was geïnformeerd naar het effect van kinine op een ongeboren kind. 'Ik moet het weten voor een film, een van mijn personages is ongewenst zwanger.'

Zijn kennis had hem college gegeven. 'In principe kunnen alle stoffen die je in een hoge dosis neemt een vrucht beschadigen. Dat wat de moeder in haar bloed heeft, gaat ook door het kind. Denk maar aan wijn, één glas heeft al invloed op de groei van de foetus. Het kind is gevoeliger dan de moeder. Toch is kinine niet geschikt als abortivum, dat is zo ouderwets. Een zwangere vrouw zal ervan gaan braken en diarree krijgen. Ook is er kans dat haar gezichtsvermogen wordt aangetast. Ze zou zelfs blijvend blind kunnen raken. Verder kan ze hartklachten krijgen. Omdat dit alles in sterkere mate voor het ongeboren kind geldt, is er een grote kans dat haar baby ter wereld komt met een hartbeschadiging.'

Ruben legde zijn hand op zijn hart. Het klopte rustig. Met zijn duim voelde hij zijn polsslag. Volgens hem was die ook in orde. Toch goed dat hij van jongs af aan geen producten had willen eten die mogelijk rotzooi bevatten. Vanaf zijn twaalfde was hij degene in huis die de boodschappen deed en kookte, waardoor hij al vroeg in de hand had gehad wat er werd gegeten, achteraf gezien was dat alleen maar gunstig geweest. Halfbewust had hij toen al beseft dat je, al werd je voor een groot deel door je genen bepaald, zelf ook enigszins kon sturen wie je werd. Zijn eeuwige etikettenlezerij had hiermee te maken.

Hij tilde zijn hoofd op en keek in de spiegel tegenover het bed. Hij zag zijn bruine ogen. Donkerbruin haar, iets grijzend aan de slapen. Helaas had hij een minder rechte neus dan Jesper, zeker sinds de dreun die hij had geïncasseerd in Boekarest. Wel waren zijn tanden oké.

Het beeld was haarscherp. Zijn gezichtsvermogen om in de verte te kunnen kijken was net zomin aangetast als zijn hart.

Teruggezakt op het kussen hield hij zijn wijsvinger een centimeter of dertig voor zijn ogen en bewoog de vinger een stukje naar achteren. Op deze afstand kon hij zelfs de lijntjes van zijn vingerafdruk onderscheiden, terwijl leeftijdgenoten al jaren in de weer waren met goedkope, almaar kwijtrakende leesbrillen die ze bosjesgewijs aanschaften. Volgens Hannah was het een gift van de goden dat mannen op zekere leeftijd niet meer zo goed op korte afstand konden kijken, dan dachten ze dat de huid van hun vrouw nog even glad was als vroeger.

Op dit moment kon hij er niet om lachen. Zijn ogen en hart mochten dan onaangetast zijn, in *El País* had hij gelezen dat kinderen die werden geboren na een zwangerschap met veel stress, een IQ van gemiddeld tien punten minder dan stressloos gevormde kinderen hadden.

Er speelde nog iets mee. Hij probeerde het in gedachten zo correct mogelijk te formuleren, voor zover mogelijk voor iemand met een te laag IQ. Het was niet zozeer het feit dat zijn moeder hem kinine had toegediend dat hij Hannah niet had willen vertellen, het was het feit dat zijn moeder hem erover in vertrouwen had genomen. Toen hij een jaar of tien was had ze hem erover verteld alsof hij haar gelijke was, alsof ze niet praatte tegen de vrucht waarvan ze zich had willen ontdoen. Later had hij er veel over nagedacht, en dan had hij altijd geconcludeerd dat ze dat deed vanuit de onnozelheid die destijds wijdverbreid was, dat ze in de veronderstelling verkeerde dat ze door het innemen van een grote hoeveelheid kinine alleen zichzelf iets had aangedaan. Pas nu zag hij voor het eerst helder wat haar werkelijke bedoeling kon zijn geweest. Zijn moeder had van hem willen horen dat hij het haar vergaf dat ze hem had willen doden. 'Het geeft niet, mama, je hebt het heel moeilijk gehad.' Tegelijkertijd wilde ze hem laten weten dat het niet haar eigen idee was geweest, maar dat Jesper haar ertoe had gedwongen. Ze had zich niet gerealiseerd dat het voor een jongen van tien weinig uitmaakt of het nu zijn vader of zijn moeder is die zich van hem heeft willen ontdoen.

Hij had Hannah er nooit over verteld, omdat hij precies wist hoe ze zou reageren. 'Een moeder dient haar kind niet over zoiets in vertrouwen te nemen.' Hij had die uitspraak niet willen horen. Het speelde zich allemaal af tijdens de meest benepen periode van de twintigste eeuw, gebeurtenissen van toen moest je niet beoordelen met de normen van nu. Hij wilde dat zijn moeder voor Hannah een heldin bleef, een vrouw die het had gefikst om in haar eentje een kind op te voeden en er toch ook een volledige baan op na te houden. Dat was uitzonderlijk in die tijd, Hannah had er grote bewondering voor.

Het was donker. Hij stond van het bed op om de rolluiken neer te laten. Toen hij zijn telefoon aanzette, zag hij dat het middernacht was geweest. In de keuken opende hij de Reserva 2000 en nam er twee glazen van. Nadat hij de kurk weer een stukje in de hals had gedrukt, kleedde hij zich aan en ging met de fles in de hand naar buiten. Vlak voor het hek, dat op het nachtslot zat, kon hij net op tijd uitwijken voor een grote vis die iemand tussen de tralies door had laten glijden. Er stonden regelmatig mensen naar de katten van Señora te gluren, waarvan sommige gemalen, tot handzame brokjes geperste varkens, paarden en koeien tussen de spijlen door strooiden. Nu was er dus een complete vis geofferd. Kennelijk vond men katten van een hogere orde dan die andere dieren. Hun aaibaarheid kon niet de enige reden zijn, bij de katten van Señora was die ver te zoeken. Maar waarom was het dan wel?

De vraag zat al decennia in zijn kop en was niet verdwenen toen Igor in zijn leven kwam. Hij moest hem maar eens uitbannen, als volwassene raakte je gewend aan de ongerijmdheid van het menselijk handelen. Vrouwen gingen naar een terras met marters, punt uit.

Hij trok de kurk weer van de fles, zette de hals aan zijn mond en draaide met zijn vrije hand de spijlendeur van het slot. Op het trottoir sloeg hij linksaf en liep langs het restaurant waar de vrouwen hadden gezeten. Er was nu niemand, het restaurant was dicht.

Op het strand zag hij ook niemand. Met zware voeten slofte hij een eind door het zand. Doordat het geluid van de branding alle andere geluiden overstemde, merkte hij te laat dat er vlakbij een vrijend paar lag. Het verbaasde hem niet dat de vrouw een blonde staart had. Hij slofte door, kwam voorbij het paar, zag dat het een rotsblok was.

Hij nam meer wijn, het gulpte langs zijn kin. Hij zakte neer in het zand en plantte de fles er rechtop in. Met zijn handen als steunen naar achteren overwoog hij om te gaan liggen, zodat hij in slaap zou vallen voor het vloed werd, toen een woord crin slaagde hem te bereiken. Het was het woord 'genadeloos'.

In 1956 was seks iets smerigs. Zijn oma wilde dat zijn moeder uit beeld verdween voordat de buren erachter kwamen. Ze ging op zoek naar een plaats in een tehuis voor ongehuwde moeders, waarvan de leiding wel weg met de baby zou weten. Het kwam niet in zijn oma op dat ze zelf in zekere zin verantwoordelijk was, dat ze de moeite had moeten nemen om haar dochter te vertellen hoe kinderen werden gemaakt en wat er gedaan moest worden bij het eerste vermoeden dat er iets mis was gegaan.

Hij trok de fles uit het zand, leegde hem met zijn hoofd ver achterover.

Tegelijkertijd was er verderop in Europa iets totaal anders gaande: in Hongarije brak een volksopstand uit. De Hongaren pikten het niet langer dat ze moesten leven onder een streng communistisch bewind. Ze organiseerden grote demonstraties. Een paar dagen lang leek het te gaan lukken om de op Rusland gerichte leiders te verdrijven.

Maar de Russen sloegen de opstand neer, duizenden Hongaren kwamen om. Anderen konden naar Oostenrijk ontkomen, waar ze werden opgevangen in kampen. De meeste vluchtelingen gingen door naar de Verenigde Staten, maar ook Nederland verklaarde zich bereid Hongaren op te nemen. In bepaalde bedrijfstakken was behoefte aan arbeidskrachten, zoals zo vaak ging hulp samen met eigenbelang. Selectieteams reisden naar Oostenrijk om geschoolde mannen te werven en in de gaten te houden of er geen criminelen, communisten, nozems of zigeuners tussen zaten.

Per trein werden de geselecteerde Hongaren Nederland binnengereden, op de perrons stond een enthousiaste menigte. De vluchtelingen werden eerst opgevangen in de Jaarbeurs in Utrecht, van waaruit ze naar verschillende plaatsen in Nederland werden getransporteerd. Eén groep zou naar een klooster in Veghel gaan dat gedeeltelijk leegstond. In Amersfoort hoorde zijn oma daar van, ze hoorde van een kennis dat het Veghelse klooster vanwege de komst van de vluchtelingen personeelsproblemen had en dringend een administratieve kracht zocht.

Een dag later, het kostte Ruben nu minder moeite om het voor zich te zien, zat zijn moeder al met een koffertje in de trein naar Den Bosch. Na een rit met een streekbus kwam ze aan in Veghel. Ze was nog nooit eerder in haar eentje in een onbekende omgeving geweest. Televisie bestond in 1956 al wel, maar vrijwel niemand had een toestel. Wilde je erachter komen wat er in de rest van de wereld gebeurde, dan moest je naar de bioscoop om het Polygoonjournaal te zien. Of je moest de krant lezen, maar dat deed ze nooit. Omdat haar vader regelmatig naar de radio luisterde, wist ze wel ongeveer waarom de Russen onschuldige Hongaren hadden laten sterven en waarom zoveel overlevenden ervoor hadden gekozen om naar het buitenland te gaan.

Via een smalle, slingerende laan die werd overhuifd door bomen begon ze in de richting van het klooster te lopen. De herfst was laat dat jaar, het bladerdek boven haar hoofd zat nog stevig vast, ze kon de lucht niet zien. De bomen ruisten en ritselden onheilspellend. Ze had het gevoel dat ze door een nauwe tunnel liep, dat het aan het einde wel eens slecht met haar zou kunnen aflopen. Was het toch niet beter geweest om naar een tehuis voor ongehuwde moeders te gaan?

Ze stond stil, keek schichtig om zich heen, zette het koffertje neer en droogde met de mouw van haar mantel haar tranen. Zou ze de nonnen in dat klooster wel verstaan? De buschauffeur die haar naar Veghel had gebracht sprak Brabants, ze had niet durven zeggen dat ze hem niet begreep, op goed geluk had ze geld voor het kaartje neergelegd. De vluchtelingen die naar Veghel kwamen spraken Hongaars, dat was veel moeilijker. Zouden die mensen wel te vertrouwen zijn? Hoe zouden ze haar behandelen als ze erachter kwamen dat ze een gevallen meisje was? En de nonnen, zouden die haar verachten om wat ze had gedaan? En eigenlijk had zij niets gedaan, Jesper had het gedaan. Hij had haar meegenomen naar zijn kamer en daar had hij iets met haar uitgehaald wat pijn deed. Het was voorbij voor ze het in de gaten had. Erna had ze niet meer met hem alleen willen zijn.

Het begon te motregenen. Ze kreeg het koud en liep verder. Toen de laan eindelijk ophield zag ze akkers waarboven donkere wolken hingen. Een bord wees dat het klooster linksaf was. Angstig trok ze haar buik, die ze tijdens de lange wandeling niet had ingehouden, zo ver mogelijk naar binnen.

Het klooster was van baksteen. Ervoor lag een grasveld. Zoekend keek ze om zich heen en zag een deur die haar de hoofdingang leek. Ze trok aan de bel, werd binnengelaten

door een meisje met een schort dat bezig was de plavuizen-
vloer te boenen met groene zeep. Het meisje, dat van haar
leeftijd was, sprak Brabants. Toen ze zei dat ze haar niet
goed begreep, ging het kind over op Nederlands met een
zachte g. 'Morgen komen de Hongaren. De gang moet
schoon.'

Ze volgde de vloerenboenster naar de abdis, een stevige
vrouw van middelbare leeftijd met een grote kartonnen
kap op haar hoofd. Voor haar zou ze eenvoudig admini-
stratief werk gaan doen dat met de komst van de Hongaren
samenhing. Typen, stencillen, het schrijven van adressen.

De abdis (harde stem, geen zuidelijk accent) zei tegen de
vloerenboenster dat ze het nieuwe meisje moest meenemen naar een kamertje boven de toiletten van het klooster.
Onder het dak pasten net een bed, een stoel en een kleine
tafel. Als ze op haar tenen stond kon ze via een schuin raampje naar buiten kijken. Verderop wist ze de duistere bos-
laan, de akkers waaraan geen einde leek te komen.

De hele nacht lag ze wakker. Tweemaal gaf ze over in de
wasbak. Ze wilde niet opvallen, toen het ochtend werd
ging ze daarom precies op de tijd die haar was gezegd naar
de eetzaal. Schuchter at ze tussen de nonnen een half bord
pap. Nadat ze had geholpen met afruimen sjouwde de
tuinman van het klooster een tafel voor haar naar een leeg-
staand kantoortje, want het was niet de bedoeling dat ze in
dezelfde ruimte als de abdis zou verblijven. Ze kreeg een
zware zwarte schrijfmachine toebedeeld waarmee ze een
lijst moest uittypen waarop was aangegeven hoeveel voedsel het klooster voor de Hongaren had ingeslagen. Ook
gaf de abdis haar opdracht om een verklaring uit te werken
over activiteiten van de nonnen die vanwege de komst van
de vluchtelingen niet door konden gaan. Dat was belangrijk in verband met mogelijke regeringssubsidies, het
klooster zat krap. Dat laatste wist ze, want toen haar moe-

der vanuit Amersfoort naar het klooster belde had de abdis gezegd dat haar dochter alleen kost, inwoning en wat zakgeld kon krijgen.

's Middags arriveerde de bus met Hongaren al. Ze wilde doorgaan met het typewerk, maar de abdis liet weten dat ze tussen de nonnen en het andere personeel, dat uit de tuinman en de jonge schoonmaakster bestond, voor de hoofdingang moest gaan staan. Terwijl de vluchtelingen tussen hen door naar binnen liepen, trok ze haar buik weer ver in. Ze knikte wat, probeerde te glimlachen.

De Hongaren zagen er heel gewoon uit. Niet rijk, wel netjes. Het waren er meer dan vijftig. De meesten waren jonge, alleenstaande mannen met keurige kuiven haar, maar er zaten ook complete gezinnen bij. Sommige moeders droegen een hoofddoek. Per persoon hadden de Hongaren ongeveer net zoveel bagage als zijzelf had gehad, een kleine koffer of een grote tas. Deze mensen hadden kortgeleden tegen de Russen gevochten of misschien zelfs in de gevangenis gezeten, van haar vader had ze gehoord dat je in hun land ieder moment kon worden opgepakt.

Vanaf dit moment was zij, een meisje van drieëntwintig dat zich diep moest schamen, geen viespeuk meer maar iemand met een taak, iemand die mensen hielp waarvan heel Nederland wist dat ze in de problemen zaten. Zij had al ervaring met een buitenlander, waardoor ze in stilte het idee koesterde dat ze een sterkere band met de Hongaren had dan de nonnen. Ze communiceerde met ze via gebarentaal en wat Engels en Duits. Enkele ontwikkelde Hongaarse mannen namen als vanzelf de leiding van de groep. Maar ze werd niet verliefd op een van hen en liet ook niet toe dat zij verliefd werden op haar, ze bleef de hoop koesteren dat ze met Jesper zou gaan trouwen.

Toen de zwangerschap niet meer te verbergen viel, vertelde ze het de abdis. Die stak van onder haar kap een donderpreek af, hoewel ze al wel een vermoeden bleek te hebben gehad, waarom was haar werkneemster anders door haar familie naar het afgelegen klooster gestuurd zonder dat ze er een salaris zou krijgen? Ze moest biechten en bidden, verordonneerde de abdis. Maar ze mocht wel blijven, omdat ze intussen goed in het werk was ingevoerd en weinig kostte. De vluchtelingen veronderstelden dat de tuinman van het klooster de verwekker van haar ongeboren kind was.

Ze had geen idee uit welke opening van haar lichaam de baby moest komen. Toen de weeën begonnen – buikpijn, dacht ze – werd ze naar het katholieke ziekenhuis in Den Bosch getransporteerd. De abdis stuurde één oudere non mee.

Na de geboorte bleef ze in Veghel wonen, een andere oplossing zag ze niet, ze was nog steeds niet welkom in haar ouderlijk huis. Geboortekaartjes werden niet verstuurd, laat staan dat er een advertentie in een krant verscheen. Hoewel de Hongaren één voor één uit het klooster vertrokken, wilde de abdis haar graag behouden als administratieve kracht. De baby kon worden afgestaan voor adoptie.

En toen legde zijn moeder voor één keer haar nederigheid af. Ze wilde haar kind niet kwijt. Enkele nonnen steunden haar, waaronder de oudere non die was mee geweest naar het ziekenhuis. Zij, de oudere non, ging naar de abdis om ervoor te pleiten dat de baby moest blijven, met als belangrijkste argument dat ze er niet zeker van was of het goed zou komen met hem als hij nu al werd weggestuurd, terwijl hij in het klooster een degelijke katholieke opvoeding zou krijgen. Later kon hij naar het internaat, stelde ze voor, misschien wilde hij wel priester worden.

Hier zette Ruben de reconstructie stil. Een paar jaar geleden waren Hannah en hij van Den Bosch op weg naar Helmond, toen ze een afslag 'Veghel' zagen. Spontaan stelde Hannah voor om er te gaan kijken. Zo ontdekten ze dat het klooster was omgebouwd tot hotel-restaurant. In plaats van de rooms-katholieke zeden regeerde er nu de commercie.

'Laten we je moeders vriendin die er schoonmaakster is geweest uitnodigen om er een keer met ons te gaan eten, ik zou het zo leuk vinden om wat meer over jouw babytijd te horen. Een jongetje dat neerdaalt tussen de nonnen en mag blijven: Het Mirakel van Veghel!'

Een maand later zaten ze te dineren op de plek waar bijna een halve eeuw eerder ontheemden uit Hongarije aan Nederland probeerden te wennen, waar de grote, belangrijke wereld en zijn eigen individuele wereldje elkaar voor het eerst hadden geraakt. Het gebouw had nog steeds iets boers, iets sobers. De plavuizen lagen nog in de gang. Het rook er naar natuurlijke materialen, naar boenwas, hout en tengel. Overal hingen foto's van vroeger, het nieuwe bewind was niet van plan de geschiedenis van het gebouw te ontkennen. Het tegelwerk in de keuken, waarop ze als ingewijden een blik mochten werpen, was volgens zijn moeders vriendin ook nog steeds hetzelfde. 'Hier kookte je moeder jouw luiers uit.'

'Wat zal dat gestonken hebben,' wist hij alleen maar te antwoorden.

De wc's van het gebouw werden hun getoond. Ze waren inderdaad recht onder het kamertje waarin zijn moeder en hij woonden. Volgens de vriendin gaf het doortrekken van de spoelbakken een heel lawaai. 'Maar jij sliep door alles heen.'

Het slaapkamertje zelf mochten ze ook bekijken. 'Kijk, daar stond je moeders bed en onder het dak stond een tafel die ze als commode gebruikte. Hier paste nog net jouw ledikant.' Volgens de vriendin haalde zijn moeder 's ochtends vroeg heet water uit een ketel die in de keuken op het

fornuis stond en droeg het in een zinken emmer naar boven. Op de tafel in haar kamer zette ze dan zijn badje neer,
zodat hij al heel vroeg gewassen, gevoed en aangekleed
was en zij op tijd beneden kon zijn om tussen de nonnen te
ontbijten.

Ze liet hem de hele dag alleen. Tijdens die uren beet hij
op het hout van zijn ledikant als een beest in de dierentuin
op de tralies van zijn kooi, de rand van het bedje ging er fi-
naal kapot van. Regelmatig kwam er een non in zijn moeders kantoortje melden dat hij hard aan het huilen was.
Van de abdis mocht ze dan niet naar hem toe, daarmee zou
ze hem maar verwennen. Vlak voor haar dood had zijn
moeder een keer gezegd dat ze daar spijt van had, dat ze
hem de eerste jaren veel te veel alleen had gelaten.

Hannah en hij bezichtigden ook de plek waar het kantoortje was geweest. Toen het huilen in de zolderkamer te
doordringend werd had zijn moeder, zo wist de vriendin,
in een hoek tegenover haar werktafel een box mogen neerzetten. Hij werd geacht daarin zoet te spelen, maar algauw
reed hij er de hele kamer in door. Op een keer had hij een
geranium van de vensterbank gerukt, zodat de plant met
pot en al in zijn box terechtkwam. Toen hij twee was werd
de situatie min of meer onhoudbaar. Hij huilde steeds harder in het zolderkamertje, in het kantoortje reed hij steeds
fanatieker in zijn box. De nonnen konden zich niet meer
concentreren, hun contemplatiemomenten werden ver-
stoord.

Toen overleed zijn oma. Zijn moeder kwam direct in actie en solliciteerde op een baan als typiste in Amersfoort.
Ze werd aangenomen en ondernam de terugtocht naar
haar ouderlijk huis. Daar zat zijn opa uitgeblust in zijn
leunstoel. Dat had niet alleen met de dood van zijn vrouw
te maken, hij kon ook niet verkroppen dat hij zijn enige
kleinkind nog nooit had gezien. In gedachten had hij hem

allang geaccepteerd, het was zijn echtgenote die er niets van had willen weten.

Binnen een week was zijn opa een ander mens. Hij begon weer plannen te maken, stond voor dag en dauw op, was niet meer in de leunstoel te vinden. De grote en de kleine Ruben werden onafscheidelijk, ze gingen nergens naartoe zonder de ander.

IGOR KRIJSTE HEM wakker. Op de één of andere manier was hij thuisgekomen en bij hem op de bank beland. Het was kwart over tien en zo kil in het appartement dat hij de butagaskachel op wielen aanstak. Het hielp niet, ook niet als hij een deken om zich heen trok, na een uur had hij het nog steeds koud. Hij moest weer naar buiten, bewegen, een lange wandeling maken.

Met wat koekjes in zijn zak om tijdens rustpauzes te eten ging hij het terrein af. Hij herinnerde zich de vis, die verdwenen was. De caféterrassen waren nog steeds leeg, net als de wandelboulevard langs het strand. De weinige Spanjaarden die zich er waagden doken diep weg in hun trui of jas.

Hij bereikte de bedding van de rivier die aan de rand van het dorp in de zee uitmondde. Het had geregend in de bergen, er zat nu wat meer water in. Het was nog wel mogelijk om er doorheen te lopen. Op sommige plekken kabbelde een bruinig stroompje, maar hij kon daar van steen naar steen springen.

Terwijl hij de bedding begon te volgen kreeg hij het langzaam wat warmer. Hoe verder hij landinwaarts kwam, hoe sterker de geur van kruiden werd. Holen in de rotswand langs de rivier waren vroeger als veeschuur gebruikt, er lag nog een tapijt van verharde keutels op de bodem. Ooit had de eigenaar van het vee als afrastering een stuk of zestig beddenspiralen tegen elkaar gezet, nu hing de helft voorover of was plat op de grond aan het wegroesten.

Steeds vaker moest hij over een stroompje springen. Hij hield zijn blik op de rivierbedding gericht, die op dit punt van de loop werd gevormd door steentjes in alle tinten tussen zwart en wit. Nadat ze van rotsblokken waren losgeknapt had het water dat er overheen spoelde ze glad en glanzend gepolijst.

Ineens zag hij een kleurloos biggetje liggen. Krulstaart, trippelpoten, snuffelneus, witte wimpers, niets ontbrak. Alles aan het dier was zo klein, dat het niet langer dan een paar dagen geleefd kon hebben. Ergens bergopwaarts moest het zijn meegesleurd toen het water van de rivier begon te wassen. Hij zag voor zich hoe het in de buurt van zijn moeder aan het scharrelen was geweest en hoe het toen plotseling werd weggerukt door een onbekende macht. Een paar schrille gilletjes en het was dood. Nu was zijn bleke huid nog gaaf, maar binnenkort zou het diertje van binnenuit door de maden worden opgevreten.

Terwijl hij doorliep raakte hij het beeld niet kwijt. Hij kon niet tegenhouden dat de big een babykop kreeg, dat de mollige poten armpjes en beentjes werden. Als hij zijn moeders vriendin mocht geloven werd door alle nonnen voorspeld dat hij het later tot abt zou schoppen, zo'n bolle beer was hij. En maar sabbelen aan die jonge borsten. Hij scheen er tien maanden mee door te zijn gegaan, tot hij – grapje van Hannah – dacht dat het niet meer om de melk, maar om het vlees ging. De vaste voedermomenten waren de hoogtepunten tijdens zijn uren alleen in het zolderkamertje. Waarschijnlijk was dat een extra reden waarom het nog steeds zo belangrijk voor hem was om altijd een voorraad gezond, voedzaam eten in huis te hebben.

Sinds vannacht kon hij zich sommige scènes van vroeger

zo goed voorstellen, dat hij zelfs de geur van zijn eigen babypoep kon ruiken. Vuile luiers die in de keuken werden uitgekookt, hij werd er onpasselijk van.

Hij snoof de geur op, die erg realistisch was. De geur had iets grassigs.

Een halve tel later was hij vijf decennia verder en tweeduizend kilometer zuidelijker. Naast de rivierbedding stond een muildier. Het was zo groot als een paard en had een gebarsten leren halster om, waarvan de riemen aan elkaar waren gezet met moeren en bouten. Het lange touw dat eraan zat was aan een paar onbestemde, rietachtige stengels vastgeknoopt. Het muildier stond stil en keek naar hem. Ooit moest hij aan beide voorbenen gekluisterd zijn geweest, boven zijn hoeven liep een ring van wit haar, wat betekende dat de huid daar open had gelegen. Het dier leek er geen afkeer van de mens door gekregen te hebben.

Hij grabbelde in zijn zakken en haalde de koekjes tevoorschijn. Hoewel je beesten net als baby's niet onnodig moest verwennen, legde hij toch een koekje op zijn hand en stak die uit. Het muildier zette een stap naar voren en rook eraan. Nee, bedankt, geen belangstelling. Wel bleef het vlak bij hem staan, het goedmoedig toelatend dat hij het op de flanken klopte en tussen de oren krabde. Toen hij met draaiende bewegingen de harige onderlip begon te kneden, liet het die ontspannen hangen.

Ruben aaide het dier over de grijze neus, die zachter was dan het zachtste fluweel. Het vel rimpelde onder zijn aanraking. Met welbehagen snoof hij aan zijn handen. Nadat hij met zijn voet tegen een platte brok steen had getikt om te testen of er een slang of een schorpioen onder zat, ging hij erop zitten. Pas terwijl hij zelf de koekjes begon op te knabbelen zette het dier zijn lippen om de toppen van distelachtige planten en begon ze met zijn grote kaken te vermalen, alsof hij alleen maar kon eten in gezelschap.

Amersfoort. De ansichtkaarten van Harald aan de wand van zijn jongenskamertje. Terwijl hij ze op een avond zat na te tekenen, drong er een kreet van buiten door. 'Hoer!'

De overbuurman met zijn worstvingers. Hoe zijn moeder op een zondagochtend in paniek zijn naam had geroepen, hoe hij nog net had gezien dat de man haar bovenarmen vastgreep.

Haar altijd gebogen schouders. De gordijnen die dicht moesten zodra het schemerde. De avonden en de weekenden samen, visite kwam er nooit. Hoewel de huissleutel altijd om zijn nek hing, nodigde hij geen vriendjes uit, dat leek hem te belastend. Contacten vermijden, was het devies, vooral geen contacten onderhouden.

Van financiële beperkingen had hij daarentegen nooit iets gemerkt. Toen hij naar de middelbare school ging kocht hij van zijn zakgeld een elektrische gitaar, waarop hij urenlang ongestoord zat te spelen. Hij draaide King Crimson, Genesis en Weather Report. Schafte zijn eerste spiegelreflexcamera aan, plus een aquarium met siervissen en een nieuwe parkiet om hem gezelschap te houden. Bestudeerde Trotski, Marx en Gorter. Huiswerk maken deed hij ook wel, maar alleen als hij er tijd voor had, er vroeg toch niemand naar, zijn moeder had daar de fut niet voor. Tweemaal moest hij een klas overdoen.

'Hoer!'

Er werd veel gefluisterd tijdens de schaarse keren dat ze ergens met hem verscheen. Als goedwillend kind begreep hij haar positie. Wanneer de juf op school hem vroeg van wie hij toch altijd die bijzondere verjaardagscadeaus kreeg, de exotische Tekno's en ook een keer kunstschaatsen met zwarte schoenen terwijl niemand in Nederland die ooit nog had gezien, zei hij dat 'een winkel uit Denemarken' ze had gestuurd.

Zelfs in de puberteit was zijn solidariteit intact gebleven.

Zijn vader had zijn moeder iets aangedaan, namelijk dat hij bestond. Daardoor had ze een moeilijk leven. Hij wilde haar helpen waar hij kon, anders zou hij net als zijn vader worden en kreeg ze het nog veel moeilijker.

Schoenen uit bij de deur. Zijn broek schoon houden, anders moest ze wassen. De aardappels zo dun mogelijk schillen, daar was hij een meester in geworden. Boodschappen onmiddellijk rangschikken in de kelderkast.

Zijn vader had zijn moeder iets verschrikkelijks aangedaan. En toch kwam het heerschap opdagen toen zijn moeder en hij in Denemarken op vakantie waren. Ze zaten in het een of andere hotel op Sjælland. Zonder dat hij erop verdacht was kwam 's morgens vroeg Jesper aanzetten. Niet zo'n handig moment, zijn moeder en hij waren al de hele nacht in dat hotel geweest en de avond ervoor ook. Ze zouden eigenlijk weggaan naar een volgende bestemming, komt híj zomaar de hotelkamer in. Zelf werd hij met de koffer van zijn moeder naar de lobby gestuurd. Omdat hij iets had vergeten ging hij terug. Deed de deur van de kamer open en zag die twee op de zijkant van het bed zitten. Wat deden ze? Ze waren aan het zoenen. Hij kon zich het geluid nog herinneren dat hij hoorde toen ze zich van elkaar losmaakten. Jesper had een gewatteerd sportjack of iets dergelijks aan, een jas van nylon. Zijn moeder droeg iets vergelijkbaars. Hij kwam binnen en die twee keken op. Hun jassen maakten dat geluid. Toen was hij – tja, wat was hij. Verbaasd, geschrokken, onthutst, hoe moest hij het benoemen. Hij verwachtte het niet. Hij kende zijn moeder niet zo. En hij was ongewenst op dat moment. Terwijl zijn moeder anders altijd bij hem wilde zijn, alleen bij hem.

Nadien hadden ze ook nog gedrieën in de auto van Jesper gezeten, een zwarte Volvo 144 waarvan het deksel van de kofferbak met een touwtje moest worden dichtgehouden. Met honderdtachtig reden ze over de snelweg, Jesper haalde rechts in. Het was ontzettend gevaarlijk, als veertienjarige vond hij het bespottelijk om zo hard te rijden en aan de verkeerde kant in te halen. Hijzelf zou later anders worden.

Het duurde lang voor Ruben van de steen opstond om terug te gaan naar het dorp. Het muildier rukte aan zijn touw, het wilde mee.

HET WAS NOG steeds zo koud dat hij de elektrische onderdeken uit de auto had gehaald. Ruggelings, Igor had zich vrijwillig tegen hem aan gevlijd, lag hij te lezen in een paar Engelstalige blaadjes die hij had gescoord, en waarin het wel en wee van de buitenlandse Costa del Sol-bewoners werd besproken. Soms lag er zomaar ergens een stapel op een vensterbank, je werd geacht er in het voorbijgaan een exemplaar vanaf te pakken. *Sur in English*, *Spanish Insight*, *Euro Weekly*, dat soort namen hadden de bladen. Ze stonden vol advertenties, vaak voor onroerend goed, tot in Periana werden huizen te koop aangeboden.

De *Sur in English* had een forse sectie *Adult Relaxation*. Hij had intussen in de gaten gekregen dat de oudere buitenlanders die hier rondliepen minder onschuldig waren dan hij eerst dacht, dat ze het er buiten het zicht van kinderen en kennissen van namen zolang het nog kon. Je zag ze 's ochtends vroeg al drinken, met als gevolg dat je in Nerja niet alleen in verschillende talen naar een preek kon luisteren, maar je ook in verschillende talen van je alcoholverslaving kon laten afhelpen.

Toen hij in een winkel achter twee Engelse mannen liep, hoorde hij ze over een vrouw praten. '*She's not really my type. But... she is here.*'

Je kon je afvragen of al die stellen die je zag, wel stellen voor het leven waren. Misschien was het de eerste keer dat ze verliefd op elkaar waren in plaats van de tweede, misschien kenden ze elkaar nog niet zo lang. De mens had een diepgewortelde hang naar paarvorming, dat duurde tot de dood. Met de andere huurders van Señora's appartementen had hij nog steeds geen contact, maar hij had wel opgemerkt dat er regelmatig een grijsgekrulde Engelse van zeker vijfenzeventig over het terrein liep, altijd samen met een gebruinde man van dezelfde leeftijd die nordic walkingstokken gebruikte als alternatief voor een rollator. Ze koerden en ze kraaiden, ze hadden het spannend met elkaar.

Een tijdje geleden zag hij dezelfde mevrouw aan de rand van Señora's terrein over zee staan uitkijken met een veel blekere man, die bezig was met een handcameraatje het uitzicht over de baai te filmen. De Engelse wenkte hem, Ruben, en stelde de man trots aan hem voor: '*My husband.*' Ze leek oprecht blij te zijn met zijn overkomst uit Engeland. Drie dagen later liep ze weer met de gebruinde wandelstokkenman te tortelen.

Ouderen die het tot Nerja hadden geschopt wilden geen moment verloren laten gaan. Volgens een van de advertenties in de *Sur in English* kon je hier met een Duitse van vierenveertig op haar privéboerderij spelen dat je een baby'tje was en zij je moeder, je kon samen met haar met pluggen en dildo's in de weer, je kon *strap on* doen, je kon je anaal door haar laten behandelen of je laten bepissen met een douche van goud. En ze was in het bezit van een stoel, een gyneacologische.

In een andere advertentie bood een veertiger zich aan om je af te zuigen. Je mocht getrouwd zijn net als hij, je mocht ook alleenstaand zijn. Je hoefde niets te doen, alleen maar lekker te gaan zitten, hij zorgde voor de rest. *No fee* stond erachter, zijn service was geheel gratis.

Fistfucking. Een moeder en een dochter die zich aanbo-

den als 'echte lesbiënnes'. Ruben probeerde de advertenties te verbinden met de mensen die hij achter een biertje
paella zag eten of een pub in zag gaan waarvan de eigenaar
op een schoolbord had geschreven dat er geen boodschap-
pentassen op wieltjes mee naar binnen mochten omdat anders het meubilair beschadigde.

Seks met travestieten. Bij die advertenties stonden foto's, de travestieten leken vrouwen. Eentje claimde een
borstomvang van honderdvijftig centimeter.

Er was geen enkele advertentie bij die hem trok. De
mensen die op dit soort aanbiedingen ingingen, waren andere mensen dan hij was geworden.

In zekere zin kon je jezelf vormen. Gezien het basismate-
riaal was dat tot nu toe heel aardig gelukt. Hij vermoedde
dat hij het vooral aan Harald Moltke te danken had. Al fan-
taserend over het leven dat zijn beroemde voorvader had
geleid, had hij zich tijdens zijn jeugd dag in dag uit gerealiseerd dat er een uitweg was uit Amersfoort, dat ook iemand als hij ooit zijn grenzen zou gaan verkennen. Bas-
taardzoontje uit burgermanswijk wordt documentairemaker, je kon je grotere mislukkingen voorstellen.

Op de kunstacademie sliep hij niet met meisjes, ook toen
bleef hij volharden in zijn ridderlijkheid. Sinds hij op kamers woonde had zijn moeder last van haar maag, elk
weekend en soms zelfs 's avonds ging hij naar haar toe.

Over een paar maanden zou hij terugkeren in zijn Am-
sterdamse bestaan. Het was moeilijk om aan je eigen psy-
che te sleutelen, heel moeilijk zelfs, maar als je niet te veel
ineens eiste was het mogelijk. De resterende tijd wilde hij
zich ervoor inzetten om zich bij thuiskomst enigszins veranderd te kunnen presenteren. Tsjechov had over zichzelf
gezegd dat hij de slaafsheid er druppel voor druppel had
uitgeknepen. Ontsnappen aan je eigen conditioneringen,
daar draaide het allemaal om. Hij had nu de kans, als hij

straks weer thuis zou zijn was er minder ruimte voor experimenten.

AAN DE HORIZON begon de lucht in het lichtst mogelijke blauw, om naar boven toe steeds verzadigder van kleur te worden. De zee mocht je gerust diepblauw noemen. De tijd waarin je werd natgespat door wolken zeewater was voorbij, van de ene op de andere dag was het volop voorjaar geworden. De eerste bloem van de Oost-Indische kers was ontloken, twee grote witte vlinders dartelden er opgewonden overheen. Ook een stel distelvinken zat elkaar achterna, alsof het pubers waren die stoeiden ter voorbereiding op het serieuzere werk. Het mannelijke vogeltje, dat een helrode vlek op zijn grafisch vormgegeven kop had, zong met uitbundige, zo ingewikkeld mogelijke trillers. Hij fladderde rond zijn uitverkorene, sloofde zich klimmend en dalend voor haar uit. Er leefden ook de nodige merels in het groen tussen het appartementengebouw en de zee. Twee mannetjesmerels maakten het elkaar voortdurend lastig.

Er was haast bij. Hij had al veel te lang gewacht. Hij schoor zich, deed betere kleren aan, keek op de plattegrond van Nerja en trok de deur van de flat open. Meteen rook hij dat er een vrouw op de galerij was geweest. Zou de blonde Nederlandse er dan toch achter zijn gekomen waar hij zat, zou ze hem tot hier zijn gevolgd? Zoveel keus had ze in Nerja nou ook weer niet, dat was zijn grote voordeel hier.

Snuivend daalde hij de wenteltrap af. De zwoele lucht werd sterker. Hij inhaleerde diep. Op de begane grond bleef hij zijn neus volgen. Hij strandde voor een struik met glanzende bladeren en overvloedige witte bloemetjes.

Geërgerd begon hij in de richting van het toegangshek te lopen. Met zijn ogen op zijn schoenen gericht herinnerde hij zich een uitspraak die hij een keer had gelezen, al was hij vergeten wie de uitspraak had gedaan. *Human beings are intended to be free, and to be free is to be lonely.*

Hij kon natuurlijk ook uit Nerja vertrekken. Al tweemaal had hij een week bijgeboekt, half en half was hij van plan geweest om hier misschien wel drie maanden te blijven, maar hij zat helemaal nergens aan vast.

Hij duwde het hek open en begaf zich met rechte rug in de richting van het centrum. Terwijl hij langs een bankje kwam waarop een paar ouderen zaten, ving hij een zin op in krom Nederlands. 'Ik heb nooit geen last van zweetvoeten.'

Hij versnelde zijn pas, werd staande gehouden door twee Engelse dames van onbestemde leeftijd die de weg naar de bushalte wilden weten. Ze leken sprekend op elkaar, alsof ze tweelingzussen waren. Kwam hij uit Amsterdam? Wat toevallig. De praatlustigste begon te vertellen dat ze samenwerkte met de UvA. Ze schreef medische handboeken over tropische ziektes, die verschenen bij Cambridge University Press.

Hij liet niet merken dat het hem verbaasde. Zulke onopvallende huisvrouwachtigen. Zouden er meer geleerden tussen de oudere buitenlanders zitten? Langs de vloedlijn zag hij regelmatig een man struinen die precies de hoofdpersoon uit *Os Ratos* van Dyonélio Machado was. Een schlemiel. Maar het kon net zo goed een professor zijn, een Nobelprijswinnaar. Een magere, kromme man met een rode stoffen tas. De oudere Beckett, zo'n type.

Hij liep in de richting van de plek waar volgens zijn plattegrond het opvangcentrum voor ezels moest zijn en kwam door een gebied met geparkeerde auto's, wat loodsen en een paar tuinbouwbedrijfjes waarvan er één een onduidelijk product verbouwde, forse groene eivormen die groeiden aan uitvergrote spruitjesplanten.

Wat moest hij zich voorstellen bij geredde ezels? Wie bepaalde er in dat opvangcentrum of een beest eraan toe was om uit de klauwen van een Spanjaard bevrijd te worden, kwezels die het zielig vonden wanneer een beest een zakje olijven moest dragen? Moest hij die ouwe jongen uit de rivierbedding gaan redden opdat hij niet gered werd?

Hij zag zichzelf met een kapmes tot hoornen schaatsen uitgegroeide hoeven inkorten, genezende zalf op etterende beenwonden smeren, met leidsel en zweep een tot dan toe weerspannige hengst temmen. Het balken van ezels was een combinatie van kracht en pijn, oké, maar dat was natuurlijk wel een theoretische constructie, een projectie die je maakte als mens. In het wild balkten vooral de dominante hengsten. Het was een manier om macht te tonen, om aan te geven tot waar je territorium reikte. Als merrie of als onbetekenend klein ezeltje werd je niet geacht het te doen, behalve wanneer je de rest van de kudde kwijt was.

Met hoge, Andalusische passen kwam hij langs een omheind terrein waar bouwmaterialen lagen opgestapeld. Hij wilde rechtdoor gaan, toen hij uit zijn ooghoek zag dat hij bezig was het opvangcentrum voor ezels te passeren. Was dit het? Op een krakkemikkig hek hing een bord met de Engelse tekst: 'Engelen gezocht om met de ezels te wandelen.' Engelen, dat duidde op de gevreesde sentimentaliteit. En op vrouwen, dacht hij er vergoelijkend achteraan, zo'n term kon alleen een vrouw bedenken.

Kordaat opende hij het hek en kwam bij een volgend hek van ijzergaas. Hier hing een bord waarop stond dat wanneer je wortels of andere groenten aan de ezels wilde aanbieden, je ze die in hun geheel kon geven. Was je daarentegen van plan om fruit te voeren, dan moest je het eerst in stukken snijden. Toeristen waren bezig om de aanwezige ezels, een stuk of veertien telde hij, halve kiwi's toe te dienen, de dieren verdrongen elkaar erom. De plukkerige lichtgrijze van het strand stond er ook tussen. Maar zijn 'engel' zag hij niet, ook niet toen hij naar het achterste stuk van het terrein was doorgelopen.

Hier wilde hij niet zijn. Nadat hij rechtsomkeert had gemaakt, probeerde hij de hengstenpas vol te houden. Terug in het centrum van het dorp posteerde hij zich wijdbeens tussen de vakantiegangers op het Balkon van Europa. Zou hij haar herkennen als ze andere kleding droeg dan het fluorescerende jack? Ongeduldig schraapte hij met zijn voet over de gekleurde tegels. Waar was ze, lag ze met een ander te wippen?

Niet ver van hem af stond een witte, op een botsauto lijkende rolstoel met een man met een knobbelneus erin, een lotenverkoper. Achter op zijn wagentje waren twee ouderwetse houten krukken vastgezet. Een Spaans echtpaar van dezelfde leeftijd, rond de vijfenzestig, kwam bij de lotenverkoper kletsen. Toen ze waren uitgepraat en hun weg vervolgden, draaide de vrouw van het echtpaar zich nog even om en riep naar de oude man: '*Adios hijo.*' Tot ziens zoon, dag mijn jochie, zoiets betekende het.

Hij voelde zijn benen slap worden en moest op een bankje gaan zitten. Terwijl hij de massa toeristen bleef afturen, vroeg hij zich af wat andere mannen in zijn situatie zouden doen. Ze zouden óf net zolang doorgaan tot ze de Nederlandse hadden gevonden en haar onmiddellijk platneuken, óf een andere geile vrouw opduiken en daar hetzelfde mee doen, óf toch zo'n vrouw uit het krantje bezoeken.

Op meer mogelijkheden kon hij niet komen. Erg verheffend was het allemaal niet. Hij zou zo iemand gebruiken en weer afdanken. Prima als anderen het deden, geen punt, ga je gang. Maar bij hem paste het niet. Dat diende hij te accepteren. Het was een te grote stap om nu nog te proberen dat te veranderen. Bovendien: wat de seks betreft was de Bourgogne allang heilzaam geweest, hij zat niet in nood ofzo. In Nerja een vrouw veroveren zou niet fundamenteel iets aan zijn aard veranderen. Na alles wat had geleid tot wie hij was, vond hij het toch echt te gemakkelijk om blind zijn pik achterna te lopen.

Hij stond weer op en begaf zich naar de witgekalkte kerk, waarin hij een rondje langs de heiligenbeelden maakte. Naast een tekening van een mobiele telefoon stond op een plakkaat geschreven: *Deze heb je niet nodig om met God te praten.* Er zat ook een bedelaar met een rieten bakje in de kerk, die wat brabbelde in diverse talen, waarbij het woord 'Kosovo' eruit sprong.

Ik ben wel min of meer klaar met Nerja, dacht Ruben. Het werd hem langzamerhand ook te druk in het dorp, zoveel buitenlanders had hij nog nooit op het Balkon van Europa gezien. Wanneer hij hier vandaag voor het eerst was, zouden associaties met een openluchtkathedraal niet meer in hem opkomen. Zelfs het strandje met de grot van de modelbotenbouwer lag vol ingeoliede lijven.

Hij verliet de kerk en slenterde nog wat door het dorp. De deur naar de werkplaats van de schoenmaker stond open, iedere dag was de man tot laat in de avond bezig. Soms zat er iemand op de stoel voor de werkbank, geen klant maar een dorpeling die even in de sfeer van de kelder wilde verkeren, alsof de stoel een biechtstoel was.

Na een korte aarzeling daalde hij de treetjes naar het keldergewelf af. Er klonk geen muziek. De schoenmaker zei hem vriendelijk goeiendag en hij wist nog van de verdwenen hak. Maar uit subtiele lichaamstaal begreep Ruben dat plaatsnemen op de stoel niet de bedoeling was, dat hij een vreemde was gebleven en dat zijn sentiment voor deze Spanjaard en alles wat hij vertegenwoordigde niet wederzijds was.

Hij ging weg met een stel nieuwe veters.

EEN KLIMPLANT DIE over de muur langs Señora's terrein hing, bloeide met een explosie van oranje, op slurfjes lijkende kelken. Het was begin maart en al zo warm als in Nederland in de zomer. De zon legde een warme gloed over de rijpe vruchten van een mispelboom.

Energiek liep hij naar de villa van Señora. Haar zoon, die al bijna zijn pensioen had bereikt en ergens anders woonde, maar regelmatig langskwam om zijn moeder bij te staan, deed de deur open en noodde hem in de hal. De katten kwamen er toch af en toe binnen, hij rook tenminste dezelfde lucht die je op een hete dag in Amsterdam rook wanneer je door een smalle straat met woonblokken fietste.

Hij wilde de betaling van de huur met de zoon afhandelen, maar de man zei met een benauwde gezichtsuitdrukking: '*Mi madre.*' Meteen daarna liet hij de kreet '*Mamá*!' horen. Vanuit een zijkamer kwam Señora aanhobbelen. Omdat ze op haar stok leunde, strekte Ruben zijn hand met het geld erin naar de zoon uit, maar die weigerde opnieuw om het aan te pakken. Hoogstpersoonlijk, terwijl ze erin slaagde tegelijkertijd het handvat van de stok vast te klemmen, telde Señora de eurobiljetten na en gaf hem er een van vijftig terug. 'Korting.'

Hij verliet de villa weer en haalde fluitend de auto, die startklaar onder het parkeerdak stond met Igor in de rieten mand. Op de markt had hij een krat voedsel voor zeker een week ingeslagen, waaronder acht bosjes wilde asperges en een kilo sappige aardbeien die een *gitana* verkocht vanuit een kruiwagen. Verder had hij een tweedehands pan en een campinggasstelletje bemachtigd, waardoor hij ook een voorraadje aardappels had kunnen aanschaffen, bij een koopman zonder weeginstrument die iedere aardappel keurend op zijn hand liet balanceren. Ze glansden alsof de man ze hoogstpersoonlijk had ingekwast met verf of lak, maar toch was hij niet over alle exemplaren tevreden, sommige vleide hij terug in het kistje en zocht dan een betere uit.

Ruben opende het hek en reed erdoor. Nadat hij weer uit de auto was gesprongen om het hek te sluiten, zag hij Señora achter het betraliede raam van haar zitkamer staan. Ze zwaaide naar hem. Hij zwaaide terug, stapte in en gaf gas. Hij was benieuwd waar hij in de komende weken terecht zou komen. Ergens in Oost-Europa, maar waar? Het was zijn bedoeling om in een rustig tempo, niet meer dan een paar honderd kilometer per dag afleggend, via Zuid-Frankrijk richting Italië te rijden en pas daar te bepalen welk land hij zou kiezen. Zo'n paradijselijke plek als hier zou hij in Oost-Europa niet vinden, maar dat hoefde ook niet. Hij was uitgerust en stond open voor alles.

Hij reed het dorp uit en kwam een paar keer vast te zitten in éénrichtingsstraten. In de afgelopen tijd was de auto niet eenmaal van Señora's terrein af geweest, hij was een voetganger geworden.

HIJ WIST HET al van eerdere reizen: de mensen die je onderweg ontmoet, trekken als het ware met je verder. In Nerja was hij gewend geraakt aan de sfeer die om Señora hing, aan hoe ze eruitzag en zich gedroeg. Voorheen had hij geen idee dat deze vrouw bestond, nu zat ze in zijn hoofd en was tot de onderwerpen gaan horen waaromheen zijn gedachten cirkelden.

De laatste dagen had hij zich vaak afgevraagd hoe het zou zijn gegaan als zijn moeder was blijven leven. Zou ze van hem hebben verwacht dat hij haar, net als de zoon van Señora deed, ondersteunde tot hij zelf een oude man was geworden? In het geval van Señora en haar zoon speelden economische belangen mee. De zoon was erfgenaam van zijn moeders terrein, waarvan de waarde in de afgelopen veertig jaar tot duizelingwekkende hoogtes was gestegen. De vierduizend guldens die zijn moeder had gespaard waren daarbij vergeleken een schijntje. Toch zou het waarschijnlijk een behoorlijke krachtsinspanning hebben gevergd om zich van haar los te maken.

Hij streelde Igor. Ze waren aangekomen in Pineda, de plaats boven Barcelona waar ze op de heenweg naar het zuiden ook hadden geslapen. Ze stonden op dezelfde plek aan zee. Igor was een volleerd reiziger geworden en zat zelfverzekerd via de open schuifdeur over het strand uit te kijken. Hij droeg zijn tuig nog wel, maar met de riem wist hij op een sierlijke manier om te gaan, het kwam bijna nooit meer voor dat hij er met zijn pootjes achter bleef haken.

Ook in dit deel van het land was het fraai weer. Er hing een lichte sluierbewolking, maar de thermometer gaf tweeëntwintig graden aan. Het waaide nauwelijks, wandelaars kuierden over het strand met hun jas over de arm. Wat zou hij gaan doen vanmiddag? De vorige keer was het hem niet opgevallen, maar toen hij hier aankwam had hij aan de weg langs het strand een bord Internetcafé gezien. In Nerja had je ze ook, het was hem altijd gelukt om er langs te lopen, maar waarom zou hij niet even gaan kijken of er bericht van Hannah was? Dat ze nooit contact zocht zou kunnen komen doordat ze zijn nieuwe telefoonnummer was kwijtgeraakt. Ze had het opgeslagen in haar mobiel, die gestolen kon zijn.

Een vragend mauwtje. Gehoorzaam bewoog Ruben zijn hand over het kattenhoofd. Was het niet de grootste fout van zijn leven geweest dat hij Hannah in haar eentje naar New York had laten gaan en ook nog eens olie op het vuur had gegooid door haar uit te dagen vier maanden lang te gaan leven alsof ze hem niet kende? *Tout le monde fait son erreur irréparable*, schreef Agota Kristof. Iedereen maakt eens een fout die niet te repareren valt. Die Joe Berlinger en Bruce Sinofsky, ach, die konden hem niet eens zoveel schelen. Maar het zou hem niets verbazen wanneer ze nog steeds in contact stonden met de bandleden van Metallica. Had Hannah niet iets verteld over de drummer, de intellectueel van het stel, een Deen notabene? Was die niet gescheiden nadat *Some Kind of Monster* in première was gegaan? Ja, nu wist hij het, telkens wanneer die Lars in beeld kwam zat Hannah te zuchten en te zwijmelen. En de documentaire duurde uren, dus ze zuchtte en zwijmelde veel. Lars praatte volgens Hannah anders, Lars dacht anders dan de andere leden van Metallica. Lars verzamelde kunst, Lars pretendeerde iets van film te weten. Misschien had hij zelfs weleens een boek in handen gehad of een toneelstuk gezien.

There's something rotten in the State of Denmark. Was Hannahs filmtechnische bewondering voor *Some Kind of Monster* een dekmantel geweest om tot de door haar zo bewonderde Lars door te dringen? Waarom had hij daar niet eerder aan gedacht?

Lars mat niet eens 1.70 meter, zij was tien centimeter groter. Aan de andere kant: de geschiedenis, en die van hem persoonlijk in het bijzonder, had uitgewezen dat kleine Denen het minst te vertrouwen waren. Was Hannah onder valse voorwendselen naar New York gegaan, verkeerde ze in de veronderstelling dat ze een kans maakte de drummer van Metallica te versieren? Dat leek hem lichtelijk optimistisch. Ze zag er goed uit, heel goed zelfs, tot in de meest verborgen huidplooi, en hij kon het weten, maar ze was wel van vóór de opkomst van de orthodontische beugel. En ze was oud, de veertig gepasseerd. De drummer van een van de bekendste en rijkste bands van de wereld, ook al was het de minuscule Lars, kon íedereen krijgen, die ging er niet met een bejaard Nederlands filmmaakstertje vandoor. In de documentaire was hij aan de zijde van zijn toenmalige echtgenote te zien, het bekende platinablonde type.

Hoe heette die zak nou verder ook alweer? Er was iets met zijn vader, een Deense immigrant in de Verenigde Staten, een man met een lange baard of iets dergelijks. Of was die vent met de baard nou de manager? Hij voelde zich totaal geblokkeerd. Hannah had verdacht snel met zijn voorstel ingestemd. Zij was ook degene geweest die met de uitdrukking 'vakantie van elkaar nemen' was gekomen. Toen ze alles doorspraken klonk ze integer, ze hield er dezelfde opvattingen op na als hij, maar intussen kon er heel wat veranderd zijn. Waarom ging hij niet naar New York in plaats van naar Oost-Europa? Hij kon naar Amsterdam rijden, een ticket boeken en eropaf. Als ze tenminste niet al in de gespierde Deense drummersarmen van haar Larsje lag.

Hij haalde de doos met kattenspullen tevoorschijn en pakte er een grove kam uit. De riempjes van het tuig zaten in de weg, toch begon Igor te kronkelen van genot terwijl de bereikbare delen van zijn lijf werden bewerkt.

Naar New York gaan zou betekenen dat hij had gefaald, dat hij niet had kunnen waarmaken wat hij zo semi-zelfverzekerd had bedacht. Hannah zou het niet waarderen wanneer hij onaangekondigd voor haar neus stond.

Igor geeuwde wellustig.

Verdorie, hij wilde weten of er bericht was.

Hij liet Igor in de auto achter. In het internetcafé, een benauwde ruimte boven een telefoonkantoor, boekte hij voor een uur en probeerde op een vuil toetsenbord zijn hotmail-account te bereiken. Een paar keer ging het mis doordat zijn vingers niet deden wat hij wilde, maar uiteindelijk slaagde hij er toch in er terecht te komen. Talloze nieuwe berichten, zeker honderd. Hij scande de afzenders met zijn ogen en zag dat er niets van Hannah bij was. Logisch, dat was de afspraak, dat had hij zelf voorgesteld. Uit de onderwerpen van de mails die wel waren binnengekomen maakte hij op dat er niets urgents bij was, waardoor hij de verleiding om ze te lezen probleemloos weerstond.

Hij typte www.google.com. In plaats van op de Engelse, kwam hij op de Spaanse variant van Google terecht. Hij voerde de woorden Lars en Metallica in, vinkte aan dat hij het hele web wilde doorzoeken en liet de cursor boven *Buscar con Google* zweven. Nadat hij had geklikt verscheen er zo'n enorm aantal vermeldingen op het bolle, ouderwetse scherm dat hij Google onmiddellijk weer afsloot. Wat moest hij met die Deense dwerg, er waren interessantere mensen op de wereld dan zo'n gastje dat op Hannah klom.

De teller op zijn scherm gaf aan dat hij nog vijfenveertig

minuten van de computer gebruik kon maken. Sinds hij het aantal vermeldingen had gezien, leek het of zijn weinige beschikbare hersencellen nog meer werden afgeknepen. Zo'n manneke, zo'n typisch Deens vrouwenrijdertje, en dan op zoveel sites besproken worden.

Werktuigelijk ging hij opnieuw naar www.google.es. Hij staarde even voor zich uit en typte in het daarvoor bestemde langwerpige vak tussen aanhalingstekens een nieuwe naam, de enige die in zijn gedachten kwam. Het was de naam Harald Moltke. Omdat hij tot voor kort alles wat met het vermaledijde Denemarken samenhing uit zijn hoofd had gebannen, tot en met zijn rampzalig verlopen queeste naar Kopenhagen, had hij nooit eerder op het web naar Harald gezocht, maar nu hij hier toch was en vijfenveertig minuten over had, kon hij best even uitzoeken of er misschien iets over zijn grootvader bekend was.

Buscar con Google. Hij klikte. Een tel later zag hij 6910 vermeldingen. 6910, zoveel? Hij kon het bijna niet geloven. Dat Larsje mocht dan een veelbesproken Deen zijn, zijn eigen Harald Moltke stond ook in de aandacht, hij werd bijna zevenduizend keer op het internet vermeld.

Hij liet zijn ogen van boven naar beneden langs de vermeldingen gaan en scrollde door over de volgende pagina's. Lukraak klikte hij op de Kunst Indeks Danmark, een database van kunstwerken die zich in Deense musea en collecties bevonden, maar die was in het Deens. Daarna kwam hij in de Engelstalige Wikipedia terecht, waarin een lemma over Harald Moltke bleek te zijn opgenomen.

Harald Moltke (1871-1960) was a Danish painter and author, who was educated on The Royal Danish Academy of Art 1889-1893. Moltke participated in several expeditions as draughtsman, for instance to Greenland in 1898 and 1902-04 (on "The Literature Expedition"). One of his main works: 30 portraits of Inuit, published in 1903. Together with Ludvig My-

*lius-Erichsen he also published the book "Greenland" (1906)
and the memoirs "The Life Travel" (1936).*

Hij schoof zijn stoel naar achteren en liep haastig naar de trap. Je wist niet of er iemand met zijn tengels aan deze computer zou gaan zitten terwijl hij naar beneden was, achter twee andere monitoren zaten jongeren te internetten.

Beneden tikte hij op het glazen hok waarin de beheerder van het telefoonkantoor annex internetcafé zat. Hij liet zich uitleggen hoe hij kon printen (het commando moest hij boven geven, de printer stond beneden in het hok) en sprong met twee treden tegelijk naar de computer terug. Op het scherm stond nog dezelfde pagina van Wikipedia.

Hij klikte op 'printen', liet ook de Deenstalige pagina's uit de Kunst Indeks afdrukken. Uit de tekst op het scherm begreep hij dat zijn grootvader eenmaal samen met de befaamde Knud Rasmussen een tocht naar Groenland had ondernomen. Onderweg liep hij een ziekte op waardoor hij kreupel raakte. Desondanks ging hij door met het maken van litho's en schilderijen, die veel geëxposeerd waren, drie jaar voor zijn dood werd er zelfs een retrospectief georganiseerd. De Kunst Indeks besloot met een lange lijst met de titels van zijn werken, met erachter tussen haakjes de namen van verschillende instituten en musea waar ze in de collectie waren opgenomen. De dertig portretten van de *polareskimoer* bevonden zich in Kopenhagen.

Heel kalm geworden nam hij op zijn gemak de andere vermeldingen door, af en toe ergens op klikkend om te kunnen beoordelen of de tekst de moeite waard was. In het noordwesten van Groenland bleek een gletsjer naar zijn grootvader vernoemd te zijn. Hij gaf weer het commando 'printen' en kwam vervolgens op een veilingsite terecht waarop een schilderij werd aangeboden dat 'Boy in Sailor Outfit' heette, Harald had het gemaakt in 1896.

Een site met een tekst over schilderijen van het noorder-licht, *possibly the finest reproductions of auroras ever made*. De originelen bevonden zich in het Deens Meteorologisch In-stituut, *but reproductions have been given to numerous observatories and institutions all over the world*. Aha, die reproduc-ties waren misschien de ansichtkaarten die hijzelf in zijn kamertje had opgehangen? Hij had altijd gedacht dat er li-tho's op stonden, op zijn tiende of elfde had hij al in de openbare bibliotheek uitgezocht wat litho's nou precies waren.

Hij keek lang naar een foto, ondertiteld *The painter Harald Moltke at work*. Het copyright lag bij het Arctisch Insti-tuut. Hoewel hij er lang mee klungelde lukte het op de on-bekende computer niet om de foto te vergroten. Dan maar klein afdrukken, besloot hij, later kon hij er thuis wel een grote print van maken, de foto stond in een pdf-document.

Er verscheen een waarschuwing op zijn scherm, het uur was bijna voorbij. Hij klikte nog snel een nieuwe site aan, maar het scherm ging al op zwart. Het raakte hem niet. Voorlopig was hij zeer tevreden met zijn oogst. Er waren dus wél werken van Harald Moltke bewaard gebleven, en die waren te zien in Deense musea.

Met de tred van een triomfator liep hij terug naar de auto.

VIA DE KUSTWEG parallel aan de tolweg reed hij in noorde-lijke richting. In het bosgebied waar hij op de heenweg drie rokende jonge vrouwen op plastic tuinstoelen had zien zit-ten, overwoog hij om te stoppen en zijn bed naar beneden te klappen. Hij verwierp het idee meteen. Het bed in de auto was heilig. Daar kwam niemand op, alle Larsjes ten spijt.

Wat zou je moeten doen als er een zware basstem uit

zo'n bermhoer bleek te komen? Waarschijnlijk 'bedankt, ik ga verder' zeggen en weer in de auto stappen, dat zouden ze wel gewend zijn.

Waar deden die hoeren het met hun klanten? In dat bos? De bomen stonden een heel eind uit elkaar. Het zou natuurlijk kunnen dat de boomdichtheid dieper in het bos veranderde, dat kon hij zo niet beoordelen.

Moest je zelf een condoom meebrengen? Natuurlijk niet, dat was werkmateriaal voor dergelijke vrouwen, hele voorraden hadden ze beschikbaar, die dingen werden uitgereikt door de een of andere hulpinstantie, in Spanje had je die ook.

Hij zag er eentje. Ze zat op een kruk, niet op een tuinstoel zoals eerst. Hij minderde geen vaart. Nadat hij haar voorbij was gereden keek hij in de spiegel. Ze had lang rood haar en droeg een kledingstuk dat je, als hij het goed had, 'legging' noemde, een paarse was het. Daarboven had ze een strak, iets lichter paars shirt aan dat net over haar billen kwam.

Hij bleef doorrijden. Alsof hij zichzelf opsplitste in een camera en een mens, zag hij een donkerharige man achter het stuur van een zwarte bestelauto zitten die zijn eigen geest wilde exploreren, die wilde uitzoeken of een mens van zijn leeftijd zichzelf nog een heel klein beetje kon veranderen, maar die desondanks terugkrabbelde wanneer hij een kans gepresenteerd kreeg, alsof hij vastzat aan een onzichtbaar elastiek.

Geen tegenliggers. Ook geen achteropkomend verkeer. Hij trapte op de rem en keerde. Op maximale snelheid reed hij in de richting van de roodharige vrouw terug, die nog op het krukje zat. Op haar hoogte keerde hij opnieuw. Ze rees omhoog terwijl hij de auto nog niet eens in de berm had gezet. Een dikke vrouw, dat had hij daarnet niet in de gaten.

Hij deed de motor uit en ze stond al bij de passagiers-deur. Hij kon nog makkelijk weg. Ze bukte zich en keek naar binnen. Door het raam heen knipoogde ze met een zwartomrand oog.

Niet zijn type. Toch ging zijn hand naar het knopje links naast hem. Hij trok het omhoog en deed zijn deur open. Nadat hij was uitgestapt was ze meteen bij hem.

'*One fuck fifty euro.*' Geen basstem, een jongevrouwen-stem.

Ze kwam nu heel dicht tegen hem aan staan. Uit een auto die voorbijreed klonk aanmoedigend het geluid van een claxon. Twintig, ouder was dit kind niet. Misschien was ze zelfs nog veel jonger. Hij zag een zilveren ringetje in haar neusvleugel. Het haar was niet van nature rood, het was geverfd, boven op haar hoofd liep een handbrede don-kere streep.

Opnieuw geclaxonneer. 'Waar?' vroeg hij in het Spaans.

'In de auto.'

'Dat kan niet.'

'Veertig euro.'

'Eh nee, het kan niet,' mompelde hij.

Ze zei weer iets, het bedrag was nu verlaagd tot vijfen-twintig euro. Maar dan wilde ze alleen...

Hij verstond het niet, begreep wel wat ze bedoelde.

Er kwamen weer auto's voorbij. Hij gaf het meisje een duwtje tegen haar schouder omdat ze nog dichter bij hem kwam. Ze rook naar goedkoop, zoet spul. Er liep een don-kere lijn om haar lippen, die ze had gestift in dezelfde kleur als haar kleren. Haar tieten, waarvan hij de bolling van bo-venaf zag omdat ze zoveel kleiner was dan hij, bewogen doordat ze gespannen in- en uitademde.

'In orde,' zei hij en deed de deur aan zijn kant met de sleutel op slot. Voor de auto langs liep hij naar de andere kant. Meteen nadat hij de schuifdeur open had geschoven dook ze naar binnen en zakte over Igors mand heen met haar brede billen op de bagagekist. Uit de mand kwam gejammer.

Hij ging haar achterna en deed van binnenuit de schuifdeur op slot. Zijn pik stond strak, geen tijd voor de raambedekking. Het meisje zat met haar benen wijd. Aan haar voeten had ze open schoenen met dunne hakken. Zonder omhaal schoof ze haar shirt tot boven haar borsten omhoog en liet het daar zitten. Hij zag een enorme zwarte beha. Terwijl hij op zijn hurken voor haar neerzakte, schoot zijn hand al naar voren.

Het meisje probeerde de knoop van zijn broek open te krijgen. Hij haalde zijn hand uit de beha en trok de broek zelf een eind omlaag, samen met de onderbroek. Ze sloot haar beide handen om zijn pik. De handen waren warm en zacht. Overvallen door de sensualiteit van de aanraking deed hij zijn ogen dicht en liet zich gaan. Zij kreunde aanmoedigend. Nadat het was afgelopen, lang duurde het niet, zag hij een in elkaar gefrommelde tissue op de bodem van de cabine liggen. Hij hees zijn onderbroek en zijn broek weer omhoog. Het meisje, dat haar paarse t-shirt jurk naar beneden trok, zei iets tegen hem, ze wilde haar geld.

Nog op zijn knieën pakte hij zijn portemonnee uit zijn broekzak. Er zat een briefje van vijftig in. Hij gaf het haar en maakte een 'laat maar zitten'-gebaar. Terwijl ze blij glimlachte meende hij een gat te zien op de plek waar een hoektand had moeten zitten.

voeten op het dashboard. Frankrijk, de Vaucluse, vlak bij het stadje Apt. Hij was nog nooit eerder in deze streek geweest. De Vaucluse leek op de Bourgogne, maar was heuvelachtiger en welvarender. Er waren veel lavendelvelden. Zomaar ergens was hij een heuvel opgereden naar een klein dorp waar een kasteel stond. Het dorp bestond uit pittoreske huizen op een kluitje, met ertussen een kerk en een plein met bloeiende amandelbomen. Het kasteel bleek een rotsformatie te zijn.

Vanaf de passagiersstoel, met aan twee kanten uitzicht over een glooiend veld met rijen lavendel, reikte hij achterover naar de kast in de cabine en schonk zichzelf wijn uit Spanje in. Terwijl hij de eerste slok nam schoot hij in de lach, de wijn kwam door zijn neus naar buiten. Het tafereel in de berm, dat in totaal misschien tien minuten had geduurd... Hoe het meisje terwijl het zich afspeelde met haar stevige, bollende benen over de rieten kattenmand heen had gezeten... Hoe hij na afloop binnendoor naar het stuur was gekropen en in een slakkengangetje was weggetuft, maar nog wel even zijn hand had opgestoken... De blankheid van die megaborsten, terwijl de rest van haar huid enigszins getint was, wat niet paste bij het roodgeverfde haar... En intussen het geschreeuw van Igor, dat na afloop lang was doorgegaan. Het stopte pas toen hij honderd kilometer verderop dan toch eindelijk zijn beloning kreeg.

Hij had de liefde geconsumeerd in de meest letterlijke betekenis. Een zakelijke transactie tot wederzijds voordeel. Je kon het doen en je kon het laten, belangwekkender gedachtes had hij er niet over. Als hij het inderdaad zou hebben gelaten, dan zou hij zichzelf verwijten dat hij het had moeten doen, waaruit je mocht concluderen dat 'je kon het doen en je kon het laten' iets was wat je zei wanneer je het had gedaan. Het was gebeurd. Consequenties: geen. Hij zou het dus best nog eens kunnen doen, maar dan beter, zorgvuldiger. Lichamelijk had het hem opgelucht.

Er kwam een echtpaar met een hond langs zijn raam, ze praatten en lachten harder dan je van Fransen zou verwachten. Nog ruim twee maanden, dan was hij ook weer een man met een vrouw. Als het Hannah tenminste behaagde om haar New Yorkse avonturen achter zich te laten. Mocht dat zo zijn, mocht ze er inderdaad voor kiezen om bij hem terug te komen, dan vond hij twee maanden nog heel erg lang. Nu al kon het hem geen barst meer schelen dat hij thuis in Amsterdam weer voortdurend bezig zou moeten zijn met overleggen en onderhandelen. Als je toch de hele tijd tegen jezelf aan het redeneren was, dan kon je dat veel beter tegen een vrouwelijke kameraad doen, kreeg je nog weerwoord ook. De gebieden in de wereld waar het op dit moment in de tijdrekening behoorlijk goed ging, waren de gebieden waar vrouwen min of meer een gelijke status als mannen hadden verworven. In de gebieden waar het rommelde daarentegen nam over het algemeen de man alle beslissingen alleen, hij overlegde niet. Het had er weinig mee te maken dat een vrouw nou zo vredelievend was, helemaal niet, het ging meer om het vergaderen, het afwegen van argumenten. Je overlegde voortdurend en kwam dan op de beslissing uit die het minst tegen je eigen belangen indruiste, dat was toch wel de grootste en beste verandering sinds het Oude Testament. In culturen waar de vrouwen zich nog steeds in een ondergeschikte positie moesten schikken, waren de mannen in feite allemaal vrijgezel.

Hij reikte weer naar de kast en pakte de prints die hij in het internetcafé had gemaakt. Zijn grootvader had niet alleen geschilderd, hij had ook twee boeken geschreven. In het Deens waren ze te koop via onlineantiquariaten, dat had hij gezien toen hij in Pineda de sites langsging waarop Harald werd vermeld. Maar hij had er niet op gelet of de boeken ook vertaald waren. Zo ja, dan zou hij ze kunnen bestellen.

Bij het vooruitzicht voelde hij een vorm van welbehagen over zich komen die met niets te vergelijken was. 'Aangenaam, Ruben Moltke,' zei hij hardop tegen Igor, die achterin op het matras lag te slapen. 'Onthou die naam. Ruben Molt-ke.'

Nadat Hannah en hij zich tijdens de moordpartijen van de Roemeense mijnwerkers hadden gerealiseerd dat ze sterfelijker waren dan ze dachten, hadden ze besloten om te trouwen, met als doel elkaar als mogelijke toekomstige weduwe of weduwnaar in ieder geval een zekere positie te geven. Geld hadden ze niet, dat konden ze elkaar niet laten erven, maar ze vonden het een geruststellende gedachte dat de rest van hun gezamenlijke bezittingen in ieder geval automatisch op de ander zou overgaan, waaronder de rechten op nog te maken films.

Het was in dezelfde periode dat ze ontdekten dat er iets fout was met zijn achternaam. Het werd hun verteld tijdens de ondertrouw, toen ter sprake kwam dat hij was opgegroeid als kind van een ongehuwde moeder. 'Heeft je vader je erkend?' vroeg de ambtenaar.

Zijn vader had hem inderdaad officieel erkend, toen hij nog klein was en in Veghel woonde, al was daar enige druk vanuit Amersfoort aan te pas gekomen en had het een tijd geduurd voor Jesper ermee had ingestemd. 'Jazeker,' antwoordde hij, 'mijn vader heeft me erkend.'

'Hoe luidt zijn familienaam?'

Hij spelde het woord.

'In het vervolg zul jij ook zo moeten heten.'

'Nee, nee,' stamelde hij snel. 'Mijn vader heeft me toch niet erkend. Ik heb me vergist, het klopt niet, hoe kom ik er toch bij.'

De ambtenaar koos ervoor om het te geloven, waardoor hij nog steeds met de verkeerde achternaam rondliep. Terug in Amsterdam zou hij er werk van gaan maken.

VOLKOMEN RELAXED ZAT hij in Saint-Tropez op een café-terras. Igor was in de auto achtergebleven, de ramen afgedekt omdat de zon fel scheen.

Hij had altijd al graag eens willen zien wat Saint-Tropez nu eigenlijk voorstelde. Nou, niet veel; wat tentjes waar mensen zaten te eten, voornamelijk te oude mannen met te blonde vrouwen. In de haven lagen jachten, uitvergrote strijkijzers waarvan je je kon afvragen of ze alleen dreven of misschien ook nog wel eens voeren. Van de plakkaten bij een botenhandelaar had hij begrepen dat sommige ervan drie miljoen euro kostten. Per stuk. Er lagen er ongeveer tien van die categorie.

Hij had geen last van het Benidormeffect, in de stemming waarin hij vandaag verkeerde vond hij Saint-Tropez eerder vermakelijk. Aandoenlijk zelfs. Dat mensen niets anders konden verzinnen om hun drie miljoen aan te spenderen dan aan een gladde witte motorboot van onhandelbaar formaat.

Hij bestelde een cappuccino, die volgens de kaart bijna tien euro kostte, een bedrag waarvoor iemand als Tania in Macedonië een groot deel van de dag moest werken. En dan was Tania nog lang niet de slechtst verdienende persoon in haar land. Wat zou zij graag eens in Saint-Tropez op een terras willen zitten om zich te vergapen aan drijvende zwartgeldbeleggingen die evenveel waard waren als het bedrag dat pakweg het Macedonische ministerie van Onderwijs in een heel jaar te besteden had.

De serveerster liep bedreven van tafel naar tafel. Met haar samengebonden haren deed ze hem aan de Nederlandse in Nerja denken, de Nederlandse met de ezel. Hij permitteerde zichzelf om in gedachten weer naar Tania terug te keren, alsof hij de serveerster over haar en haar bestaan in Macedonië aan het vertellen was.

Hoe verder de Europese Unie zich uitbreidde, hoe beperkter het gebied werd waarin Tania zich vrij kon bewegen. Meermalen had ze haar land met een gevangenis vergeleken. Tot voor kort kon je als Macedonisch staatsburger tenminste nog zonder visum naar allerlei Oost-Europese landen toe, maar nu zelfs Bulgarije bij de EU was gaan horen, een land waarover vroeger bij Tania thuis altijd lacherig werd gedaan, omdat Bulgarije in vergelijking met Joegoslavië zo achterlijk was, kon ze niet zomaar meer even de grens over. Naar minder succesvolle buurlanden kon ze nog wel, in theorie kon ze naar Kosovo, hoewel ze zich daar vanwege haar Slavische achtergrond niet prettig voelde. Montenegro, tja, daar mocht ze komen, daar mocht ze aan het strand liggen, als ze het er tenminste voor over had om eerst per gammele bus een nacht lang een gevaarlijk berggebied te doorkruisen. En ze kon naar Servië, waarover in Macedonië in het algemeen heel vriendelijk werd gesproken.

Hij legde de serveerster uit dat sinds Joegoslavië uit elkaar was gespat en Macedonië tot zelfstandig land was omgevormd, ook daar de tegenstellingen tussen de bevolkingsgroepen waren versterkt. Een eeuwenoude brug verdeelde Skopje in een Slavische en een moslimhelft. Tania en haar hippe vrienden begonnen verzaligd te swingen zodra ze traditionele Macedonische muziek hoorden die werd gespeeld op instrumenten van geitenhuid, de liederen werden met nasale stem gezongen. 'Dit gaat over vrouwen!' kon Tania in zo'n geval roepen, haar polsen demonstratief kruisend. 'Wij zijn hier vijfhonderd jaar door de Turken onderdrukt, de vrouwen nog meer dan de mannen!' De moslims, die ze 'Albanezen' noemde, waren voor haar potentiële Turken.

In dit klimaat maakten Hannah en hij *Het behaarde vredesteken*. Tania wilde zelf niet meedoen met het onderzoek naar het lot van de mismaakte ezel, ze bleef als achterwacht in haar kantoor zitten met de telefoon binnen handbereik. Hoewel ze vanwege de corruptie niet op de politie vertrouwde, had ze toch de hoofdcommisaris op de hoogte gebracht en zelfs een bevriende arts gevraagd of hij eventueel kon bijspringen. Ook had ze een journalist van een krant ingelicht.

Hannah en hij gingen samen naar De baarmoeder. Van bovenaf, vanaf het voetpad halverwege de wand van de kloof, filmden ze de plek waar het drama zich had afgespeeld. Ze konden niets bijzonders ontdekken, alleen rotsen, struiken en een in dat jaargetijde, het voorjaar, imponerende rivier.

Tania adviseerde om eens in Shutka rond te vragen, een wijk van Skopje die ook wel de zigeunerhoofdstad van Europa werd genoemd, omdat er veertigduizend Roma woonden. Shutka had een eigen burgemeester, ook een Rom.

Per taxi gingen ze ernaartoe. Ze namen geen tolk mee. De straten in Shutka waren geasfalteerd, dat zag je in Oost-Europese zigeunerwijken niet vaak. De huizen waren beter afgewerkt en ook groter dan de huizen in vergelijkbare wijken in Roemenië en Bulgarije. Sommige inwoners van Shutka hadden een tuin met bloemen en groenten. Er was een overdekte markt, er reden paardenkarren, stadsbussen en BMW's met Duitse nummerborden. Hoewel er genoeg cafés waren, zagen ze geen dronkelappen, vrijwel alle Roma die hier woonden waren moslim.

Hannah en hij voelden zich meteen thuis. In het eerste café dat ze in gingen, tekenden ze met balpen een ezeltje zonder oren op een stuk papier en hielden het omhoog naar een groep gezond ogende jongemannen die rond glazen prik zaten. Er werd geroepen en gewezen, een jongeman tolkte in het Duits. Een halfuur later stonden ze in een van de meest armelijke huisjes van Shutka, dat er toch nog net iets degelijker uitzag dan de meelijwekkende krotten waarin honderdduizenden Roemeense en Bulgaarse Roma moeten zien te overleven.

De bewoners van de hut namen Hannah en hem mee naar een plek waar een nieuw huis verrees. Daar liep het oorloze ezeltje. Het leefde dus nog. Het kon haast geen ander ezeltje zijn, hoe vaak werden oren van ezels afgesneden? Het dier had dezelfde kleur en dezelfde grootte als het dier dat ze destijds hadden gezien. Met rubberen puntzakken op de rug was het bezig bakstenen te versjouwen, terwijl het aan een touw werd vastgehouden door een jongetje in lompen. Kennelijk werkten de oren nog, zodra het jongetje een commando gaf bewogen de stompjes naar voren.

Ze filmden het ezeltje en de hele situatie vanuit alle mogelijke posities. Het jongetje tilde op hun verzoek de puntzakken van het dier af, waardoor een litteken vrijkwam dat gedeeltelijk kaal was en gedeeltelijk met witte haren begroeid. Samen met het kind lieten ze zich doorsturen naar de veemarkt van Skopje, waar ze in contact kwamen met de handelaar die het dier voor een paar centen had verkocht. Hij verwees hen naar een vervaarlijke Albanees, die hen meenam naar clangenoten een kilometer of vijf van de plek in de kloof waar het ezeltje van zijn oren was ontdaan. Zo, beeld op beeld stapelend, konden Hannah en hij het verhaal achter de verminking ontrafelen. De eigenlijke reikwijdte werd pas duidelijk toen ze de woorden lieten vertalen die hun gesprekspartners met veel kabaal in de microfoon hadden geroepen. Verwensingen. Vervloekingen.

Aan het eind van hun zoektocht kwamen ze bij de daders van de misdaad terecht, twee broers die nog geen dertig konden zijn, maar die de helft van hun tanden al misten en een bedorven lucht uitwasemden. Albanezen, Tania had het goed gezien, zoals alle Oost-Europeanen kon ze haar-

scherp de leden van een andere bevolkingsgroep onderscheiden. Tot nu toe was hij er niet in geslaagd om erachter te komen waar hem dat precies in zat, of ze het opmaak-
ten uit elkaars lichaamsbouw, de trekken in elkaars gezicht,
elkaars accent, of dat het een intuïtief 'weten' was dat vaker
faalde dan hij besefte.

De reden dat de onwelriekende Albanese broers de ezel
van de oorspronkelijke eigenaar hadden afgepakt om het
dier te verminken, was dat de man, een jonge Macedonische boer, het had gewaagd een praatje met hun onge-
trouwde zus aan te knopen. Zo eenvoudig lag het. Zo voor-
spelbaar. Aan het eind van *Het behaarde vredesteken* hielden
de broers de in de zon gedroogde, tot harde lapjes gekrom-
pen oorflappen triomfantelijk naar de camera omhoog,
waarmee de film niet bepaald de eenheid tussen de volke-
ren bevorderde en de titel werd geladen met ironie.

'*Voulez-vous boire encore quelque chose?*'

Hij schrok op. De serveerster stond naast zijn tafeltje.
Haar terras zat vol, hij hield een plaats bezet waaraan meer
verdiend kon worden dan wat die ene cappuccino opleverde.

'*Non, merci. Je vais partir.*' Hij greep zijn tas, betaalde
zonder een fooi te geven en stond op. In gedachten nog
steeds in Macedonië begon hij langs de jachthaven in de
richting van de auto te lopen, die hij op een bewaakte, met
slagbomen afgesloten parkeerplaats had gezet.

De twee Albanese broers... Hij zag de droge flappen, de
tronies van die kerels, hun boerenslimme blik.

Terwijl hij in de auto het stapeltje prints pakte, kwam het
woord 'wraak' weer in hem op. Het bleef zijn bedoeling
om enigszins te veranderen onderweg, om op de een of andere manier een kwestie aan te pakken waarmee hij, net zoals hij had gedaan toen hij begin twintig was, zijn lot in eigen handen nam en zich niet alleen door toevallige gebeur-

tenissen of biologische wetmatigheden liet sturen. Dat hij zich tegen betaling door een meisje met roodgeverfde haren onder handen had laten nemen was onvoldoende, door het kopen van een dienst veranderde je niet fundamenteel.

De oplossing lag ergens in de buurt van het woord wraak. Het moest mogelijk zijn om iets te ondernemen waarmee hij toch nog enigszins kon rechtzetten wat Jesper had uitgehaald. Sinds zijn bezoek aan het internetcafé mocht hij dan weten dat de consequenties van het vernietigen van Haralds schilderijen minder groot waren geweest dan hij decennialang had verondersteld, dat feit veranderde niets aan de misdadige actie van Jesper.

Wraak. Niet alleen daarom. Maar hoe nam je wraak op iemand die al dood was?

Op een dag, het was in hetzelfde jaar dat hij als een vliegtuig door de tuin had gevlogen, het 'mijn vader komt!'-jaar, lag hij op zijn buik op het Heugaveld-tapijt in Amersfoort en reed zijn speelgoedauto's rond. Met een ervan botste hij tegen een tas van zijn moeder die naast de poot van een stoel op de grond lag. Spelenderwijs deed hij de rits van de tas open en pakte de portemonnee eruit, waarna hij er een paar stuivers en dubbeltjes uit haalde die hij in zijn broekzak wilde laten glijden. Toen een stem. Klaaglijk. Huilerig. 'Ik heb het áltijd al verwacht, ik heb het áltijd al verwacht.'

IGOR EN HIJ vertrokken van een kleine camping aan een baai van de Côte d'Azur. De nachten waren nog koud, zonder de elektrische deken kon hij niet slapen. Igor was lang naast hem blijven liggen, de warmte van de onderdeken kwam door het dekbed en de wollen deken heen.

Hij had deze dag Milaan willen bereiken, maar Genua leek haalbaarder. Het was gaan waaien en regenen, op een gegeven moment sneeuwde het zelfs. Sneeuwschuivers reden af en aan, er stonden files, het schoot maar niet op. De toppen van een lage bergrug niet ver van Cannes waren tijdens de nacht egaal wit geworden.

Op dit soort dagen was autorijden geen intelligente manier om je te verplaatsen. In de trein zou hij zijn prints hebben kunnen bekijken, hij had wat kunnen mijmeren en nadenken. Of hij had het landschap kunnen observeren, met als groot verschil dat hem dan minder lelijkheid onder ogen zou zijn gekomen. Als relatief onervaren automobilist viel hem telkens weer op dat de mens in staat is langs autowegen veel moois, maar nog veel meer lelijks te creëren. In de nieuwe EU-lidstaten was men ongetwijfeld ook hard aan de slag om de boel net zo vol te bouwen als in Spanje, Frankrijk, Italië en Nederland was gebeurd, ook daar zouden zonder enige planologische sturing loodsen, fabrieken, winkelcentra en drive-inrestaurants langs de snelwegen verrijzen.

Niet intelligent. En ook gevaarlijk. Gedurende twee honderd kilometer telde hij vijfmaal een boeket bloemen of een krans langs de kant van de weg. De Côte d'Azur-bewoners reden als idioten. Ze raakten gefrustreerd wanneer er een suffe Nederlandse werkmanswagen voor hun neus verscheen, daar konden ze niet tegen, ze moesten er hoe dan ook voorbij en waren pas tevreden wanneer ze niet vlak achter, maar vlak voor hem zaten. Soms, op smalle wegen, waar hij nu eenmaal langzaam moest rijden omdat het er kronkelde of steeg, begonnen ze agressief te toeteren.

Langzamerhand werd het tijd om te bepalen naar welk land hij wilde. Moldavië? Moldavië was ver weg. Daar stond tegenover dat hij er vrienden had, die Hannah en hij hadden overgehouden aan de laatste documentaire die ze hadden gemaakt, *Koude Kunst & Het tomatenprobleem.* Iedere zware film werd bij hen gevolgd door een wat lichtere, dat ritme viel het beste vol te houden, hoewel de lichte films in bepaald opzicht toch ook juist de moeilijkste waren. Voor professionele Nederlandse beoordelaars moest een kunstwerk iets kwaadaardigs hebben, waardoor de financiering van lichte films een taaie bedoening was. Lichte films oogstten over het algemeen ook minder waardering. Maar het kon nu eenmaal niet anders na *Het behaarde vredesteken.*

Koude Kunst & Het tomatenprobleem was een sfeerdocumentaire over de psychologische gevolgen van emigratie. Scènes over een Nederlandse die in het dorp van haar Zuid-Italiaanse man was gaan wonen werden afgewisseld met scènes over een Nederlander met een Moldavische vrouw van Russische herkomst. De Nederlandse in Italië werd geplaagd door het vage vermoeden dat ze op de verkeerde plek was beland. Steeds vaker zocht ze haar heil in een ijssalon die Koude Kunst heette.

Het Nederlands-Moldavische paar woonde in de Moldavische hoofdstad Chişinău aan een binnenplaats met alleen Russen, terwijl het land zich meer en meer op Roemenië en daarmee op de Europese Unie begon te richten. Het leven in Moldavië was hard. In Chişinău kon het voorkomen dat bij gebrek aan elektriciteit de verkeerslichten niet werkten. 's Avonds was het onverstandig je er lopend buiten te wagen, aangezien er evenmin stroom was voor straatlantaarns, zodat je ieder moment je been kon breken in een van de gaten en kloven in het trottoir. Maar de Nederlander voelde zich er thuis.

Zijn vrouw was geobsedeerd door de kwaliteit van tomaten, iets wat speelde in heel Oost-Europa. Ze had een grote angst voor de smakeloze waterbommen waarmee haar land door de opkomst van de EU volgens haar zou worden opgescheept. Het was de culminatie van een existentiëlere angst, die minder goed te verwoorden was. Russen, maar ook andere Slavischgeoriënteerden, wilden helemaal niet zo graag bij Europa worden ingedeeld als men in het Westen dacht. West-Europese polici onderschatten hoezeer de Russen zich vernederd voelden sinds hun satellietstaten zelfstandig waren geworden, en hoezeer die frustratie werd gevoed en vergroot door de manier waarop de Russische minderheid werd behandeld die nog steeds in die staten woonde. Voor Russen stond Europa voor andere waarden dan de hunne, voor een andere beschaving, een andersoortige ziel. Tegelijkertijd verlangden ze ernaar om het materieel beter te krijgen. Van deze innerlijke verwarring was de tomaat het symbool. In Chişinău kwam het gesprek er dagelijks op. Hannah en hij hadden kunnen filmen hoe de Nederlander een keer door zijn vrouw naar de markt werd gestuurd om tomaten te halen. Ze drukte hem op het hart dat hij toch echt eerst moest proeven, dat hij het niet moest wagen om met Europese thuis te komen. Inderdaad proefde hij er centje, die Moldavisch smaakte. Maar toen hij met zijn aankoop thuiskwam bleken hem volgens zijn vrouw toch Europese tomaten in de maag gesplitst te zijn. 'Ik heb geproefd!' protesteerde hij onmachtig. Het was de sleutelscène van het Moldavische deel van de film.

Hij kon natuurlijk ook voor Bulgarije kiezen, waar ze in de tweede helft van dit jaar de chalga-film zouden opnemen. Zolang hij niet beter wist ging hij er maar van uit dat Hannah ervoor terug zou komen. Voor research hadden ze al tweemaal een periode in Sofia doorgebracht, eerst twee maanden en later nog eens een week om te checken of er ontwikkelingen waren op chalga-gebied. Deze herfst wilden ze definitief gaan draaien. Ze hadden bewust gewacht tot Bulgarije stevig in de Europese Unie zat, dan kreeg de documentaire meer impact. 'Dus dit hoort nu bij ons', op dergelijke reacties waren ze uit. In de documentaire wilden ze ook filmpjes die op YouTube waren gezet een rol laten spelen. Als je de chalga-filmpjes op YouTube bekeek, kon je kiezen tussen lachen of huilen om de buikdansende zangeressen met hun lange blonde pruiken en hun nauwsluitende roze pakken. Hun borsten bewogen niet mee met hun bewegingen. Een beha droegen ze niet, de borsten bleven vanzelf wel vooruit staan. Het scheen lastig te zijn om ermee te slapen.

Op filmpjes van concerten zag je hoe het publiek uit idolate jonge meisjes bestond. Waarom identificeerden zij zich met teksten waarin hun land werd verheerlijkt? En hoe zat het met het vrouwbeeld in EU-land Bulgarije, wat hadden we in godsnaam binnengehaald? Het schizofrene van chalga was ook dat er veel zigeuner- en Turkse invloeden in de muziek zaten, terwijl de Bulgaarse nationalisten, die je met chalga associeerde, juist rabiaat anti-Roma en anti-Turks waren.

Hij zag het centrum van Sofia voor zich, met het glanzendgele plaveisel van natuurstenen die dezelfde vorm als bakstenen hadden. Geblindeerde Mercedessen reden er af en aan, want wie in Sofia rijk was liet dat zien. Wie arm was, had geen keus en moest het ook laten zien. De sociale voorzieningen waren slecht, heel wat mensen overleefden door een duwkarretje te maken en daarmee van vuilcontainer naar vuilcontainer te gaan. In kledingwinkels hing de koopwaar als kostbare stukken uitgestald. Klanten rukten en trokken er niet aan zoals in Nederland, laat staan dat ze ermee smeten of iets op de grond lieten vallen. Wat de publieke voorzieningen betreft heerste in Bulgarije juist de tegenovergestelde mentaliteit. In wijken waar Roma woonden was het het ergst, daar werd het vuil niet eens opgehaald. Riolering was er ook een zeldzaam verschijnsel, met massale uitbraken van hepatitis als gevolg. Misschien dat de Bulgaarse obsessie met nepgeurtjes hiermee te maken had. In iedere auto hing een geurafscheidend kerstboompje, of er was een flesje met de een of andere lucht-'verfrisser' in de sigarettenaansteker gestoken.

Maar het grootste probleem met de Bulgaren was toch wel hun minderwaardigheidscomplex. Bulgarije had nooit een oorlog gewonnen en vrijwel geen beroemdheden voortgebracht. Wanneer Bulgaren op een afspraak niet kwamen opdagen of een beloofde dienst niet leverden (iets vertalen, een technische faciliteit verzorgen) dacht je eerst: wat een rotstreek. Totdat je erachter kwam dat de rotstreek eerder een zielige streek was, dat het niet komen opdagen of het niet vertalen voortkwam uit het Bulgaarse minderwaardigheidscomplex. 'Hoe kan ík, als lullige Bulgaar, nou belangrijk voor die westerlingen zijn?'

Zou het wel verstandig zijn om nu al naar Bulgarije te gaan? overlegde hij in gedachten met zichzelf. Voor het maken van de definitieve opnames bouwden ze altijd een zekere spanning op, die zou wegvloeien als hij er nu al ging zitten. Hij wilde tijdens de opnames een zo fris mogelijke blik hebben. Dat hij Sofia goed kende was in zekere zin toch al een handicap.

Aan de andere kant: als de boeken van Harald vertaald bleken te zijn in een taal die hij kon lezen en als hij die vertalingen bestelde, waar moest hij ze dan naartoe laten sturen? Naar Chişinău zeker. Prima, afgesproken, naar Chişinău, daar waren de posterijen enórm betrouwbaar.

Igor en hij zouden natuurlijk ook naar een ander deel van Europa kunnen afreizen, ze zaten nog nergens aan vast. Zijn Bulgaarse vrienden wisten nog niets van hun mogelijke komst. In Oost-Europa leefden de mensen veel meer bij het moment dan in Nederland, als je in Bulgarije iets te lang van tevoren aankondigde ging men er eigenlijk al van uit dat het niet door zou gaan.

Maar waar zou hij dan naartoe rijden?

Nadat hij in het oude centrum van Genua was aangekomen pakte hij de wegenkaart van Europa, vouwde hem uit en legde hem op de vloer van de cabine, waarna Igor er meteen bovenop ging liggen. Hij schoof het logge lichaam een eind opzij zodat Macedonië vrijkwam en vertelde Igor over de dierentuin van Skopje, waar in een betonnen kuil een bruine beer en een zwart-witte huiskat samenleefden. 'Die beer interesseerde zich helemaal niet voor de kat, en de kat interesseerde zich niet voor hem. Hij lag lekker in de zon te slapen.'

Hij schoof Igor van Bulgarije naar Macedonië terug. Igor liet een goedkeurend knorretje horen. Aan zijn nekvel schoof hij hem door richting Moldavië en verplaatste zijn blik naar het noorden, naar de Baltische staten. Die waren beter georganiseerd, in een land als Estland kwamen pakjes met boeken geheid aan. De algemene voorzieningen waren er opvallend goed, net zoals het dagelijks bestaan er sinds de omwenteling steeds beter en comfortabeler was geworden. Vergeleken met landen als Bulgarije en Roemenië, waar meer vruchtbare grond was, waar bovendien een aangenamer klimaat heerste, werd de overgang naar het kapitalisme in vooral Estland en Litouwen voortvarend aangepakt. Men was er in zo'n snel tempo bezig de achterstand in te halen dat je bijna zou zweren dat er nooit een Sovjettijd was geweest.

Ook in de Estse hoofdstad Tallinn had hij een vriend, Peeter, die nergens van opkeek.

Hij tilde Igor van de kaart af, hield hem met één hand tegen toen hij er weer op wilde gaan liggen en begon een nieuw plan te maken.

NU HIJ EENMAAL had besloten een radicaal andere route te kiezen en naar het noorden te gaan, wilde hij ook naar de Bourgogne, waarvoor hij op de heenweg geen tijd had uitgetrokken omdat hij naar de warmte verlangde. In eerdere jaren was het er ook nooit van gekomen, terwijl hij Hannah er toch zo vaak en zo smakelijk over had verteld. Als hij onderweg een internetmogelijkheid tegenkwam zou hij stoppen om te kijken of de boeken van Harald in vertaling bij onlineantiquariaten werden aangeboden, het kwam niet op een paar dagen. Er was ook nog iets anders dat hij zou kunnen nakijken, hoewel hij er nogal tegen opzag.

Turijn. Grenoble. Lyon. Te midden van een stroom vrachtwagens verplaatste hij zich in een rustig tempo door drie landen. Sommige vrachtwagens vervoerden hout dat ingenieus was opgestapeld: planken, balken of complete stammen. Opmerkelijk vaak werden er paarden getransporteerd, maar meestal ging het om dichte laadbakken die geen zicht op de inhoud boden. Een enkele ontwerper had geprobeerd om van de belettering en de afbeeldingen iets bijzonders te maken.

Via de stadjes Avallon en Vézelay toerde hij over zonovergoten landweggetjes in de richting van het dorp dat zo'n cruciale rol in zijn leven had gespeeld. Het leverde weidse uitzichten op. Onder deze omstandigheden was autorijden toch wel een intelligente manier om je te verplaatsen. Behaaglijk, zelfstandig. Nog steeds dacht hij voortdurend aan het nemen van wraak, de vreemdste mogelijkheden speelden door zijn hoofd, maar zolang hij niet echt iets had gevonden wat hij concreet kon maken zat er weinig anders op dan de 'vakantie van elkaar' letterlijk als een vakantie te beschouwen.

Met één hand pakte hij de map met cd's uit het vak in het dashboard, wist *Grace* van Jeff Buckley eruit te halen en schoof de cd in de speler. Vroeger karde hij hier altijd op een roestige Franse fiets tegen de heuvels op. Of hij was aangewezen op een veel te dure streekbus die maar eenmaal per week naar een naburig stadje ging waar markt was.

Begeleid door de hoge, ijle stem van Buckley reed hij het dorp binnen. Rond een kruising van wegen stonden nog dezelfde lage grijze huizen als zevenentwintig jaar geleden. Het dorp had toen ongeveer honderd woningen, waaronder één wijkje met nieuwe, vrijstaande huizen die, de uitdrukking kwam weer boven, om duistere reden '*pavillons bains*' heetten. Pavillons bains hoorden wit te zijn. Zo te zien waren er geen nieuwe bijgebouwd.

Hij draaide het centrale plein op. Hier leek ook weinig veranderd. De woningen rondom werden afgewisseld door een paar winkels: een bakker, een Tabac en een apotheek die nog steeds de meest glamoureuze plek van het dorp was, apothekers waren de rijken van het Franse platteland.

Hij parkeerde de auto aan de schaduwkant op het plein, gaf Igor z'n snoep en zette water voor hem neer. Daarna liep hij naar het pand waar de kruidenier altijd zat. Er hingen onduidelijke lappen voor de ramen, de zaak was beëindigd. De tweede kruidenier, aan de andere kant van het plein, waar hij ook regelmatig naartoe was geweest omdat je het je in een kleine gemeenschap niet kon veroorloven om scheve ogen te maken, bestond zo te zien nog wel. Hij stak het plein over en ging de zaak binnen. De deurbel klonk hetzelfde. Achter de toonbank, die ook niet veranderd was, stond een hem onbekende vrouw. Op een apart tafeltje prijkten gevlochten mandjes met een eendenkop als handvat. Er zaten patésoorten in en twee verschillende flessen wijn.

Hij informeerde naar de winkelierster die hij kende.

'Dat is geweest,' zei de vrouw met een wegwerpgebaar.

Hij verliet de winkel en wandelde naar de auto terug. Wat zou hij nu gaan doen? De plek waar hij had gewoond was op loopafstand. Maar hij kon er ook naartoe rijden en voor het hek van het erf parkeren.

Waarom maakte hij deze pelgrimage eigenlijk? Om te kunnen constateren dat er echt niet zoveel veranderd was? Dat alles nog geruststellend hetzelfde was gebleven als in het tijdperk dat voor hem zo belangrijk was geweest, maar tegelijkertijd om zichzelf in te prenten dat hij niet op het idee moest komen om terug te keren? Hij betwijfelde of hij het hier nog zou volhouden. Zelf veranderde je stukken sneller dan dat een dorp veranderde.

Wat moest hij zeggen als hij bekenden tegenkwam? Hij had al twee maanden geen echt gesprek meer gevoerd – als je zijn innerlijke monologen tenminste niet meetelde. Die waren deels in het Frans, hij had alvast gerepeteerd.

Hij was bijna bij de auto toen hij een dorpeling over het plein zag lopen, niet ver van de overdekte wasplaats waar huisvrouwen tot een halve eeuw geleden hun wasgoed schoonklopten met een stuk hout. De man kwam hem vaag bekend voor. Hij was naar schatting zeventig en droeg een donkerblauwe boodschappentas.

Hij wilde net de sleutel in het slot van de auto steken, toen de man zijn vrije hand naar hem ophief. Het was dus inderdaad een bekende, een willekeurige Fransman zou zoiets niet doen.

Hij maakte een vriendelijk gebaar terug en pijnigde zijn geheugen. De man week nu af van de richting waarin hij had gelopen en begon zijn kant op te komen. Wie was het? Hij leek nog het meest op de rijkste boer van het dorp. Zijn vrouw en hij hadden een aangenomen zoon, een minderbegaafde jongen die in feite hun arbeider was.

De boer was slanker geworden in de afgelopen zevenentwintig jaar. Hij kon zich nu al niet meer herinneren hoe de man er vroeger uitzag. Na deze eerste blik op zijn huidige zelf was het oude beeld weggesmolten, je paste je perceptie binnen een paar seconden aan.

De man, die een bril met een bijna onzichtbare rand droeg, was nu heel dichtbij. Hij had een enigszins vrouwelijk, zachtaardig gezicht, op zekere leeftijd gingen de geslachten op elkaar lijken. Zijn mond stond in een grijns, een vage lach met dichte lippen die uit een besef van zijn eigen ouderdom voortkwam. In Nerja keken mensen ook vaak zo, deze stand van de mond was bedoeld om door een eventuele opponent zo aardig mogelijk gevonden te worden, een onbewuste poging om gevaar te pareren.

'Goedemiddag, kan ik misschien iets voor u doen?' De man vroeg het in beschaafd, goed gearticuleerd Nederlands, dit was zeker niet de boer waarvoor hij hem had aangezien.

'Nou, nee, dank u wel,' zei hij enigszins beduusd, hoewel hij toch zou moeten weten dat er overal ter wereld Nederlanders zaten.

'Ik zag uw Nederlandse nummerbord en dacht dat u misschien verdwaald was, of dat u op een andere manier mijn assistentie kon gebruiken. Wat voert u naar onze lieflijke woonplaats?'

De man zette zijn boodschappentas neer. Hij droeg een donkergrijze pullover en een kaki ribbroek met vouw. Het was lang geleden dat hij met zo iemand in aanraking was geweest. Terwijl ze samen naast de auto stonden en zich nog niet eens aan elkaar hadden voorgesteld, hoorde hij zichzelf het verhaal van zijn relatie met het dorp vertellen, over hoe hij als kunstacademiestudent na het overlijden van zijn moeder eerst een jaar in bed had doorgebracht, waarna hij het uiteindelijk toch had kunnen opbrengen om op te staan, de huur van het huis in Amersfoort op te zeggen en een opkoper de inboedel te laten weghalen. Vrij van ballast liftte hij naar Frankrijk, waar hij in zomaar een dorp voor een landhuis met torentjes een bord '*Fromage pur chèvre*' zag staan. Hij liep het erf op om wat van die geitenkaas te kopen en stuitte op een man van een jaar of veertig die aan een indiaan deed denken, op zijn rug hing een donkere vlecht. De indiaan was bezig om boven een open vuur in een enorme ijzeren pan aardappels te koken voor – zo bleek toen hij met hem in gesprek raakte – zijn varkens. Hij hield er ook paarden en een kudde geiten op na. Het landhuis met de torens was van een Parijzenaar die nooit kwam opdagen, de indiaan (die, dat ontdekte hij later, door de dorpelingen ook zo werd genoemd) woonde in een arbeidershuisje ernaast.

Hij, Ruben, mocht blijven en werd aan het werk gezet: met een riek en een kruiwagen de potstal uitmesten, te paard als een veldheer voor de kudde uitstevenen, op de fiets in een ander dorp een dekbok lenen, geitenlammeren in een plens van slijm en bloed uit de vulva van hun moeder trekken, de doodgeborenen niet in een gat in de grond begraven, wat een eerbetoon zou zijn geweest, maar in de mesthoop, waarna hij er weer een nieuwe laag met stro vermengde stront over uitspreidde. Het was exact wat hij nodig had.

Na drie jaar redde 'de indiaan', Philippe, het financieel niet meer. Hij wilde naar Franstalig Canada terug, waar zijn familie woonde. Zelf had hij ook geen geld, helemaal niets, het bedrag dat er na zijn moeders dood was overgeschoten had hij gespendeerd, hij zag geen enkele kans om de kudde en de andere dieren over te nemen. Hij pakte daarom zijn spullen en liftte naar Nederland terug. De kunstacademie was intussen een gepasseerd station, hij kon zich niet voorstellen dat hij zich nog aan het oordeel van docenten zou kunnen onderwerpen. In plaats daarvan ontmoette hij vrijwel meteen, blakend van kracht en ondernemingslust, iemand met de naam Hannah. 'De periode die ik hier heb doorgebracht is nog steeds een pijler onder mijn bestaan,' besloot hij zijn relaas. 'Alles wat je moet weten wanneer je je tussen de mensen staande wilt houden, is hier in essentie tot mij doorgedrongen. Dieren zijn oprecht. Als knaapje uit Amersfoort kun je beter eerst van een kudde geiten leren hoe een samenleving in elkaar zit, dan dat je meteen de meedogenloze mensenwereld in wordt gesmeten.'

De Nederlander knikte alsof hij het begreep en begon zijn eigen verhaal te vertellen. Hij bleef keurig praten, sprak nadrukkelijk de 'e' en de 'n' uit. Tien jaar geleden, nadat hij met vervroegd pensioen was gegaan, kocht hij hier samen met zijn echtgenote een huis. Nadat ze er acht jaar hadden gewoond werd zijn echtgenote getroffen door een beroerte. Eerst leek ze te herstellen, maar op dit moment was ze grotendeels verlamd. Spreken kon ze evenmin.

Ruben stak zijn hand naar voren en stelde zich voor.

'Anton van Albada,' zei de man. 'Maar iedereen noemt me Toine. Koffie?'

Hij liep met Toine mee in de richting van een oud, vrijstaand huis dat tegen een lichte helling aan was gebouwd, de tuin liep schuin omhoog. Via de achterdeur ging hij mee naar binnen. Ze kwamen in de keuken, die toegang gaf tot de achterste kamer van een ruime, lichte kamer en suite. Er stond een ziekenhuisbed waarin een wezen lag dat Toines vrouw moest zijn. Haar hoofd lag scheef. Verkrampt rustte één arm in een onnatuurlijke hoek op het kussen, zoals je wel zag bij mensen die spastisch waren. Ze leek erg oud.

'Dag mevrouw,' zei hij timide.

De mensachtige vorm bleef onbeweeglijk liggen.

'Mijn naam is Ruben, Ruben Moltke.'

Ze zei noch deed iets.

'Ik zal maar open kaart spelen,' zei Toine, die naast hem was komen staan en liefdevol zijn hand op de sprei legde die het lichaam van zijn vrouw bedekte. 'Ik heb je uitgenodigd om afleiding te hebben. Zullen we gaan zitten?'

Hij volgde Toine naar de voorkamer. De inrichting was een verademing na de inrichting waaraan hij in het appartement in Nerja gewend was geraakt.

'Neem jij die stoel maar.' Toine wees naar een Eamesfauteuil. Er stond een Lotek-lamp naast. 'Op de bank zit ik altijd zelf, dan weet mijn echtgenote waar ik ben en kan ze intussen volgen wat er buiten gebeurt.'

Nadat Ruben was gaan zitten, tikte Toine hem bemoedigend op zijn knie en begon naar de keuken te lopen. Onderweg legde hij weer even zijn hand op de sprei. Het was aangenaam en tegelijkertijd huiveringwekkend om in de Eames op hem te zitten wachten. Mocht ze inderdaad iets kunnen zien en mocht ze dan ook nog begrijpen wat ze zag, dan had de verlamde vrouw in het ziekenhuisbed nu uitzicht op zijn profiel, dacht Ruben. Hij durfde niet te bewegen, zelfs niet om het voorblad te kunnen lezen van de krant die op de bank lag.

Iets als 'wraak' leek in dit huis ineens potsierlijk. Dit was meer een plek voor het tegenovergestelde, waarvoor hij zo gauw de juiste term niet wist. Zelf was hij er van huis uit niet rijkelijk mee bedeeld, dat was duidelijk, hij moest het er echt uitpersen, behalve misschien wanneer het om dieren ging. Het mocht een wonder heten dat hij het roodgeverfde meisje een biljet van vijftig euro had toegestopt. Maar ja, hij had niet kleiner.

Er schoot hem iets te binnen. Het verbaasde hem zelf. Meteen kwam hij uit de stoel omhoog en liep naar de keuken, waar Toine bezig was de koffie over te gieten in een sierlijke kan. 'Sorry, ik ben iets vergeten,' en weg was hij, in looppas naar de kruidenierster op het plein, waar nog steeds de gevlochten mandjes met paté en wijn stonden. Hij kocht het exemplaar met de mooiste eendenkop en haastte zich ermee terug naar het huis. Het was zinloos om Toines vrouw het mandje aan te reiken, hij zette het op een tafeltje naast het ziekenhuisbed. 'Alstublieft, voor u.'

Ze reageerde niet. De arm bleef in dezelfde stand omhoog liggen. Geen enkele uitdrukking op haar gezicht.

Toine kwam binnen met de koffiekan. Suiker en melk zaten in een bijpassende pot en een kannetje. Terwijl ze allebei gingen zitten en hij inschonk, begon hij op te sommen hoeveel uren per dag er een verpleegkundige en een huishoudelijke hulp over de vloer kwamen. Zijn Nederlandse geneesheer – hij zei geen 'dokter' of 'arts' – had hem verteld dat zijn echtgenote een dergelijke intensieve zorg in Nederland niet zou kunnen krijgen.

Op een lage ladenkast waarvan Ruben het ontwerp niet kon thuisbrengen stonden ingelijste schoolfoto's van twee Nederlands ogende kinderen van een jaar of elf, twaalf. 'Mailt u met uw kleinkinderen?' vroeg hij. 'Of skypen jullie?'

Toine keek alsof hij in het Bulgaars had gesproken. 'Pardon, wat zei je?'

'Eh... ik vroeg of u misschien via de computer met uw kleinkinderen communiceert.'

'O, dat. Dat moet ik nog gaan leren. Ik heb de apparatuur, alles is aangesloten, maar ik kan het niet opbrengen me erin te verdiepen. Mijn hoofd staat er niet naar. Mijn zoon zegt...'

Toine begon een lang verhaal over zijn kinderen, die druk waren met hun carrières in Nederland. Ruben liet zijn gastheer rustig praten. 'Ja?' of 'dat is bijzonder,' reageerde hij op gepaste momenten. Intussen moest hij aan zijn Nederlandse opa denken. Het kwam zelden voor dat hij een helder beeld van hem had. Het was vooral gebaseerd op de weinige foto's die hij in de nalatenschap van zijn moeder had gevonden, foto's uit de tijd dat zijn opa nog jong was. Het enige andere scherpe beeld dat hij had, was het beeld van de zich wassende man in de keuken, de man met brillantine in zijn witte haar. Hij wist niet of het klopte. Het zou hem niet verbazen als hij een keer zo iemand op een plaatje had gezien, waarna hij er in combinatie met de foto's zijn eigen opa mee had gereconstrueerd.

Hij observeerde het gezicht van Toine. Zelfde leeftijd. Zelfde gevoeligheid. Zijn opa kon zomaar een traan laten, vooral als hij over onrecht hoorde. Zo'n huid, zulk haar. En zulke handen.

'Wist je trouwens dat er de afgelopen jaren twee nieuwe personen in het dorp zijn komen wonen? De een is een Sri Lankaanse pastoor die goed schijnt te preken. De ander is de huurder van de vroegere kruidenier, heb je die kruidenier gekend? De huurder huist in de voormalige winkelruimte, hij heeft van lappen textiel gordijnen gemaakt. Een donkere man, zo zwart als...' Toine keek zoekend om zich heen. 'Zo zwart als jouw schoenen.'

De immigranten waren zelfs hier doorgedrongen. Het mogelijke beeld van zijn opa werd verdreven door het beeld van de enige gekleurde persoon die hij had gekend in het dorp, de Senegalese echtgenote van een politieagent die in een van de pavillons bains woonde en die een keer, hij was alleen thuis, in volle glorie voor hem had gestaan, haar donkerbruine borsten tot vlak boven de tepels uit een rood jurkje bollend. Na lang dralen had ze één geitenkaasje gekocht. Pas nadat ze weer was vertrokken had hij begrepen waar ze op uit was. Toen ze een paar dagen later terugkwam voor meer kaas, had hij zich laten inwijden in alles waarin je op die leeftijd maar ingewijd kon worden. Later, de interesse van de Senegalese was na een paar maanden weggeëbd, had hij de opgedane kennis doorgegeven aan twee meisjes uit het dorp, in de apotheek aan het plein was hij grootafnemer van *préservatifs*.

Toine bleef doorpraten over zijn kinderen en kleinkinderen. Ruben deed een nieuwe poging zijn opa voor zich te zien. Hij kwam niet verder dan de Senegalese. Ze trokken zich altijd terug boven de stal van de geiten, waar het hooi en het stro lagen opgeslagen. Philippe merkte er zogenaamd nooit iets van.

'Deksels, wat zit ik toch te oreren,' onderbrak Toine zichzelf. 'Ik ben je van alles aan het vertellen waarvan ikzelf allang op de hoogte ben, terwijl jij zou moeten vertellen, dan heb ik tenminste iets om over na te denken wanneer je weer bent vertrokken. Toen we vanaf je auto hiernaartoe liepen, vertelde je dat je bezig bent door Europa te toeren. Waar heeft de reis je tot nu toe gebracht?'

De komende weken, misschien zelfs maanden, zou Toine weer helemaal alleen met zijn vrouw zijn.

Na een korte aarzeling liet hij de poging om zijn opa terug te halen definitief los en begon Toine met woorden naar de palmen, de stranden en de pleinen van Nerja te voeren. Alsof hij een troubadour was gebruikte hij zoveel mogelijk formuleringen waaraan hij en zijn vrouw straks, wanneer ze weer alleen met elkaar waren, nog enig plezier konden beleven. Nadat hij over Señora had verteld, hoe ze hem de eerste keer dat hij bij haar aanklopte met de wandelstok van haar terrein had afgejaagd, kwam er uit het bed in de achterkamer een keelgeluid dat nog het meest op een rochelende hoest leek.

'Ze lacht,' verklaarde Toine opgetogen. 'Ga door, ga door!'

Zo bloemrijk mogelijk vervolgde hij zijn verhaal. Het bleef stil in de achterkamer. Toine stond van de bank op om zijn vrouw een kus op het voorhoofd te gaan brengen.

Ruben deed nog een poging met de boten in Saint-Tropez, de drijvende geldpotten die op strijkijzers leken, maar ook die hadden geen effect. Misschien moest hij het opgeven en over iets anders beginnen.

'Wat is er eigenlijk met het landhuis gebeurd?' vroeg hij Toine. 'Ik bedoel het huis met de torentjes waar ik vroeger naast heb gewoond. Het werd door de dorpelingen "*le château*" genoemd.'

'Zo noemen ze het nog steeds. Het staat al jaren leeg, ik ken het niet anders. In de zomervakanties komt er geloof ik weleens een Parijzenaar. Maar die doet niets aan het onderhoud, het huis is in deplorabele staat.'

Terwijl Toine praatte hoorde Ruben gerammel, daarna de achterdeur die openging en voetstappen in de keuken.

'De huishoudelijke hulp.' Door het onderste stukje van zijn brillenglazen keek Toine op zijn horloge. 'Ze is vroeg vandaag.'

Een gezette, niet al te oude vrouw in jasschort kwam mopperend de achterkamer binnen. Het was haar niet warm genoeg in huis, Toine moest beter voor zijn vrouw zorgen.

Toine lachte erom en vroeg of zij misschien wist van wie het 'château' tegenwoordig was? Zijn Frans was matig.

'*Des Parisiens*,' antwoordde ze met het typische accent van deze streek. Ruben bekeek haar beter, ze zou een van de twee ranke gazelles kunnen zijn die met hem naar de hooizolder waren geklommen. '*Les mêmes de toujours.*'

'Zal ik gaan?' vroeg Ruben. 'Uw hulp is gekomen, ik zit in de weg.'

'Nee, nee, ze komt elke dag, ze gaat haar eigen gang. Blijf alsjeblieft. Ik maak verse koffie.'

Toine verdween met de huishoudelijke hulp naar de keuken. Hij hoorde ze overleggen over wat er die middag gedaan moest worden. Daarna hoorde hij de achterdeur dichtklappen. Ging de hulp vanwege zijn aanwezigheid toch weer weg? Hij stond op en wilde naar de keuken lopen, toen hij door het zijraam van de woonkamer, achter zijn fauteuil, Toine het tuinpad af zag lopen. Toine wees op de boodschappentas die hij in de hand had en maakte een gebaar dat 'ik ben zo terug' betekende.

'Uw echtgenoot is zo terug,' zei hij hardop tegen de gedaante in het bed. 'Hij gaat boodschappen doen.'

Het klonk hol en stijf. In het bed geen beweging. Nadat hij een paar minuten hulpeloos naar de vrouw had staan staren verscheen de huishoudelijke hulp om de thermostaat van de verwarming een tikje te geven. Hij bestudeerde haar gezicht weer. Nee, ze kwam hem niet bekend voor, en hij haar kennelijk ook niet.

Nadat Toine terug was en de kamer was binnengekomen met een dienblad vol verse koffie, taart en croissants, stelde Ruben voor dat hij hem wel op weg wilde helpen met e-mailen. 'Ik ben half Deens,' zei hij ook. 'Ik ben op zoek naar boeken van mijn Deense grootvader. Misschien kan ik daar dan ook nog even naar kijken, ik wil ze graag bestellen. Er bestaan tegenwoordig antiquariaten die zo werken, online heet dat.'

Hij hakkelde een beetje, omdat het zo overduidelijk was dat hij het voorstel om Toine te helpen vooral had bedacht om zelf van de computer gebruik te kunnen maken. Toine liet niets merken, hij ging met graagte akkoord.

De computer stond in een zijkamer. Toine liet de deur open, zodat zijn echtgenote hun conversatie kon blijven horen. Alles bleek inderdaad te werken, ook de internetaansluiting. Toine had nog geen eigen adres. Samen maakten ze een account voor hem aan. Als wachtwoord koos hij de voornaam van zijn vrouw en haar geboortejaar. Het verplaatsen van de muis vond hij moeilijk, daar kreeg hij maar geen greep op, maar het lukte hem wel om een mailbericht naar het adres van zijn Nederlandse gast te sturen.

Ruben ging naar zijn hotmailaccount om te laten zien hoe je een bericht moest openen. Snel keek hij wie hem nog meer iets hadden gestuurd de afgelopen tijd. Hannah was er niet bij. Laatst in het internetcafé had hij de gedachte weggedrukt, in feite drukte hij de gedachte al jaren weg, maar hij wist dat hij ook nog even naar zijn berichten van lang geleden zou moeten kijken, om na te gaan of hij in 2001 dat ene, zo belangrijke mailtje wel of niet had verwijderd. Meestal bewaarde hij de berichten die aan hem persoonlijk gericht waren, maar af en toe, als iets hem niet beviel, drukte hij op de deleteknop.

Hij kon het niet opbrengen. 'Nu ga ik nog even surfen,' zei hij. 'Zo heet het als je informatie zoekt.'

Hij liet Toine zien hoe je naar Google kon gaan en daar zoekwoorden invoeren. Hij typte Harald Moltke en *book*, vond tussen een paar honderd vermeldingen niets wat op een Engelse vertaling leek. Wel leek Harald illustraties voor andermans vertaalde boeken gemaakt te hebben. Ook toen hij op andere manieren zocht, kwam hij niet bij eventuele vertalingen van Haralds twee eigen titels terecht.

Toine probeerde ingespannen te volgen wat hij allemaal deed. 'Als je die boeken nou had gevonden, waar had je ze dan naartoe laten sturen? Ik heb begrepen dat je nog lang niet naar huis gaat.'

'Mijn volgende bestemming is Estland. Dus daar zou ik ze naartoe laten sturen.'

'Estland? Op weg daarnaartoe kom je toch door Denemarken? Zou het niet beter zijn om zelf naar traditionele antiquariaten te gaan, zodat je de boeken in je handen kunt nemen en de best geconserveerde exemplaren uitzoeken? Of ben ik nou heel ouderwets? Wellicht kan zo'n antiquariaat je zelfs aan vertalingen helpen.'

'Denemarken ligt helemaal niet op mijn route,' zei hij. Het kwam er geëmotioneerd uit. 'Ik rij over Polen.'

'Mijn echtgenote en ik zijn eens in Stockholm geweest. Ken je Stockholm?'

Hij knikte.

'Als ik het me goed herinner heb ik daar veerboten naar de Baltische staten zien liggen. Dus je zou via Denemarken naar Zweden kunnen rijden om van daaruit de boot naar Estland te nemen. Is dat geen optie?'

Ruben reageerde niet.

'Dat klopt toch?' riep Toine naar de achterkamer. 'Jij hebt dat toch ook gezien, dat er in Stockholm veerboten naar Estland en Letland lagen? Weet je nog, we zeiden toen tegen elkaar dat er daar prachtige oude binnensteden waren die we ook een keer wilden gaan bekijken.'

Er kwam geen fractie van geluid uit het ziekenhuisbed, zelfs het matras kraakte niet.

'Zou je echt niet over Denemarken...'

'Nee,' kapte hij Toine af. 'Mijn vader is dood, mijn grootvader is dood. Ik heb niets in Denemarken te zoeken.'

'Heeft je vader geen andere kinderen gekregen? Heb je geen Deense halfbroer of -zus?'

Hij schrok ervan. Het leek wel of Toine gedachten kon lezen. In theorie had hij inderdaad een halfbroer, Martin. En hij had ook een halfzus, Jespers dochtertje dat ten tijde van zijn eigen verwekking vier maanden oud was. Jesper was uiteindelijk met de moeder van dat dochtertje getrouwd en later weer van haar gescheiden voor zijn secretaresse, die Martin had gebaard. Martin was daardoor van een jongere generatie. Doordat ze alle drie een andere moeder hadden, stonden Martin en zijn halfzus in dezelfde verhouding tot elkaar als tot hem.

'Pardon, heb ik iets onbehoorlijks gevraagd?'

'Nee, nee, het gaat wel,' zei hij. 'Ik heb inderdaad een halfbroer en een halfzus.'

'Hoe heten ze? Dan kunnen we ze misschien – hoe zei je nou dat dat heette? Koekelen of iets dergelijks?'

'Googlen.' Hij boog zich naar het scherm, raakte per ongeluk Toines schouder nogal hard. Ach, wat had je er ook aan. Hij had het wel gezien hier, hij wilde weg.

'Het interesseert me niet,' wist hij uit te brengen. Hij begon de computer af te sluiten, kon het nog net voor elkaar krijgen om intussen aan Toine uit te leggen wat hij deed. 'Ik ga. Loopt u maar niet mee naar de auto, u bent net ook al weg geweest, straks maakt uw echtgenote zich nog ongerust.'

Hij bedankte voor de vriendelijke ontvangst, wenste Toine het allerbeste voor de toekomst en raakte in de achterkamer de verkrampte, tegen het kussen omhoog liggende hand aan. De huid was koud en droog. Eronder voelde hij botjes. Uit de mondhoek van Toines vrouw liep een straaltje spuug naar haar kin.

Hij reed met Igor, die net als hij in een slecht humeur was, naar het landhuis met de torentjes en het lage, vochtige arbeidershuisje ernaast waarin Philippe en hij samen met de kudde Alpine-geiten hadden gewoond, zij tweeën in de rechterhelft, de kudde in de linker. Op een dag had een gehoornde bok zijn kop met zoveel geweld tegen de dunne tussenwand gebeukt, dat er een levende trofee in de woonkeuken kwam te hangen.

Het toegangshek was verroest. Het prille voorjaarsgras op het erf stond kniehoog tussen het heuphoge onkruid van vorig jaar. De staldeuren, ook die van de paardenbox en het varkenshok, hingen voorover uit hun scharnieren. De luiken van het grote huis zaten dicht, de verf was er afgebladderd.

Hij stapte niet eens uit. In plaats daarvan gaf hij vol gas en verliet het dorp. Op een modderig pad dat naar een weiland leidde zette hij de auto neer. Hij gaf Igor te eten en be-deelde hem met een portie aaien die hij vandaag tekort was gekomen. Daarna sloot hij de ramen af. Omdat hij geen ri-sico wilde lopen dat de accu op deze plaats leeg zou raken bleef hij in het donker zitten, hij moest er niet aan denken dat hij morgen iemand zou moeten zoeken die hem uit de modder kon trekken.

Met het dekbed en de deken over zich heen leunde hij te-gen de zijwand van de cabine. Toine had natuurlijk niet he-lemaal ongelijk met zijn suggestie. Was het nou nodig om er zo geërgerd op te reageren?

Hij had het niet op Denemarken. Het was er altijd zo verdomde koud. Hij functioneerde niet als hij het koud had. De Denen schenen zich er niets van aan te trekken, die liepen door hun winkelstraten te paraderen in jassen waarvoor ze zonder scrupules dieren de huid hadden afge-stroopt. Van zichzelf waren Denen koudbloedig, als je ze aanraakte voelden ze net als de vrouw van Toine.

Op zijn zestiende had hij een blindedarmontsteking op-gelopen. Omdat hij zijn moeder niet wilde belasten ver-zweeg hij de pijn, waardoor de blindedarmontsteking in een ernstige buikvliesontsteking overging. Veertien dagen balanceerde hij in het ziekenhuis op het randje van de dood. Zijn moeder schreef Jesper een brief waarin ze ver-telde hoe hun zoon ervoor stond. Uit Denemarken kwam geen reactie.

Hij streelde Igor weer, die onder het dekbed tegen zijn dijbeen was gekropen. Wat hij het meest angstaanjagend aan mensen vond, was dat degenen die als slachtoffer be-gonnen, als dader konden eindigen. Je hoorde vaak dat mensen die een zware jeugd hadden gehad hun eigen kin-deren ook niet ontspannen konden laten opgroeien. Hij zou zich zelfs kunnen voorstellen dat hijzelf, de man die niet eens naar de mail van Martin zocht, in het geval hij

een zoon in een ander land had, die jongen bij een buikvliesontsteking of een andere ziekte zou laten creperen.
Iets vergelijkbaars was in de loop van de geschiedenis miljoenen, zo niet miljarden keren gebeurd. Ook in de stal bij
Philippe ging het er zo aan toe. Eenmaal hadden ze van
een kaasklant een witte geit cadeau gekregen, die door de
andere geiten de hele stal door werd geramd. Had de witte
daar kans toe gezien, dan was ze zo snel mogelijk het leven
van de bruine gaan versjteren.

Wat zou er van hem zijn geworden wanneer hij Philippe
niet had ontmoet? Philippe, die hem leerde vanuit een
zadel een regiment te commanderen. Als zachtaardige la-
kei uit de stad, die geen plaats tussen broers en zussen had
hoeven te bevechten, had hij zijn stem nog nooit voluit gebruikt, maar nu moest hij, zodra hij voor de kudde uit door
het dorp of tussen de graanvelden draafde, zo hard als hij
kon schreeuwen en vloeken wanneer een van de geiten iets
uitvrat wat niet mocht. In de stad haalde je nooit het uiterste uit je stem. Ook niet uit je lichaam, in de stad sloeg je
nooit ergens zo hard op als wanneer je met een bijl een
blok eikenhout in moten kliefde of aan het halster van een
paard hing dat zich niet in bedwang wilde laten houden. In
Amersfoort was hij gewend dat hij altijd schoon moest zijn,
dat hij kleren droeg die gewassen waren. Bij Philippe daarentegen waren vuile kleren de norm, aan schoenen of laarzen hoorde bagger te zitten. Deuren en hekken sloten pro-
visorisch, ruiten werden met plakband gerepareerd, een
brievenbus bond je met ijzerdraad aan het hek. En je was
nódig. Hij was als een verslaafde geweest die zich langzaam in de richting van de afgrond bewoog. Maar bij Philippe wachtten er dieren op hem. Niet een beetje, niet tussen negen en vijf, maar van 's morgens vroeg tot 's avonds
laat. En 's nachts, tot in het holst van de nacht moest je
alert blijven.

Hannah had hem weleens gevraagd wat hij in die periode nou over de dood had geleerd. Maar de dood had bij Philippe een heel andere dimensie dan de dimensie die hij al kende. Bij Philippe hoorde de dood bij je zelfverdediging. Dat was alles. Je ving joekels van ratten, die je in een emmer verdronk. Sommige jonge geiten stierven zomaar, van de ene op de andere minuut, maar de meeste maakten ze zelf dood, omdat ze vlees of geld nodig hadden. Ook dat zou je een vorm van zelfverdediging kunnen noemen. Eenmaal waren er onverwachts klanten voor vlees gekomen, Algerijnen. Omdat Philippe niet thuis was, had hij het eerste het beste geitje gegrepen dat hij in de stal te pakken kon krijgen. Vlak voor de staldeur slachtten de Algerijnen het met een kapmes af. Respectloos. In de dagen erna had het hem zo dwarsgezeten dat hij toen er een geitenlam uit zichzelf overleed, dit diertje niet in de mesthoop, maar in een eigen kuil had begraven.

Hoewel hij het nog steeds koud had, gooide hij het dekbed geagiteerd van zich af. Hij probeerde zich voor te stellen hoe het straks in Estland zou gaan, hoe het voorjaar daar misschien net begon als hij er arriveerde.

De eerste keer dat Hannah en hij naar Estland waren geweest, was zeven jaar na *De mannen met de zeisen*. Nog steeds was het niet tot een tweede documentaire gekomen. Ze waren de wanhoop nabij en wilden weg, op de vlucht, over hun toekomst nadenken. Dat kon in Käsmu aan de Finse Golf, daar stond een huis waarin vooral schrijvers, maar ook filmers en andere kunstenaars zich konden terugtrekken.

Hij trok het dekbed weer over zich heen en zorgde dat Igor door een gat kon blijven ademen. Voor het eerst had hij spijt dat hij geen draagbare dvd-speler en zelfs nauwelijks boeken bij zich had. Boeken en films die anderen hadden gemaakt zouden hem nu kunnen afleiden. Het nadeel zou dan wel zijn dat het geen boeken of films waren waarin Hannah voorkwam. In Nerja had hij in een kringloopwinkel twee romans van Ian McEwan gevonden, *Black Dogs* en *Saturday*. In het eerste boek had één zinnetje hem speciaal getroffen, McEwan schreef over 'het kameraadschappelijke liefdesspel dat het privilege van het getrouwde leven is'. In het veel latere *Saturday* was hij weer zoiets tegengekomen, de hoofdpersoon in die roman vond zijn eigen vrouw, met wie hij meer dan vijfentwintig jaar samen was, opwindender dan alle andere vrouwen bij elkaar.

Hannah en hij kochten met hun laatste geld een vliegticket naar Tallinn. Daar namen ze tegen de avond de bus. Op de chauffeur na zaten er geen andere mensen in. Na een kilometer of zeventig week de bus van de grote weg af en reed een bos in. Het bestond uit hoge, dicht op elkaar staande naaldbomen met kaarsrechte, bruinrode stammen. Ertussen lag een fluorescerend tapijt van mos. Donkerte, eenzaamheid. Geen straatlantaarns langs de weg, geen richtingaanwijzers, ze meenden alleen een bord te onderscheiden dat waarschuwde voor overstekende elanden. Geen andere voertuigen. Niemand.

Ze bereikten Käsmu, waar in de duisternis een wit houten huis oplichtte. Het had een stenen trap naar de voordeur, die open was. Op de begane grond waren twee kamers voor hen klaargemaakt. De vloer was net als de lambrisering van opaalwit gebeitste planken. Hoge ramen, lange witte gordijnen. In de kamer aan de voorkant van het huis stonden meubels die waren bekleed met leverkleurig fluweel. Het bed in de andere kamer had hemelsblauw beddengoed. Een tegelkachel was als het ware door de muur tussen beide kamers heen gebouwd, zodat ze er tegelijk door verwarmd konden worden.

Een Estse schrijver die ook in het huis logeerde, kwam Hannah en hem verwelkomen. Dat was Peeter. In het donker nam hij hen mee naar een baai verderop, die tijdens de Russische overheersing net als de rest van de kust met prikkeldraad afgezet was geweest. Dat had niet zozeer met een mogelijke aanval van buitenaf te maken, het prikkeldraad was vooral bedoeld om tegen te gaan dat Esten het land ontsnapten. Vissersboten mochten niet uitvaren, de inwoners van Käsmu waren gedwongen in fabrieken te werken.

Hannah en hij tuurden over het water van de baai. Vanwege het duister was er weinig van te zien. '*I feel the need to have a swim*,' sprak Peeter, en voor het goed tot hen doordrong had hun nieuwe vriend zich uitgekleed. Hannah bleef staan en deed niets, maar hijzelf wilde het niet op zich laten zitten en begon zich ook uit te kleden. Het duurde eindeloos voor hij uit zijn schoenen was en naakt de ijskoude baai van de Finse Golf in kon lopen. Achter Peeter aan slaagde hij erin tot in open zee te komen. Peeter zwom uitstekend. Een zeehond. Een dolfijn. Nee, een agressiever dier.

Ze sliepen diep die eerste nacht. Hun vertrekken waren ijl en etherisch. In de badkamer stootte hij zijn hoofd omdat hij de muur niet zag, zo wit was die.

De volgende dag ontmoetten ze een oudere Est, een exkapitein die een speciaal talent bezat voor het omgaan met de sextant. Zijn persoonlijke exemplaar, waarmee hij dertig jaar lang zijn positie op zee bepaalde en die hem zesmaal rond de aardbol leidde, had hij aan een klein museum in Käsmu geschonken. Maar net in de periode dat Hannah en hij er verbleven ontdekte de man dat het museum zijn sextant had verkwanseld. Het instrument was onvindbaar, waarschijnlijk had de beheerder er een paar centen mee gemaakt. Dit was het prille begin van *De verdwenen sextant* geweest, de film die zoveel kritiek had geoogst. Uiteindelijk bleek de sextant niet verpatst, maar aan een ander museum uitgeleend te zijn.

De rol van de ex-kapitein was bij de critici goed gevallen, maar Hannah en hij waren veel te veel in de ban van de Estse natuur geweest. Ze hadden de film een té poëtische sfeer willen geven. In zee voor de kust van Käsmu lag een kolonie metershoge zwerfkeien die er bij iedere lichtval anders uitzag. Dezelfde keien lagen op de bodem van het bos, maar daar waren ze bedekt met een laag mos. Wanneer de zon ze wist te bereiken, werden ze op een sprookjesachtige manier verlicht. In de film was de groene jas van de stenen een verkeerd soort groen geworden. Groen was altijd moeilijk, te veel groen leidde tot schelle, harde shots, die ze inderdaad hadden moeten opofferen.

Tijdens de opnames was het begin september, voor Estse begrippen al herfst. Eekhoorntjes beleefden toptijden, bedrijvig roetsjten ze langs de boomstammen op en neer. Wanneer je over de onderbegroeiing in het bos liep, het zachte, dikke, lichtgevende mos, bleven je voetstappen maar even te zien, daarna voegde het mos zich vanzelf in de eerdere positie. Het hele jaar door groeiden er zwermen paddenstoelen tussen, waarvan je sommige soorten scheen te kunnen eten. Terwijl Hannah en hij op zoek waren naar de beste locatie voor sfeeropnames, toch al behoorlijk gespannen omdat ze niet helemaal zeker waren over de rushes tot dan toe, ontdekten ze ook iets wat op bosbessen leek, een lage plant met kleine blaadjes en matte blauwpaarse vruchten. Wanneer je een bes van het steeltje trok, kwam er een vrij groot gaatje in. Het konden haast alleen maar bosbessen zijn. Zouden ze er eentje proeven? Hannah vroeg of hij het eerst wilde proberen, omdat het effect op hem als man minder groot zou zijn, maar hij weigerde. Ze wist het niet, maar voor iemand als hij was iedere microgram gif te veel. Hij wilde geen enkel risico nemen.

'Toe nou, probeer eens. Proef er eentje voor. Eentje maar. Echt, het zijn vast bosbessen.'

'Nee.'

'Ruben, doe niet zo flauw, probeer nou eens zo'n bes. Waarom wil je dat niet?'

'Daarom niet.'

'Wat kinderachtig.'

'Doe het zelf, kuttekop,' ontviel hem.

Kuttekop? Hannah schold terug, en hoewel hij het nog probeerde tegen te houden, omdat hij het tijdens zijn jeugd nooit had meegemaakt en nog steeds niet goed wist hoe je zoiets moest aanpakken, brak er in het idyllische naaldbos van Käsmu een ruzie uit die haar weerga niet kende. Hij kreeg verwijten naar zijn hoofd geslingerd die Hannah in de loop van de jaren bleek te hebben opgespaard. Het kwam erop neer dat hij een krent was die het niet aandurfde om eens iets voor een ander over te hebben. Zijn moeder had altijd zo haar best voor hem gedaan, alles wat hij maar wilde mocht hij aanschaffen, terwijl ze echt niet veel verdiende met dat getyp op het kantoor waar ze werkte. 'En jij? Eén keertje grootmoedig zijn? Eén keertje iets voor iemand betekenen? Spontaan een verrassing voor een ander verzinnen? Ho maar! Weet je op wie jij lijkt? Je zult het zelf ontkennen, maar jij lijkt precies op... op die vader van je! En zelfs hij deed cadeautjes op de post, zelfs hij droeg meer grootmoedigheid in zich dan jij!'

Met een vuurrood, betraand gezicht boog Hannah zich voorover en plukte een handvol bessen, die ze allemaal tegelijk in haar mond propte.

Het waren bosbessen.

In het donker, zelfs sterren waren er niet, stond hij met zijn winterjas aan, die hij onder uit de bagagekist had gehaald, tegen de achterkant van de auto.

De term wist hij nu. Hoewel Hannah later had gezegd dat een ruzie tussen partners nu eenmaal soms zo verliep, dat je in het vuur van de strijd wel eens overdreef, zat er waarheid in haar woorden. Het klopte dat hij nooit cadeautjes voor anderen kocht, zelfs niet voor haar als ze jarig was, behalve wanneer ze hem er van tevoren keer op keer aan herinnerde. Tweemaal had ze een kroonjaar bereikt in de tijd dat ze samen waren, tweemaal had hij er niet uit zichzelf aan gedacht. Als hij zich ertoe zette kon hij het best, dat bewees het mandje met de eendenkop. Misschien was het luiheid geweest dat hij op dit gebied zo vaak tekort was geschoten. Tijdens zijn jeugd had hij voor zijn moeder altijd zijn uiterste best gedaan, dat viel niet te ontkennen, zijn medewerking als zoon was oneindig. Maar was dat soms de makkelijkste weg? Zou hij zijn moeder een grotere dienst hebben bewezen als hij zijn rol als surrogaatpartner abrupt had afgeworpen? Door haar zo sterk ter wille te zijn, had hij haar net zo goed aan het lijntje gehouden als zijn vader had gedaan door in de loop van de jaren enkele keren contact met haar te zoeken.

De modder van het pad zoog zijn schoenen vast. Vlagen koeienmestgeur kwamen mee met de wind.

Was hij erger dan zijn vader?

Bij Philippe was hij nooit ergens voor weggelopen. Uit nieuwsgierigheid naar wat er met een kadaver gebeurde, had hij zelfs op de dag voor zijn vertrek naar Nederland het geitenjong opgegraven dat in een eigen kuil lag. Het ging gemakkelijker dan hij had verwacht. Toen de grond bagger werd die van zijn spade afdroop, zat er niets anders op dan met zijn handen verder te graven. Hij voelde ribben, ruggenwervels. Om de botten zat nog vrij veel vlees, dat wit was geworden en aanvoelde als rot hout. Hij zocht verder met zijn handen, vond beenderen van poten, twee kleine schouderbladen. Het was angstaanjagend vertrouwd, alsof hij met de bevalling van hetzelfde lam bezig was, met zijn hand een vagina was binnengegaan en voelde waar de kop en de pootjes lagen.

Net als toen deed hij zijn ogen dicht om zich nog beter te kunnen concentreren, kroop met zijn hand achter het dode hoofd, dat onwillig door de modder werd prijsgegeven. Toen hij het uiteindelijk naar buiten kon trekken gaf dat een zuigend geluid. Hij peuterde het vlees uit de oogkassen, bekeek de schedel van alle kanten. Hij voelde geen afkeer. Dit was ze dus geweest. Dit was ooit het hoofd van een levend wezen geweest met een karakter, gewoontes, geluiden.

Een nieuwe vlaag koeienmestgeur. Hij leunde tegen het achterraam. Een besef was bezig tot hem door te dringen. Als hij Jesper postuum terug wilde pakken, was wraak niet de manier. Wraak was te makkelijk. Er was een andere methode, waarmee hij er tegelijkertijd voor kon zorgen dat hij niet meer de persoon zou zijn tegen wie Hannah de dingen kon schreeuwen die ze in het bos van Käsmu had geschreeuwd.

EEN NACHT IN de trein. IJzige kou op het station van Kopenhagen. Hij ging op zoek naar een hotel in de wijk erachter. Pornoshop aan pornoshop zag hij, met in één etalage een verzameling kunstpikken. Aan de mensen op straat kon hij – op hun bontjassen na – niets bijzonders ontdekken.

Hannah en hij waren vier jaar samen toen. Vanaf het begin van hun verhouding had ze hem gevraagd of hij niet eens naar Denemarken wilde gaan, zodat Jesper en hij van man tot man met elkaar konden praten. Ze dacht dat er misschien een vader-zoonrelatie kon ontstaan. Het idee boezemde hem afkeer in, maar uiteindelijk had ze hem toch zover gekregen. Hij was ook nieuwsgierig naar zijn halfzus, in feite had hij vooral daarom toegegeven aan Hannahs suggestie.

Naast het bed in zijn hotelkamer stond een telefoon. Hij had een briefje bij zich met het nummer, waar hij thuis via Inlichtingen achter gekomen was. Onophoudelijk lag hij op de velletjes naast zijn nagels te kauwen.

Na lang talmen draaide hij het nummer. Er werd opgenomen. Hij hoorde een mannenstem. 'Is meneer Moltke aanwezig?' vroeg hij in het Engels.

'Daar spreekt u mee.'

'O, hallo, dit is Ruben. Uit Nederland.' Er kwam niet meteen een reactie, dus hij verduidelijkte het maar even: '*Your son.*'

Hij was van plan een afspraak met Jesper te maken in een café in Kopenhagen. Dat zei hij ook, hij zei, een triller in zijn stem onderdrukkend: 'Ik ben in Denemarken, zullen we iets afspreken in een café?'

Het antwoord was mooier dan hij kon dromen. Jesper zei dat hij die avond bij hem thuis welkom was. Als hij over een paar uur terugbelde zou hij vertellen hoe laat.

De uren tussen het eerste telefoongesprek en het tweede waren de enige uren in zijn volwassen leven geweest dat hij Jesper in gedachten 'mijn vader' had genoemd. Hij had meteen naar huis gebeld om te vertellen hoe het telefoontje was verlopen. 'Je had helemaal gelijk. Ik ben blij dat ik ben gegaan! Leuke vader heb ik, hè? Niet zo'n burgerlijk zeikerdje als al die andere vaders. Vroeger had hij een motor. Wist je dat hij aan autorally's heeft meegedaan? En hij heeft een Volvo gehad, een razendsnelle, misschien heeft hij nog steeds een Volvo.'

Hij belde zijn vader voor de tweede keer en kreeg te horen dat hij naar de plaats Rungsted Kyst moest rijden, zeven uur was de beste tijd om af te spreken.

'Rijden? Ik ben met de trein.'

'Dan kom je met de trein. Ik haal je om zeven uur in Rungsted van het station en dan gaan we naar een restaurant.'

Het klonk minder hartelijk dan de eerste keer. Het was ook net of Jespers Engels ineens slechter was geworden. Wat kon hij van hem verwachten? Een rechtse bal, een snob, een eikel, een frustraat, een angsthaas, nog steeds een Don Juan? Hij was niet van plan om zich te laten imponeren. Toch was hij nerveus, terwijl hij in feite niets met die man te maken had.

Rungsted Kyst was een stadje aan zee ten noorden van Kopenhagen. Hij stond op een bord te kijken om te zien welke trein hij uiterlijk terug moest nemen, toen er op zijn arm werd getikt. Achter hem stond een mannetje in een windjack. Een mannetje met dunne, naar achteren geplakte haren. Zijn eerste gedachte was: dat is geen vader, dat is een opa. Hij wist niet meer wat voor broek Jesper onder het windjack droeg, maar het zou wel een grijze met te lange pijpen zijn geweest.

In de vrieskou liepen ze naar de auto, een kleintje. Hij ging voorin zitten. Was dit hem echt? Hij kon het niet geloven. *'How are you?'* vroeg hij maar.

'Thank you, and you,' zei Jesper vormelijk.

Stilte. Hij vroeg iets over Jespers ingenieursbureau, waar dat precies was. Het antwoord luidde dat hij sinds kort kantoor aan huis hield.

Na drie minuten kwamen ze bij een huis. In het donker was het niet goed te zien, maar het leek een vrijstaande bungalow met inpandige garage. Jesper claxonneerde dwingend. Er gebeurde niets. Hij stapte uit en beende naar de voordeur. Nadat hij eraan had staan rukken, verscheen achter de verlichte ruit naast de deur eerst een zwart-witte terriër met een platte neus, daarna een vrouw en toen – het zou ook niet zo zijn – een klein jongetje dat er precies zo uitzag als hij er zelf vroeger uit had gezien. Er was weer zaad in het rond gespatterd. Het jongetje stond voor de hallamp. Aan zijn silhouet waren zijn oren het meest opvallend.

De vrouw en het jongetje kwamen met Jesper naar de auto en namen achterin plaats. Trots liet het jongetje, Martin geheten, vijf jaar oud, hem zien dat hij een gebroken arm had, er zat gips omheen.

Na een korte rit kwamen ze bij een restaurant. Daar vroeg eerst Martin alle aandacht. Hij kon maar niet bevatten dat die onbekende meneer zijn Deens niet begreep. Nadat de ober hem een kleurplaat en stiften had gegeven werd hij rustiger. Tijdens het kleuren zat hij onbedaarlijk te gapen, het was allang bedtijd.

Martins moeder bleek niet de moeder van zijn halfzus te zijn, daar was ze ook veel te jong voor. Ze heette Karen. Zij was tijdens het eten het meest aan het woord. Over haar nieuwe werk als secretaresse in een ziekenhuis. Over Martin. Over de hoge belastingen in Denemarken. Over de werkloosheid. Jesper bleek al een jaar lang geen inkomsten meer te hebben, in de afgelopen twaalf maanden was er geen enkele opdracht voor zijn ingenieursbureau binnengekomen. Dat was de reden dat Karen een andere baan had moeten zoeken. Het bedrijfspand was verhuurd. De mensen durfden geen investeringen meer te doen, daar kwam het door. Allemaal vanwege de belastingen. Twee jaar geleden waren ze voor het laatst in dit restaurant geweest. Het was er toen een stuk drukker.

Jesper vroeg hem een nieuwe fles wijn open te maken. Het was een test: hij wilde weten of zijn zoon wel een man van de wereld was. Hij deed wat hem werd gevraagd en schonk in. Wanneer Jesper iets tegen hem zei, kon hij het haast niet opbrengen om naar hem te kijken. Hij droeg een irritant half brilletje en had dunne, wrede lippen. Ogen als de zijne, maar met borsteliger, donkerder wenkbrauwen erboven. Het dunne hoofdhaar was peper-en-zoutkleurig. Donkerblauwe V-halstrui, donkerblauwe stropdas. Karen droeg ook een donkerblauw truitje, met parelketting en geknoopte sjaal. Haar geruite rok was bij nadere beschouwing een broek. Ze had zorgvuldig gekapte korte haren.

Bij het afrekenen, omgerekend kostte het etentje honderden guldens, kreeg Jesper zijn creditkaart met een gefluisterde mededeling van de ober terug. Karen grabbelde in haar handtas en haalde de hare tevoorschijn. Intussen overhandigde Martin zijn kleurplaat aan hem, de meneer die zo raar praatte.

Ze reden terug naar de bungalow. Jesper liet hem zijn kantoor aan huis zien, dat in het souterrain was. Twee bureautafels, een kopieerapparaat, wat tekentechnische spullen. 'Ik zou graag wat kunstwerken van Harald Moltke zien,' waagde hijzelf te zeggen. Maar Jesper gaf er geen antwoord op. Hij kneep zijn lippen tot nog dunnere streepjes.

Op weg naar de woonkamer ving hij in de garage naast het kantoor een glimp van een grote zilvergrijze auto op, de kleine was van Karen. In de woonkamer was ook weinig van een financiële terugval te merken. Een klassieke inrichting. Perzische tapijten op het parket, hier en daar een stuk antiek. Enkele schilderijen, maar niet van Harald. De kamer had openslaande deuren naar de achtertuin, die af en toe op een kier werden gezet om de terriër naar buiten te laten. Trots wees Jesper op lichtjes in de verte, die van de dichtstbijzijnde woning waren. Na tien jaar kenden ze nog niemand in de wijk, iedereen die er woonde werkte overdag.

Het jongetje Martin, dat niet naar bed was te krijgen en opgewonden om hem heen cirkelde, troonde hem mee naar zijn kamer, die bulkte van het speelgoed. Hij kreeg een Rambo-geweer te zien, kastelen, plastic auto's, knuffelbeesten, alles in overweldigende hoeveelheden. Een cassetterecorder. Een kindergitaar. Onbekommerd vertelde het kind er in het Deens over.

Weer in de woonkamer. Gekakel van Karen over de belastingen. Over Martin. Over de hond. Zijn halfzus was geen gespreksonderwerp, dat merkte hij meteen toen hij naar haar vroeg. Wel slaagde hij erin haar naam te weten te komen: ze heette Marianne. Meer informatie was duidelijk niet de bedoeling.

Wat deed hij hier bij die benepen lui? Tegen elven, de laatste trein ging om 24.15 uur, vond hij het hoog tijd om de vragen te stellen die hij van tevoren had bedacht. 'Wat doet het u dat uw volwassen zoon tegenover u zit?' vroeg hij.

Jesper keek schichtig naar Karen. 'Niets,' luidde zijn antwoord. Alsof hij bang was dat het niet duidelijk was herhaalde hij: 'Het doet me niets. We zijn vreemden voor elkaar.'

De belastingen. De baan van Karen. Jespers nieuwe Nikon, die hij eerst had gekocht, pas daarna had hij aan betalen gedacht.

'Waarom stuurde u mij ieder jaar met mijn verjaardag cadeaus?'

'Geen idee.'

'Omdat u zich schuldig voelde?'

'Ik heb mij nooit schuldig gevoeld.'

'Waarom dan die cadeaus?' drong hij aan. 'De indiaantjes en de kunstschaatsen? De meccanodoos? De Tekno's?'

Jesper zweeg. Het leek nu echt of hij bang werd. Zijn blik was op een antieke wandkast gericht.

'Waarom?'

'Zomaar.'

De vakantie naar Tunesië. De wintersport zonder sneeuw. De zeilboot waarmee ze het hele seizoen maar driemaal hadden gevaren. Weer de Nikon.

'Heeft u de afgelopen jaren wel eens aan uw zoon in Nederland gedacht?'

Nu kwam het antwoord meteen. 'Nooit,' zei Jesper mechanisch. 'Daar heb ik nooit aan gedacht.'

Jesper liet Karen drank halen, cognac en bier. Hij bediende zich er ruim van. Plotseling was het middernacht. Haastig stelde Ruben zijn laatste vraag, hij vroeg Jesper nog eens of hij het werk van Harald Moltke mocht zien?

'Die rommel heb ik weggegooid.'

Hij kreeg een hand. Dat was het. Jesper vroeg zijn adres in Nederland niet, hij vroeg zijn telefoonnummer niet. Hij vroeg ook niet hoe lang hij in Kopenhagen bleef, laat staan of hij nog een keer langskwam. Wel verscheen hij in de deuropening toen Karen en hij wegreden, zelf had hij te veel gedronken om mee te gaan. Hij zwaaide. Op sokken. Overhemd met open boord, van de trui en de stropdas had hij zich intussen ontdaan. Een kleine, zijn dagen zatte man van nog maar vierenvijftig.

Karen was in de auto niet spraakzaam meer. Ze zette hem af voor het station van Rungsted Kyst, hij haalde de trein nog net. Meteen bij zijn aankomst op het hoofdstation van Kopenhagen veranderde hij zijn retourticket en zei het hotel af. Zesendertig uur na zijn vertrek uit Amsterdam was hij alweer op de terugreis. Later had hij zichzelf nog lang verweten dat hij niet alert genoeg was geweest. Ondanks zijn voornemen zich niet te laten imponeren had hij toch zitten trillen en grijnzen. Na het eerste 'niets' als antwoord op de vraag 'wat doet het u om uw volwassen zoon hier te zien?' had hij moeten opstaan en weggaan.

Je kon je natuurlijk afvragen, dacht hij nu, op het duistere Franse modderpad, in hoeverre je het 'niets' van Jesper serieus moest nemen. Het was mogelijk dat hij het had gezegd omdat Karen erbij was. De zoon uit Nederland was een concurrent voor haar Martin. Bovendien was ze bang dat Jespers gevoelens voor haar moesten concurreren met zijn gevoelens voor een vrouw in Nederland. Dat zijn moeder al jaren dood was had hij die twee niet eens verteld. Ze vroegen er namelijk niet naar.

In de diepere lagen van zijn persoonlijkheid was deze man misschien anders dan hij zich voordeed. Door tijdens het eerste telefoongesprek meteen 'wees welkom' te zeggen had hij er heel even iets van laten merken. Maar later diezelfde dag was er niets meer van gebleken, dus wat had je eraan? Voor openheid was een man als Jesper te klein. Geen mededogen, geen flinter grootmoedigheid.

'Nooit, maar dan ook absoluut nooit zien ze me daar terug,' was het eerste wat hij had uitgestoten toen hij thuiskwam. 'Tabee, voor eeuwig.'

Hannah reageerde lief. 'Je hebt gewoon even een vader op zicht genomen,' probeerde ze hem te troosten. 'Het was het proberen waard. Beviel het, dan hadden jullie contact kunnen houden.'

Met Martin had hij geen moeite gehad, ook niet als hij 'pa' zei. Een onschuldig, naar aandacht hunkerend jongetje met een oude vader voor wie moeilijk achting viel op te brengen. De hemel ware gedankt dat hijzelf nooit met het heerschap opgescheept had gezeten. Hun beider zaadleverancier had de hele avond geen woord tegen zijn jongste zoon gezegd, laat staan dat hij het joch op schoot had genomen. Een halfuur nadat Karen Martin zover had gekregen dat hij naar bed ging, kwam hij in zijn pyjamaatje de kamer weer in. 'Ik kan niet slapen. Is die aardige meneer er morgen ook nog?'

DE SNELWEGEN IN Duitsland hadden een goede naam, maar het wegdek was er niet al te best vergeleken met het wegdek in andere West-Europese landen. Grote stukken bestonden uit veelvuldig opgelapt asfalt of betonplaten met ribbels ertussen. De Duitse parkeerplaatsen daarentegen, waar nog steeds de bekende borden *Rastplatz bitte sauberhalten* stonden, waren uitstekend. Je kon er naar een non-descripte wc van roestvrij staal, die vanzelf begon door te spoelen wanneer je je hand langs een vierkant plaatje bewoog. Doordat er op *Rastplätze* zoveel vrachtwagens stonden, werd het middageten er vanzelf geen lunchen maar schaften.

Hoe dichter hij bij de grens kwam, hoe meer hij de neiging had op zijn nagels te bijten. Alle nagelriemen had hij al van losse velletjes ontdaan. Misschien moest hij dit niet doorzetten, misschien moest hij toch via Polen naar Estland reizen, het kon nog steeds. Wat had hij nou eigenlijk met dat hele Denemarken te maken? Aan de andere kant: hij zag wel hoe het liep. Hij had geld, hij had zijn auto, overal was diesel te koop, als hij wilde was hij binnen een paar uur het land weer uit.

Voorbij Flensburg merkte hij aan borden dat hij bezig was de grens te passeren. Het Deense landschap zag er keurig uit, keuriger dan het Duitse zelfs, alsof de Denen in het ontkennen van verval nog meer tijd staken dan de Duitsers. De velden heuvelden wat. Er stonden betrekkelijk weinig boerderijen tussen. Hij zag een enkel naaldbos.

Nee, Denemarken was nog steeds geen land waarmee hij affiniteit had.

Om halfzes arriveerde hij op een camping in de buurt van Åbenrå die het hele jaar open was. Hij hoorde de receptionist aan de telefoon in het Deens praten. Een weinig welluidende taal, die Denen moesten uitkijken dat ze zich niet in hun eigen tong verslikten. Als hij het Deens geschreven zag, kreeg hij altijd de indruk dat je het moest uitspreken alsof je kotste. Het grammaticale systeem scheen eenvoudig te zijn, maar tot hem was de logica ervan nog steeds niet doorgedrongen.

De receptionist gaf hem een brochure over de geneugten van Åbenrå. Nadat hij een staanplaats had uitgekozen en in de doucheruimte het zweet van de reis had afgespoeld, bedacht hij dat hij kronen nodig had, de Denen hielden zo van hun munteenheid dat ze de euro nog steeds niet hadden ingevoerd. Hij maakte de meeste kans op een bankautomaat in het centrum van de stad.

Hij bestudeerde de brochure, waarin een plattegrond van Åbenrå stond. Het centrum was ver van de camping, geen afstand om te lopen. Hij had het bed alvast willen uitklappen, Igor zeurde er al om vanaf hun aankomst. De uren dat hij dicht tegen zijn menselijke reisgenoot aan kon liggen waren voor hem het hoogtepunt van de dag. Maar Igor moest nog maar even geduld hebben. In plaats van het bed klaar te maken pakte Ruben zijn spullen juist weer in, sloot de tegenstribbelende kat in zijn mand en reed de camping af.

De binnenstad van Åbenrå was geplaveid met keitjes. Weinig inwoners vertoonden zich. De huizen hadden kleine ramen met prullen ervoor, zodat naar binnen kijken vrijwel onmogelijk was. Hij wandelde rond tot hij een geldautomaat had gevonden. Åbenrå leek hem een stadje waar je prettig kon leven wanneer je niet op grote gebeurtenissen zat te wachten. Je zou het natuurlijk ook anders kunnen noemen, bijvoorbeeld 'hersenverwekend saai'. Tot nu toe kwam heel Denemarken hersenverwekend saai op hem over, als een land waar alles onder controle was. Of leek te zijn, net als in de speelfilm *Festen*, waarin op een Deens familiefeest een hoop etter onder de gecontroleerde opperlaag bleek te zitten. Als er al gekte bestond in Denemarken, dan was het gekte van deze soort, een gekte die zich onder het gekneuter vandaan een weg baande.

NU HIJ EENMAAL aan *Festen* had gedacht vermoedde hij overal onvrede onder de geëtaleerde tevredenheid. Het maakte hem rusteloos, hij moest wennen aan dit land. Om zichzelf niet te forceren reed hij eerst richting Ribe, volgens de brochure uit Åbenrå de oudste stad van Denemarken. Om de haverklap gaven borden langs de weg aan dat er een parkeerplaats met picknicktafel was. Witte hoeves, uitgestrekte landerijen. In zijn verbeelding zag hij aan het einde van de zomer van die enorme rollen stro op de gemaaide korenvelden liggen. Twee boerenzonen die er niet in slaagden ze te hanteren stoven op elkaar af met hooivorken.

Hij gaf richting aan en reed een parkeerplaats op. De zon scheen zowaar. Weinig wolken, nauwelijks wind. Achter de parkeerplaats het uitgestrekte landschap. Hij smeerde een broodje en at het op terwijl hij rond de auto kuierde. Hij zag een wc die ook door mensen in een rolstoel gebruikt kon worden. Er hing een papier bij waarop werd aangetekend wanneer hij was schoongemaakt. Dat gebeurde het hele jaar door dagelijks.

Eenmaal in Ribe kwam hij vrijwel meteen op een speciale parkeerplaats voor bezoekers terecht. De parkeerplaats was gratis, net als het toiletgebouw – alweer een toiletgebouw. Hij kon rechtstreeks naar het oude centrum lopen, een bord met een pijl wees hem de weg.

Ribe was goed geconserveerd, ook daar viel niets op af te dingen. Langs straten en straatjes stonden fraaie huizen in verschillende kleuren. Vakwerkwoningen zag hij ook. Boven alles uit verrees een kathedraal. Terwijl hij zomaar wat ronddoolde voelde hij zich warempel serener worden, serener en vastberadener. Had het alleen met de architectonische schoonheid te maken? Ongetwijfeld keek je er anders tegenaan wanneer je hier langer verbleef, maar tot nu toe kwam Ribe op hem over als een plek waar de inwoners daadwerkelijk in een andere tijdrekening en een andere realiteit leefden, een prettiger, rustiger wereld dan de wereld vol spanningen en dreigingen erbuiten. Saai was hier synoniem met harmonieus. In deze hoek van Denemarken kon je je vrijwel niet voorstellen hoe de situatie in andere delen van Europa nog was. Oké, hij zag drie dronkaards bij elkaar staan met blikjes bier in de hand. Maar ze hadden wel alle drie een nieuwe fiets.

Misschien viel de mate van welvaart van een land af te lezen aan de fietsen van de alcoholisten, bedacht hij. Of aan het aantal en het aantal verschillende vervoermiddelen voor gehandicapten, want ondanks de bobbelige straatbedekking zag hij relatief veel rolstoelen, wat dat betreft leek Ribe wel Benidorm. Hier waren alleen meer soorten, hij zag zelfs een racefietsachtig geval dat de gebruiker aandreef door het stuur op en neer te bewegen. Waarschijnlijk leefden in andere, minder ontwikkelde landen minstens zoveel mensen die een dergelijk vervoermiddel nodig hadden, maar als ze er al eentje bezaten was het vrijwel onmogelijk er de straat mee op te gaan. In Sofia viel je na tien meter in een gat, in Chişinău na vijf, dus daar bleven de gehandicapten maar binnen.

In het toeristenbureau, waar hij een plattegrond haalde, zag hij een internetcomputer staan. Zoals een bordje in diverse talen meldde, kostte het gebruik niets. Hij voelde zich toch weer ongedurig worden en negeerde het apparaat.

Buiten liep hij met de plattegrond in de hand de ene na de andere bezienswaardigheid af. Hij verlangde naar zijn spiegelreflex, mentaal was hij voortdurend bezig met kadreren. Terwijl hij een steegje in stond te turen, een smalle gang tussen twee huizen waarvan de daken elkaar bijna raakten, kwam er een jongeman in zijn richting lopen. Hij had bruin haar en droeg net zo'n wijde broek als hijzelf. Naar schatting was hij vijfentwintig, zesentwintig jaar oud.

De jongen, een lange, niet al te brede knaap, was nu op twee meter afstand. Nog steeds leek hij hem als doel te hebben. Donkere ogen, een rechte neus. Rubens adem stokte. Hoe kon dat nou? Zoiets las je alleen in boeken.

De jongen hield stil. Hij had een plastic emmer in de hand, zag hij nu pas. In de andere hield hij een grote kwast.

Ruben probeerde zich een houding te geven door het steegje weer in te turen. Uit zijn ooghoek observeerde hij hoe de jongen het deksel van de emmer haalde en het onderste stuk van het huis aan de linkerkant van het steegje zwart begon te verven met een taai ogende substantie. Hij moest er ver voor door de knieën.

Dit was echt te toevallig. 'Woon je hier?' polste hij in het Engels.

'Al mijn hele leven,' antwoordde de jongen welwillend. 'Ik werk voor het museum van Ribe. Dit huizenblok hoort erbij. Ik moet het onderhouden met materialen die vroeger ook werden gebruikt. Soms doet onze inspecteur een steekproef om te controleren of ik me er wel aan hou, of ik bijvoorbeeld geen cement heb gebruikt om een gat dicht te smeren in plaats van kalk.'

Ruben herademde. 'Mooi werk.'

'Moeilijk. Het luistert allemaal heel nauw.' De jongen, die Engels sprak met veel fouten, wat hem ontroerend maakte, was duidelijk blij met de afleiding. 'Bent u nog nooit eerder in Denemarken geweest?' wilde hij weten terwijl hij er speciaal voor omhoog kwam vanuit zijn lage positie.

'Ik ben voor de helft een Deen,' antwoordde Ruben met een mate van trots waarvoor hij zich terwijl hij zijn eigen woorden hoorde nogal schaamde. Hij was de behoefte om zich ergens mee te identificeren toch allang ontgroeid? Een vlag, een land, een voetbalclub; bij anderen vond hij het altijd nogal kinderlijk.

'O?' zei de jongen verbaasd. 'Dus we kunnen Deens praten?'

'Nee, nee, ik ben in Nederland opgegroeid. Maar mijn vader was een Deen. Mijn grootvader is een bekende Deense schilder en poolonderzoeker, Harald Moltke heette hij. Hij is nog met Knud Rasmussen naar Groenland geweest. Rasmussen ken je zeker wel?'

De rest van de dag reed hij doelloos over Jutland. In het stadje Kolding zag hij een oud pand dat opvallend lelijk was opgeknapt, het schilderwerk had de verkeerde, veel te schelle kleuren. Hij verlangde nu al naar de rustige, aangename schoonheid van Ribe terug, naar het gebrek aan banaliteit. Tegelijkertijd begreep hij niet helemaal waarom hij zich zo door Ribe had laten inpalmen. Ribe zou Ribe niet meer zijn zodra je er woonde, uit balorigheid ging je ongetwijfeld dingen doen die er niet pasten. Een commune oprichten, kratten vol drank verzuipen, veelwijverij. Zo'n stadje vroeg erom, anders werd je in een mum van tijd gek. In Nerja, in bepaald opzicht vergelijkbaar, heerste tenminste nog een zekere nederigheid, daar bleven de inwoners zich altijd bewust van hun ondergeschiktheid aan de natuur, ze wisten dat de gebouwen die ze hadden neergezet op een dag van hun klif konden worden geslagen door een ziedende zee. Nerja had een zekere krakkemikkigheid behouden. Ribe daarentegen straalde hovaardij uit, arrogantie, zodat je er de neiging kreeg degenen die meenden onaantastbaar te zijn een lesje te leren.

Toch weer ongedurig racete hij van Kolding door naar Randers, dat ook een onaantrekkelijke provincieplaats was. Aan het begin van een brede, enigszins schuin aflopende boulevard stond een sokkel met daarop een enorm bronzen werkpaard dat als het ware van de helling af draafde. Van onderen af keek je rechtstreeks tegen zijn geslachtsdeel aan, waarnaast twee fiere ballen prijkten.

Nadat hij het paard had gezien begon hij uit te kijken naar meisjes als in het bos bij Pineda, maar ze waren nergens. Hij besloot iets naar het zuiden terug te gaan, naar Århus, de tweede stad van het land, van waaruit hij in één dag naar zijn doel zou kunnen rijden.

Vroeg in de avond kwam hij aan in een bossig gebied met een camping die aan één kant grensde aan een baai, de Bocht van Århus. Toen hij zich inschreef was het al donker, hij zocht een plek in de buurt van het toiletgebouw.

De volgende ochtend liep hij terug naar de receptie, waar niet alleen een automaat stond met zakjes waarin hondenbezitters de uitwerpselen van hun dieren konden verzamelen, maar waar hij ook een internetmachine had gezien, een computer die kronen opslokte.

Hij stuurde een mailtje aan Peeter. In het korte bericht, dat op het onbekende toetsenbord moeizaam tot stand kwam, vroeg hij of Peeter een kamer in het witte huis in Käsmu voor hem wilde reserveren, het liefst voor een hele maand. *Ik ben nu in Denemarken*, typte hij. *Over vier of vijf dagen hoop ik in Tallinn te zijn*. Peeter was invloedrijk in de

Estse culturele wereld, bij het maken van *De verdwenen sextant* had hij op alle mogelijke manieren geholpen. Via hem zou er eerder een kamer in Käsmu beschikbaar zijn dan rechtstreeks via de Schrijvers- of Kunstenaarsbond. Hij verheugde zich er nu al op om Igor opgekruld op de leverkleurige bank te zien liggen. Tegen de warmte van de grote tegelkachel zou hij ook geen bezwaar hebben.

Er was nog steeds geen bericht van Hannah, het begon chronisch te worden. Je wist niet zeker of hij het in de haast misschien verkeerd had gezien. Snel gooide hij zijn laatste muntstukken in de automaat. Het klopte toch. Nog nooit had de tegeltjeswijsheid 'geen bericht, goed bericht' zo vaak door zijn hoofd gespookt. Zou hij haar schrijven om te vertellen dat hij in Denemarken zat, dat hij de toerist had gespeeld om zijn zenuwen te bezweren? Ze zou van haar stoel vallen.

Hij tikte net de eerste woorden van zijn bericht toen het scherm op zwart ging. Hij moest een bankbiljet gaan wisselen bij de baliemedewerker. Hij greep al in zijn achterzak maar dacht tegelijkertijd: nee, laat ook maar. Nu ik het zo lang heb volgehouden om haar met rust te laten, kan ik ook nog wel wachten tot het einde van de reis.

Terwijl hij naar de auto begon terug te lopen voelde hij zijn portemonnee zwaar in zijn achterzak zitten. Gisteren in Ribe, en zelfs daarnet nog, toen hij Peeter schreef, had hij de gedachte voor de zoveelste maal verjaagd, maar het was onvermijdelijk dat hij nu eindelijk moest nagaan of hij het mailtje had verwijderd in 2001.

Terug bij de receptie wisselde hij een biljet voor munten en wachtte ongeduldig tot een vrouw in een groen-blauw gestreepte trui klaar was achter de internetmachine.

Zou hij het bericht verwijderd hebben? Hij staarde naar de gestreepte rug. Misschien wel. Nog steeds zaten er onderwerpen in zijn hoofd die werden omhuld door een troebele sluier. Aanvinken, op verwijderen klikken, in een paar tellen was zoiets gebeurd. Hoefde je ook niet te antwoorden. Hij wist nog wel wat er ongeveer in het bericht stond. De destijds achttien- of negentienjarige Martin, die zijn e-mailadres van de advocaat had gekregen die de erfenis-kwestie afwikkelde, schreef hem vanuit Kopenhagen dat hij nu pas had gehoord dat hij een halfbroer in Nederland had. Martin was woedend op zijn moeder en nog veel woedender op zijn vader. Waarom hadden ze hem zoiets belangrijks niet eerder verteld? Hij was goed ziek van alles.

De groen-blauwe vrouw was klaar. Alsof de internetmachine een gokkast was, liet hij de munten erin verdwijnen en liep zijn ontvangen berichten na uit de maanden nadat hij van de zelfmoord op de hoogte was gesteld. Nergens iets van Martin te vinden. Dat betekende dat hij het bericht dus inderdaad had gewist. Tegelijkertijd wilde het zeggen dat hij het e-mailadres van Martin niet meer had.

Hij googelde op Martins voor- en achternaam en kwam op zeven vermeldingen uit. Maar ze betroffen alle zeven iemand anders, historische personen of andere mensen die niet van Martins leeftijd konden zijn.

De rest van de dag bleef hij in de auto om Igor aandacht te geven, Igor had het de afgelopen dagen niet gemakkelijk gehad. Als hij zou kunnen autorijden, zaten ze allang weer in Spanje of in het zuiden van Frankrijk. Sinds ze in dit land waren, had hij een nieuwe gewoonte ontwikkeld; telkens als hij werd losgelaten sprong hij op het brede stuk tussen het dashboard en de voorruit, van waaraf hij zowel de auto als de buitenwereld kon overzien. Hij leek zo een zekere onaantastbaarheid te hebben verworven. 'Mij krijg je niet klein met je Denemarken.'

DE VOLGENDE DAG wist hij nog steeds niet precies hoe hij het allemaal moest aanpakken. Om tijd te rekken besloot hij naar de openbare bibliotheek van Århus te gaan om te kijken of Peeter had geantwoord, met die gokmachine kon hij niet overweg.

In de bibliotheek van Århus bleek Peeter inderdaad geschreven te hebben, meteen gisteren al, hij liet weten dat hij achter een kamer in Käsmu aan zou gaan en dat hij zo snel mogelijk zou laten horen wat het resultaat was. Typisch Peeter. Hij publiceerde Bukowski-achtige boeken en krantenartikelen over zijn eigen leven, waardoor hij in heel Estland bekendstond om zijn drankgebruik en de zes kinderen die hij had, een voor Esten zeer ongebruikelijk aantal. Vanaf de geboorte nam hij ze onder het motto 'hoe moeten ze anders het leven leren kennen' mee naar het café of de bioscoop. Maar wanneer je hem nodig had stond Peeter voor je klaar, desnoods dronken, desnoods tijdens een van zijn legendarische ruzies met zijn ex, desnoods met pleisters op zijn bril omdat die net tijdens een val of een huiselijk handgemeen gebroken was.

Hij ging na of hij gisteren misschien verkeerd had gekeken toen hij uitzocht of Martins mail bewaard was gebleven. Dat was niet het geval. Hij ging ook de zeven vermeldingen weer langs, wat evenmin iets opleverde.

Nadat hij Internet Explorer had afgesloten zag hij aan een icoontje op het bureaublad dat je via dit beeldscherm ook de catalogus van de bibliotheek kon bekijken. Hij dubbelklikte erop en wist drie boeken met illustraties van Harald Moltke op te sporen. Dankzij een behulpzame bibliothecaris zat hij even later met twee van die boeken in zijn handen, het derde was uitgeleend. De bibliothecaris hielp hem een aantal pagina's in kleur te kopiëren en gaf hem ook een tip: een paar honderd meter verderop zat een antiquariaat waar hij een goede kans maakte een aantal van de boeken van zijn grootvader aan te treffen.

Hij verliet de bibliotheek, begaf zich naar het antiquariaat en hoefde alleen maar 'heeft u boeken van Harald Moltke?' te vragen. De boekhandelaar wist meteen over wie hij het had. Een kwartier later kwam hij naar buiten met een plastic zak waarin zowel *Grønland* uit 1906 zat, een coproductie met Mylius Erichsen, als *Livsresjen* uit 1936. Over vertalingen kon de boekhandelaar in zijn catalogi niets vinden.

Terug in de bibliotheek hield hij de plastic zak naar de bibliothecaris omhoog en stak zijn duim naar hem op. Daarna keek hij of er al nieuws van Peeter was. Dat was er. Het huis in Käsmu was de komende weken bezet. Toch had Peeter alvast voor een maand geboekt, niet voor nu maar voor over drieëntwintig dagen. Hij kon dan terecht in de twee kamers op de benedenverdieping waar Hannah en hij de eerste keer ook hadden gelogeerd. Was dat oké?

Great, Peeter, mailde hij terug. *Thanks a lot. Ik verheug me erop je te zien. Tot over drie weken, Ruben.*

Hij bleef op de camping, met Igor op schoot door de boeken en de kleurkopieën bladerend. Intrigerend. Bijzonder. Hij wilde zo snel mogelijk een woordenboek Deens-Nederlands bemachtigen, kon hij over gedurfde avonturen lezen.

's Avonds in bed sloeg zijn stemming om. Zoals hem vaker overkwam wrong zich een woord zijn hoofd binnen. 'Verrader.'

Hij zag een jongetje van vijf, een jongetje met grote oren. Even dacht hij dat het Martin was, maar hij was het zelf, aan de hand van zijn opa in Amersfoort, met wie hij voor het eerst naar de kapper ging, een echte herenkapper. Er werd van hem verwacht dat hij op een kruk met een metalen poot ging zitten die omhoog en omlaag gedraaid kon worden. Misschien werd hij zelfs vastgebonden op die kruk? De kapper knoopte in ieder geval een stuk papier om zijn hals dat hij ervoer als schuurpapier, daarna kreeg hij een cape omgegord waarover het papier naar beneden werd gevouwen. Vervolgens ging de kapper aan de slag met een tondeuse, een kast van een ding dat trilde tegen zijn hoofd en veel lawaai maakte.

De kleine Martin, zijn pogingen om aandacht te vangen. De totale desinteresse van Jesper.

Hoe hij zich ook inspande, hij kon niet terughalen waar zijn opa tijdens de kappersbehandeling zat, wat hij deed en hoe hij op de terugweg tegen hem praatte. Ze hielden elkaars hand vast terwijl ze liepen, dat was zeker. Of zat hij in het stoeltje voor op de fiets, was de kapper daarvoor ver genoeg van huis?

Hij hield zijn handen voor zijn gezicht en ademde zwaar door zijn neus. Terwijl de onderdeken zijn rug verhitte, slaagde hij erin een vlakte met geel zand voor zich te zien. Er werd in hun buurt een nieuwe straat aangelegd. De juffen van de kleuterschool gingen met hun klassen naar die tijdelijke zandbak toe. Zelf was hij op dat moment nog te klein voor de kleuterschool, maar zijn opa liet hem toch met de oudere kinderen in het zand spelen. Intussen stond opa zelf te kletsen met de juffen, die hij kende omdat hij bestuurslid van de openbare school was waar de kleuterschool bij hoorde.

Samen naar de sigarenboer. Hoe ging dat nou? Verder dan een gekregen zuurtje kwam hij niet.

Piggelmee, waarover zijn opa voorlas. Piggelmee, visje in de zee. En Kabouter Zwartvoet. Dat was geen klein rond mannetje maar een slungel, een engerd.

Mira het Elfje. Of was het zijn moeder die over Mira het Elfje voorlas?

Gedichten. Een lief wit wollig lammetje / lag midden in de wei / en at een boterhammetje / een boterham met ei.

Ach, zijn opa was geen man voor dergelijke nonsens.

Zijn asbak. Ja. Zijn asbak. Daar was iets mee. Maar wat? Zijn stoel, met de luidspreker van de radiodistributie ernaast, een gehuurde houten box.

Het was donker in de auto, maar het kostte hem geen enkele moeite om de kopieën voor zich te zien met het golvende, sierlijke noorderlicht waarvan Haralds weergaves ooit beschreven waren als *possibly the finest reproductions of auroras ever made.*

Verrader, dacht hij weer, dubbele verrader die je bent, toen hij onverwachts een duidelijke herinnering te pakken had.

Er waren verkiezingen in Nederland. Zijn opa hing een reproductie voor het raam van de voorkamer, zoals je posters toen nog noemde. Het was een witte met rood en blauw. Er stonden letters op: PvdA. Geen krulletters, geen sierlijk gegolf, het waren van die strakke, vette letters, want de PvdA, die was modern, de PvdA was vooruitstrevend.

Nadat de verkiezingen voorbij waren haalde zijn opa het plakband los en trok de reproductie voorzichtig van het raam. En toen kwam het. Toen gingen zij tweeën op de grond in de voorkamer zitten, in de mooie kamer waar je anders nooit mocht komen. Samen knipten ze de PvdA-poster in kleine stukjes. Zijn opa en hij zaten allebei op hun knieën, zo op het tapijt. Ze hadden een schaar en knipten rondjes, vierkantjes en ook driehoekjes. Die schikten ze op een ander stuk papier, een groot wit vel. Langzaam begon er een gezicht te verschijnen. Dat plakten ze samen vast. Ze hadden lijm in een tube. Het was heel moeilijk, de ogen moesten recht naast elkaar staan, de neus moest er in het midden onder. En de lijm mocht niet onder de stukjes papier uitkomen. Maar zijn opa wist precies hoe het moest. Hij wist hoe ze met hun vingertoppen de lijm moesten uitsmeren en op welke plaats ze de stukjes moesten neerleggen. Heel voorzichtig deden ze dat, de ogen en de neus mochten niet gaan schuiven. Daarna kwam de mond. En ze hadden oren gemaakt, mooie grote oren.

Zijn échte opa.

Op tweede kerstdag een paar jaar later, hij zat inmiddels op de lagere school, kwam zijn moeder 's morgens heel vroeg aan zijn bed om hem wakker te maken. Haar gezicht was betraand. 'Er is vannacht iets heel ergs gebeurd,' zei ze. 'Opa is gestorven.'

Hij moest opstaan en zich aankleden. Zijn moeder bracht hem naar een schoolvriendje. Daar bleef hij. De rest was diffuus. De gordijnen bij hem thuis waren dicht, dat wist hij nog. Het plein waar hij altijd speelde lag voor het huis, waarschijnlijk waren zijn vriendje en hij daar geweest en had hij de dichte gordijnen toen gezien. Hij wist ook nog dat hij 's nachts met het vriendje in een tweepersoonsbed lag en dat ze op het plafond plaatjes voorbij zagen komen, een aap en een vliegtuig.

Verder: blanco. Werd er door de ouders van zijn vriendje gepraat over dat wat er met zijn opa was gebeurd? Vroeg hij ernaar? Hij had geen idee.

Na een week mocht hij naar huis. Jaren later had hij begrepen dat zijn opa gecremeerd was. Dat gebeurde niet in Amersfoort maar in Dieren bij Arnhem, cremeren was in Amersfoort nog niet mogelijk. Begraven was christelijk, daar was zijn opa tegen.

Hij kwam dus thuis. En toen? Hij wist het niet. Echt niet. Totale leegte in zijn hoofd. Waren de spullen van zijn opa verdwenen? Mensen hadden in die tijd niet zoveel spullen, dus zijn opa ook niet. Zijn kleren, had zijn moeder die weggegeven aan andere mensen?

Misschien dat hij hierom aan de asbak had moeten denken. Zo'n asbak behoorde tot de voorwerpen die in huis bleven, terwijl ze toch van opa waren geweest, net als zijn stoel en de luidspreker van de radiodistributie. En zijn boekenkastje. Later was hij alle boeken die erin stonden gaan lezen. Drie boeken van oorlogsverslaggever Ernie Pyle. En een boek met de titel *Manta*.

Zeven jaar was hij. De kerstvakantie was voorbij. Hij moest weer naar school. Thuis was alles nog met opa verbonden. Miste hij hem? Dacht hij de hele tijd aan opa? Je kwam de kamer binnen en je zag meteen zijn stoel. Je ging de schuur in en daar stond zijn werkbank. En als je aan tafel zat te eten was er een stoel leeg. Zelfs het aantal gehaktballen dat vanuit de keuken op een bord werd binnengedragen was anders geworden.

Nog een paar keer had hij hem zien lopen. Hij liep weg, in de richting van de slager, de kapper, de sigarenboer. Eén keer was hij achter hem aangerend. 'Opa, óóópa!'

DE VOLGENDE OCHTEND kwam in het toiletgebouw van de camping onverwacht een nieuwe herinnering boven. Als zijn opa naar de wc ging om te plassen, dan wás me het toch een straal die hij produceerde. Niet dat hij met hem mee mocht de wc in, dat niet, maar hij hoorde het altijd wel en hield dan zijn oren gespitst. Zijn opa leek wel een paard, geweldig. Later wilde hij ook zo kunnen plassen.

Met een glimlach om zijn lippen liep hij naar de auto terug. Prostaatklachten had zijn opa niet gehad. Hij was tweeënzeventig geworden. Waardoor hij was getroffen wist hij niet, het zou wel een hartinfarct zijn geweest.

De ochtendlucht prikkelde. Het was koud, maar vrijwel onbewolkt. In feite, het was voor het eerst dat hij dit inzag, was het nog steeds zijn Amersfoortse opa naar wie hij altijd op zoek was, echt altijd en overal, waar hij zich ook bevond, wat hij ook deed. Zijn opa uit Amersfoort was degene geweest die zijn creativiteit op gang had gebracht, niet Harald Moltke. Achteraf gezien was zelfs het natekenen van de ansichtkaarten een poging geweest om zijn échte opa terug te halen, want als hij destijds ingespannen over zijn bureautje gebogen aan zijn Deense grootvader dacht, dan was het altijd de Amersfoortse opa die hij voor zich zag of probeerde voor zich te zien. Zijn woede over het weggooien van Haralds originele kunstwerken door Jesper, die op onverwachte momenten kon opspelen, was hiermee verbonden. Had hij als klein jongetje eindelijk een vader gehad, want dat was zijn opa voor hem geweest, zijn opa en niemand anders was zijn ware vader, werd hij op een nacht van hem afgepakt. Afgepakt, afgedankt, weggedaan. Zoiets accepteerde hij geen tweede keer.

De meeste keuzes die hij tijdens zijn leven had gemaakt, hadden met het missen van zijn Nederlandse opa te maken, zelfs wanneer het keuzes met volstrekt andere motieven leken. Waarom was hij drie jaar in de Bourgogne gebleven? Omdat hij in de Bourgogne onder de hoede van Philippe, die vijftien jaar ouder was, leerde om belangrijke taken uit te voeren, net zoals zijn opa hem had geleerd om te timmeren, zijn schoenveters te strikken en op onderzoek uit te gaan. De tochten voor op de statige zwarte herenfiets, dát waren pas ontdekkingsreizen. Nog weer later zat het hem in de keuze van de onderwerpen van zijn films. Hij liet een oude, gelouterde kapitein verhalen vertellen die zo uit de boeken van Ernie Pyle konden komen, een duidelijker voorbeeld was er niet. Maar het gold ook op een subtieler niveau, niet voor niets speelden hun films zich voor het grootste deel in voormalig communistische landen af. Dat had weinig met het communisme te maken, het communisme ging zijn opa veel te ver, het had vooral met het sobere bestaan in die landen te maken, dezelfde soberheid als die uit de tijd dat zijn opa en hij als een tweeling optrokken. Van mening zijn dat in een Andalusisch dorpje als Periana het leven werd geleefd zoals het geleefd moest worden was opazucht, in de nabijheid van ezeltjes met vredesoren willen verkeren was opazucht, met een man als Toine mee naar huis gaan was opazucht, een pastorale rust in een stad als Ribe ontwaren was opazucht, naar de bossen van Käsmu terug willen was opazucht, Igor meenemen op reis was opazucht, zelfs dat hij zoveel meer naar Hannah verlangde dan hij had verwacht was opazucht. Waar hij zich ook bevond, wat hij ook deed, onbewust deed hij er alles aan om in zijn opa's geruststellende aanwezigheid terug te keren, om weer iets te ervaren van de totale eenheid die zij tweeën hadden gevormd. Na Veghel was gekoppeld-zijn zijn natuurlijke habitat geworden, anders dan hij had verondersteld was de behoefte aan alleen-zijn die in het klooster was gekweekt er al snel door overvleugeld.

GEEN OMTREKKENDE BEWEGINGEN meer. Volkomen overtuigd van de juistheid van zijn beslissing reed hij het centrum van Kopenhagen in. Het was nu of nooit, hij ging niet naar Käsmu voor hij Martin had ontmoet. Hij had ruim de tijd, meer dan twintig dagen, in alle rust kon hij de details van een strategie ontwikkelen.

Hij parkeerde de auto in een wijk die van het centrum werd gescheiden door een brede zeearm en zette zijn eerste stappen in de stad sinds twintig jaar. Fase één van zijn actieplan was ingegaan: vertrouwd raken met de huidige stad.

Hij dwaalde door de wijk. Af en toe viel er een bui en moest hij tegen een gerestaureerde gevel aangedrukt schuilen. Kopenhagen kwam op hem over als een mix tus-

sen Stockholm en Amsterdam, met een iets vrijer levens-
gevoel dan in Stockholm maar zonder het losse, het onaffe
van zijn eigen stad. Architectonisch was het hier allemaal
weer Deens-verantwoord, met als hoogtepunt de Konink-
lijke Bibliotheek, die hij was gepasseerd bij het binnenkomen van de stad, een imposant staaltje van integratie van
oude en nieuwe vormgeving. De inwoners van Kopenhagen zagen er ook ge*designed* uit, zowel de mannen als de
vrouwen. Vrij veel van hen verplaatsten zich per fiets, al
had je het dan niet over de mottige stadsfietsen waaraan je
als Amsterdammer gewend was. Hij lette vooral op de jongere mannen, het zou kunnen dat Martin hem passeerde
zonder dat ze het allebei wisten.

Hij slenterde verder. Af en toe kon hij een blik werpen
op een pittoreske, zorgvuldig van storende elementen ont-
dane binnenplaats. Nergens zag hij bouwputten of opge-
broken straten. Op het aanbrengen van graffiti stond
hoogstwaarschijnlijk de doodstraf. Pas op het moment dat
hij de Wilders Plads passeerde viel hem op dat hij ook de
mensensoort die in Nederland 'allochtoon' werd genoemd niet ontwaarde. De Denen waren de eerste Europeanen die strenge immigratiewetten hadden ingevoerd.
Als gevolg van de architectonische monumentaliteit kreeg
je de indruk dat je je in een wereldstad bevond, maar door
het ontbreken van inwoners met een afwijkende huids-
kleur vond hij het hier bijzonder provinciaal.

In gedachten was hij net in discussie met Jesper, die beweerde dat landen die veel immigranten hadden opgenomen het risico liepen als dank voor hun gastvrijheid met
een terroristische aanslag te maken te krijgen, toen hij op
een pleintje te midden van kapotte flessen en weggesme-
ten blikjes een stel dronken of misschien verslaafde Aziaten zag zitten. Zo zo, dat viel weer mee.

Hij bleef een paar minuten naar de Aziaten kijken. Daarna bestudeerde hij het hoofdkwartier van een bank, een kolos met een logo dat hem aan een keten van visrestaurants deed denken. Het kon niet op met de prestigieuze hoogstandjes. Economische crisis of niet; hier in Kopenhagen was alles net op tijd klaar. Wanneer je over een jaar of honderd een overzicht zou maken van de Deense cultuuruitingen van deze periode, zou dat overzicht vermoedelijk vooral over de bouwkunst gaan.

Hij voelde aan de deur van een kerk, maar die was gesloten. Hij liep eromheen en kwam bij een dubbele deur die wel openstond. In een half-onderaardse, met kleine lampjes verlichte ruimte zag hij een groot aantal stenen doodskisten boven de grond staan. Hij ging naar binnen en daalde een trap af. Het rook hier vreemd, wat hem gezien de opstelling niet verwonderde. Er waren ook lijken onder de vloer begraven, zelfs recent nog, dat kon hij afleiden uit teksten die in de stenen vloertegels waren gegraveerd. Er stonden minuscule bosjes bloemen op, ruimte voor grotere boeketten was er niet. Lekker goedkoop zo voor de familie, daar hielden ze van in dit land. De teraardebestelling van Jesper had nog geen derde gekost van het honorarium van de advocaat die de verdeling van zijn aardse goederen op zich had genomen en die er uiteindelijk in was geslaagd de meeste van Jespers zaakjes op te lossen. Zowel Marianne, Martin als hij hadden het geweldige bedrag van omgerekend negenhonderd euro gekregen.

Terwijl hij de crypte verliet gaf hij zichzelf een compliment. Hij had anders om zich heen gekeken dan toen in de buurt van Cabo de Gata die doodskist in zijn blikveld kwam. Daar had hij zijn best niet voor gedaan, het ging vanzelf.

Terug in de auto trakteerde hij Igor op een handvol brokken terwijl het er helemaal geen tijd voor was. Zelf nam hij ook een deel van de etensvoorraad die hem restte en reed daarna de brug naar het centrum over. Hij parkeerde in de buurt van de Nationale Bank, gooide een handvol munten in de automaat en ging toch weer binnen zitten. Het regende. Wat nu? Het was zijn eerste dag in Kopenhagen en hij wist het even niet meer. Hoe kwam hij achter het adres of het telefoonnummer van Martin?

Hij gaf Igor meer voer en at en dronk op het matras achter in de auto zelf ook weer iets. Intussen schoof hij een cd van Khaled in de cd-speler en zette het volume hoog. Het was te koud en te nat om het raam open te zetten, waarschijnlijk hoorde je het buiten nauwelijks, maar toch had hij het gevoel dat hij de Denen hiermee kon treiteren.

Hij zette de muziek harder en zong in het Frans mee over de mooie Aïsha die langs hem heen liep en hem niet wilde zien. Intussen kwamen er Deense jonge vrouwen en ook mannen voorbij die gehuld in inventieve plastic lappen met hun kinderen aan het zeulen waren. Het mocht dan allemaal zo geweldig geregeld zijn met de kinderopvang in dit land, het gesjouw bleef. Behalve Martin zou Marianne er ook tussen kunnen lopen, op haar leeftijd kon je nog net kinderen in de wegbreng-ophaalleeftijd hebben.

Het was vijf uur geweest. Eerst moest hij maar eens naar een slaapplaats op zoek, iets urgenters kon hij op dit moment niet bedenken. Uit symbooltjes op de plattegrond van Kopenhagen in zijn Europese kaartenboek maakte hij op dat er verschillende campings in de omgeving waren. Het liefst zat hij dicht bij de stad, maar niet er middenin. Een van de campings lag aan zee. Hij hoefde alleen maar de rondweg die om het centrum liep in noordelijke richting te volgen en dan de afslag richting Helsingør te nemen, zodat hij op een kustweg kwam die door verschillende plaatsjes voerde. Rungsted Kyst, waar Jesper had gewoond, lag ook aan die kustweg.

Hij bestudeerde de kaart tot hij de route uit zijn hoofd

kende en reed de O2 op, de binnenste rondweg. Zelfs op dit uur van de dag waren er geen noemenswaardige files. Al snel had hij de zee aan zijn rechterhand.

De camping, net voorbij een plaats met de naam Hellerup, was makkelijk te vinden. Hij lag rechtstreeks aan het strand, dat uit glooiende grasvelden en een smalle zandstrook bestond. De camping zelf bevond zich in een oud fort dat *Charlottenlundfort* heette, het toiletgebouw zat in een met gras overdekte bunker. Hij zag maar één andere kampeerder op het terrein, een Deen die een partytent had opgezet en daar zijn jeep onder had gereden. Toch kreeg hij een genummerde standplaats toegewezen die was afgebakend met witte steentjes. Hij keek er op vier ijzeren kanonnen uit die volgens het opschrift uit 1912 dateerden, verroeste gevaartes die hun loop op de zee richtten. Een eind verderop in het fort stonden nog tweemaal vier kanonnen.

Hij sliep onrustig. Een beer zat hem op de hielen. Toen hij aan het beest ontsnapte door wakker te worden, begreep hij dat het grommen van de beer zijn eigen gesnurk was geweest.

NADAT HIJ IN de bunker een ochtenddouche had genomen liep hij naar de receptie om te vragen naar de dichtstbijzijnde mogelijkheid om te internetten. Toen hij uit Nederland vertrok had hij gedacht dat hij het best vier maanden zonder elektronische communicatiemogelijkheden kon stellen, maar zodra je iets wilde weten of bereiken bleek dat in je nadeel te werken.

De beheerder verwees hem naar de openbare bibliotheek van Hellerup, die op loopafstand was, langs de kustweg terug in de richting van Kopenhagen, even voorbij een winkelcentrum en een park waarin een mooie witte villa stond. Hij volgde de aanwijzingen op en bereikte de bibliotheek, een strak nieuw gebouw waarin het prettig toeven was, er stonden comfortabele, met blauwgrijze stof beklede stoelen en banken. De internetcomputers hadden net als in Århus platte beeldschermen. Ze werkten feilloos en het gebruik kostte niets.

Voor de zoveelste keer vroeg hij zich af of de Denen wel voldoende beseften hoe uitzonderlijk het was dat ze in een periode van politieke stabiliteit zaten, een stabiliteit die pas tot stand was gekomen na eeuwen van verfijning en aanscherping van wetten en regels. Geleidelijk was een samenleving geschapen (geschapen, niet ontstaan) die naar rechtvaardigheid voor haar burgers neigde, hoewel je nooit helemaal zeker wist in hoeverre het zuiver om rechtvaardigheid ging of dat de rechtvaardigheid die je als mens probeerde te bereiken jouw persoonlijke belang diende of het belang van de groep waartoe je jezelf rekende. Maar ook daarover beslisten in een democratie allerlei mensen samen, zodat in een land als dit in ieder geval een mate van rechtvaardigheid was bereikt die gezien de situatie in de rest van de wereld het hoogst haalbare was in deze fase van de menselijke geschiedenis.

In het landelijke elektronische telefoonboek zocht hij naar Martin Moltke, Marianne Moltke en Karen Moltke. Martin had vast alleen een mobieltje, zijn naam stond in ieder geval niet tussen het relatief kleine aantal Moltkes. Karen kon hij ook niet vinden, wel iemand die Marianne Moltke heette. Per ongeluk floot hij hardop. Dit begon goed. Hij haalde zijn mobieltje uit zijn broekzak en voegde het nummer toe aan zijn nummerlijst, die bestond uit het mobiele en het vaste nummer van Hannah in New York.

Hij liep terug naar Charlottenlundfort. In het voorbijgaan haalde hij in het winkelcentrum een tas vol eten en drank. Terwijl hij er terug bij Igor op aanviel, probeerde hij zo min mogelijk geëmotioneerd te zijn, dat kon hij zich niet veroorloven op dit moment. Voor het eerst van zijn leven had hij de kans zijn halfzus te ontmoeten. Ongetwijfeld zou hij via haar ook met Martin in contact kunnen komen.

Hij leegde een glas supermarktwijn en pakte zijn mobieltje. In gedachten hoorde hij Hannah praten. 'Blijf rustig Ruben, nog niet meteen bellen, eerst bepalen wat je gaat zeggen. En is dit wel het goede tijdstip? Waarschijnlijk werkt ze, dan is ze helemaal niet thuis. Vanavond is echt beter, zo rond halfacht. Ik dacht dat je geen haast had? Ga eerst iets anders doen, kun je je geestelijk voorbereiden.'

Met het toestel in de hand liep hij het terrein af en wandelde een stuk langs de zee. Er stond een stevige wind. Toch was er nauwelijks golfslag. Onder het wateroppervlak wiegden kleine kwallen heen en weer.

Terug in het fort maakte hij de auto rijklaar en zocht op de kaart waar Rungsted Kyst lag. Iets te snel accelererend verliet hij zijn territorium tussen de witte steentjes en liet met de plastic pas die hij bij zijn inschrijving had gekregen de slagboom van het fort omhoog gaan. Hij reed in noordelijke richting langs de kust, langs oude en nieuwe vrijstaande huizen die in ruime tuinen stonden en uitkeken op glooiende grasvelden met daarachter het strand en de zee. Af en toe stond er een appartementencomplex tussen waarin het vast ook niet gratis wonen zou zijn. Alle huizen en tuinen waren smaakvol, alsof er van de rijkaards in Denemarken niet één ordinair was.

Hij maakte kleine fouten in het verkeer. Tweemaal kwam er een schrapend geluid uit de versnellingsbak. Iemand claxonneerde toen hij iets deed wat niet helemaal volgens het boekje was, alsof die persoon niet kon zien dat hij met een buitenlandse auto te maken had. Later toeterde het een of andere wijf ongeduldig omdat ze door zijn schuld een halve seconde niet kon optrekken. Hij bleef het een rotland en een rotvolk vinden.

Voorbij een landgoed waar volgens borden de schrijfster Karen Blixen had gewoond, zag hij een jachthaven en daarna een straat die haaks op de kust naar links voerde. Bij een benzinepomp vroeg hij de weg naar *Hulsøvang*, de straatnaam die hij uit zijn hoofd kende omdat hij hem in brieven van de advocaat en op de boedelbeschrijving zo vaak was tegengekomen. De pompbediende wees hem de haakse straat in. Na een paar honderd meter moest hij de tweede weg naar rechts nemen.

De Hulsøvang was een vrij brede, iets aflopende straat waaraan bungalows stonden met luxe auto's ervoor. Toen hij hier eind jaren tachtig was, had hij zoveel aan zijn hoofd dat hij niet goed om zich heen had gekeken. Bovendien was het toen donker.

Het huis, op nummer 15, was een relatief bescheiden bungalow van rode baksteen. De garage was aan de rechterkant. Daarnaast, meer naar het midden van het huis, was een deur met een raam ernaast tot op de grond. Dat moest het raam zijn geweest waardoorheen hij het silhouet van Martin had gezien.

Hij keerde en reed opnieuw langs het huis. Er stond een zilvergrijze Audi voor. Binnen brandden schemerlampjes. Zouden de mensen die er nu woonden wel weten dat iemand zich had opgehangen in hun garage? Het was een nog onbenulliger plek dan hij zich herinnerde, hij had zich de garage al die tijd grootser voorgesteld.

Hij reed een derde keer langs het huis. Het regende met fijne druppels. Hij voelde zich moe, deze onderneming was zwaarder dan hij had verwacht.

Hij reed de Hulsøvang weer uit en sloeg af in de richting van de zee. Op het terrein van de jachthaven van Rungsted parkeerde hij. Er lagen een paar zeilboten in het water, maar de meeste stonden nog op het droge onder dekzeilen. In deze jachthaven had ook Jesper zijn zeilboot ondergebracht, hier wandelde hij met zijn zwart-witte mopshond naartoe, hing in zeiljack de stoere bink uit of maakte ruzie met de havenmeester omdat hij het allemaal beter wist. Of omdat hij zijn liggeld niet op tijd had betaald, vooral dat. Op het moment dat het grote opsnijden definitief onmogelijk was geworden ging het kolken in zijn hoofd. Toch weigerde hij de auto, de boot en het huis te verkopen, terwijl hij dan een veel zorgelozer leven had kunnen hebben.

Er kwam een uitspraak van Peter Singer boven die Hannah een keer had voorgelezen. Peter Singer, die hem verder vaak irriteerde, stelde in een interview de volgende retorische vraag: Wat wil je nou aan het eind van je leven kunnen zeggen? Dat je zoveel geld hebt verdiend dat je er een dure auto en een groot huis van hebt kunnen aanschaffen? Of wil je aan het eind van je leven iets heel anders kunnen zeggen, namelijk dat je je best hebt gedaan om een paar medemensen een iets prettiger bestaan te laten leiden?

Door de stromende regen reed hij terug naar het fort. De rest van de middag bracht hij slapend, etend en Igor strelend door. Om precies 19.30 uur liet hij Mariannes nummer op de display van zijn telefoon verschijnen en drukte met zijn duim op het knopje met de groene hoorn.

De telefoon werd aangenomen. Hij hoorde een vrouwenstem. 'Spreek ik met Marianne?' vroeg hij in het Engels.

'Ja, en wie ben jij?'

'*Hi* Marianne, dit is Ruben uit Nederland. Ik weet niet of je weet wie ik ben?'

'*Hey* Ruben,' antwoordde ze. Het klonk neutraal. 'Natuurlijk weet ik wie je bent. Waar zit je, ben je soms in de buurt?'

Heet als vuur werd hij. Zijn hart bonsde terwijl hij uit-stootte dat hij in Kopenhagen zat en graag met haar wilde afspreken.

'Zondagmiddag?' stelde ze voor. 'Waar logeer je, in welk hotel?'

Ze klonk nog steeds niet verbaasd toen hij antwoordde dat hij in Charlottenlundfort verbleef. Wel kwam er ge-kraak uit het toestel. De verbinding was slecht, dat kreeg je met zo'n prepaid toestel. 'Zondag ben ik om drie uur bij je,' riep Marianne hem toe. 'Ik woon in Vedbæk, dat is vlakbij. Ik kom met de trein.'

Vedbæk, dat was inderdaad niet ver, op zijn tocht naar Rungsted Kyst was hij er zowel op de heen- als de terug-weg doorheen gekomen. Het was een kleine plaats aan zee, zo'n dorp voor de happy few. Hij zou haar makkelijk met de auto kunnen ophalen, maar waarschijnlijk was dat niet de bedoeling, dan zou hij, als hij er eenmaal was, immers net zo goed bij haar thuis kunnen blijven.

Ach, hij vond het best zo, dacht hij terwijl ze nog iets riep over de treinverbinding. Het was nu vrijdag, dat wist hij ze-ker, hij had het op het computerscherm in de bibliotheek gezien. Morgenmiddag sloeg hij wel wat etenswaren voor Mariannes bezoek in, de supermarkt in Hellerup was heel aardig voorzien.

'Ik stuur je een sms zodra ik bij de ingang van het fort sta,' klonk het tussen het gekraak door. 'Ik zie je nummer staan op mijn display.'

'Ik zou Martin ook graag ontmoeten,' zei hij.

'Ik kan je niet verstaan!'

'Martin. Ik wil Martin graag ontmoeten. Onze half-broer.'

'Martin? Die zie ik nooit, alleen als ik hem toevallig te-genkom. Ik zou niet weten hoe ik hem moest bereiken.'

'Via zijn moeder misschien, via Karen?'

'Karen? Sorry, ik heb het druk, ik moet naar vrienden.'

De verbinding werd verbroken. Verdwaasd keek hij naar zijn toestel. Dus Marianne zag Martin bijna nooit, alleen als ze hem toevallig tegenkwam. Was dat genoeg reden om hem niet te kunnen bereiken? Zo moeilijk kon het voor haar toch niet zijn om Martins e-mailadres of zijn telefoonnummer te achterhalen?

DE ZATERDAG WAS moeilijk door te komen. Hij had naar de stad willen gaan, naar Kopenhagen, om musea met werk van Harald Moltke te bezoeken, maar hij kon het niet opbrengen, hij was te gespannen. Wel sloeg hij in de supermarkt een doos boodschappen voor het bezoek van Marianne in.

Op zondagmiddag om halfdrie borstelde hij Igor, veegde de vloer van de cabine aan en zette de etenswaren klaar. Misschien konden Marianne en hij straks in de geopende schuifdeur zitten, het was niet al te koud. Hij vouwde zijn jas tot een zacht kussentje. Als Marianne wilde, kon hij de rode wollen deken over haar schouders en rug draperen.

Om halfvier was ze er nog niet. Igor zat aan zijn riem in het gras en had zowaar een muizenhol ontdekt, waarnaar hij onafgebroken zat te staren. Hij deed denken aan een kleine rechtsgeleerde in glanzend zwarte toga, geen haartje van zijn bef zat verkeerd.

Ruben sneed een honingmeloen in parten. Was het nog te vroeg voor een borrel of kon hij de drank al tevoorschijn halen? Hij had ook wijn, misschien was dat geschikter. Of zou hij proberen op het campinggasje een lekkere warme soep te maken?

Om vier uur belegde hij broodjes met gerookte zalm en verse geitenkaas. Samen met twee servetten schikte hij ze op het porseleinen bord dat hij sinds gisteren bezat, speciaal voor Marianne had hij het aangeschaft in een zaak naast de supermarkt, zijn eigen bord was van kunststof. Hij had trek, door de zenuwen was de lunch erbij ingeschoten.

Om halfvijf nam hij een broodje zalm. Waar bleef ze nou?

Het werd kwart voor vijf. Hij at een broodje geitenkaas. Zijn telefoon lag binnen handbereik, maar een sms bleef uit. Stond ze al een hele tijd bij de ingang van het fort en kon ze hem niet vinden? Behalve de jeep onder de partytent waren er nog steeds geen andere campinggasten, ze hoefde alleen maar om de slagboom heen te lopen of ze zag zijn auto al staan.

Om tien voor vijf belde hij haar nummer. Er werd niet opgepakt. Behalve een vast nummer had ze ongetwijfeld ook een mobiele telefoon, ontzettend stom dat hij tijdens hun gesprekje dat nummer niet had gevraagd.

Na een paar minuten belde hij weer. Geen gehoor. Hij zou natuurlijk naar Vedbæk kunnen rijden om haar te gaan zoeken.

Hij begon het overgebleven voedsel op te bergen en probeerde de kreukels uit zijn jas te krijgen. Hij twijfelde of hij Igor in het fort zou laten. Als hij de riem stevig aan een boom vastbond, kon hij zich blijven vermaken met het muizenhol. Aan de andere kant: stel dat Igor ontsnapte of dat iemand hem meenam, hij moest er niet aan denken. Hij kon niet zonder zijn kat, zeker niet in deze zenuwslopende tijden.

Hij pakte Igor van het gras op, maakte de mand rijklaar en startte de auto. Al na een kwartier rijden was hij in het centrum van Vedbæk, waar hij een telefooncel zocht, het zou hem niet verbazen als het allemaal met zijn goedkope toestelletje te maken had.

Er was een telefooncel en die was niet defect. Het apparaat accepteerde zelfs munten. Hij haalde wat losse kronen uit zijn portemonnee en toetste zorgvuldig Mariannes nummer in.

Er werd weer niet opgenomen. Haar voicemail stond nu wel aan, ze moest dus thuis zijn geweest. Hij sprak in waar hij was, en dat hij van plan was naar de jachthaven van Vedbæk te gaan. 'Misschien is er een jachtclub, kunnen we elkaar daar ontmoeten.'

Aan het strand zag hij inderdaad een gebouw dat hem een jachtclub leek. Hij wachtte een kwartier om Marianne de tijd te geven en ging naar binnen. Niemand zwaaide of wenkte naar hem. Mismoedig ging hij aan een tafeltje zitten en bestelde bier. Nadat hij het glas zo langzaam mogelijk had geleegd ging hij weer naar buiten. Op een afstand van ongeveer vijftig meter zag hij een vrouw met een fiets aan de hand staan. Ze droeg een zonnebril met groene glazen. Haar bruine haren waren kort geknipt. Bewegingsloos stond ze naar hem te kijken, met een gezichtsuitdrukking alsof ze wilde zeggen: nou nou, ben je daar eindelijk? Heb je dan toch de moeite genomen om naar me toe te komen?

Aan een kleine beweging van haar kin, die ze iets omhoog liet gaan, zag hij dat ze het inderdaad moest zijn. Ze bleef wachten tot hij bij haar was. Het moedigde hem niet aan om haar te omhelzen, daarom begroette hij haar met een handdruk. Ze droeg vingerhandschoenen, deed geen moeite ze uit te trekken. Voor de zekerheid zei hij zijn naam: 'Ruben Wildschut.'

'Marianne Moltke.' Ze leek niet verlegen of nerveus, eerder op haar hoede. Op een schrale manier was ze slank. Over haar gezicht liepen lijnen, vooral rond haar lippen. Vanaf de mondhoeken naar beneden had ze plooien. In het linkerglas van haar zonnebril zat een barst.

Ze hadden nog geen twintig meter samen in de richting van de jachtclub afgelegd of ze had al tweemaal *fuck* gezegd. 'Die *fucking* trein reed niet, er werd aan het spoor gewerkt. Ik heb de pest aan zo'n *fucking* bus.'

Ze wilden de jachtclub binnengaan, toen hij bedacht dat hij daarnet, toen hij een biertje had gedronken, had gezien dat er als gevolg van de inkopen van gisteren alleen nog wat kleingeld in zijn portemonnee zat, waarschijnlijk niet genoeg om voor twee personen een maaltijd te kunnen betalen, de jachtclub was niet goedkoop. 'Dat is waar ook,' zei hij, 'ik heb weinig geld meer.'

Mariannes gezicht vertrok van afschuw. Ondanks dat hij haar ogen niet kon zien, zag hij haar denken: ach, zo eentje is het, hij zit op zwart zaad, had ik het niet gedacht, het is zo'n gast die altijd door zijn centen heen is, bah.

Het woord minachting past het beste bij haar, dacht hij. Met het woord 'minachtend' viel deze vrouw het beste te typeren. Ze had de neiging een ander te minachten en die neiging had zich als het ware vastgezet in haar gezicht.

'Is er hier een bank met een automaat in de buurt? Dan haal ik even geld,' zei hij. 'Of laten we anders eerst naar mijn auto lopen, dan drinken we daar iets, kun je meteen zien hoe ik leef op het moment. Ik heb een grappige reisgenoot bij me.'

Dat vond ze ook best, dus ze liepen naar de auto, zij nog steeds met haar fiets aan de hand. Het was een sportieve met een licht frame, waarop ze makkelijk naar Charlottenlundfort had kunnen rijden. Terwijl hij de zijdeur van de auto openschoof zei hij: 'Ik heb wijn gekocht, heb je zin in rode of in witte wijn?'

'Van wijn krijg ik een dikke kop. Geef mij maar cola light.' Ze zette de fiets tegen een boom en keek vluchtig in de auto toen hij liet zien hoe hij zijn kameraad had vastgezet aan het stelsel van riemen, hoe die kameraad op dit moment op de bagagekist lag te slapen en waarschijnlijk over het vangen van een muis lag te dromen, hoe hij zelf 's avonds zijn bed uitklapte waarna Igor, zo heette hij – ach, hij liet een verdere uitleg maar zitten.

Hij maakte de kast open en schonk granaatappelsap in het elegante glas dat hij naast het bord voor Mariannes bezoek had aangeschaft. Nadat hij haar het glas had aangereikt – ze trok haar handschoenen nog steeds niet uit – nam ze nukkig een heel klein slokje. Om maar iets te zeggen wees hij naar een bescheiden appartementengebouw dat vanaf deze plek te zien was en vroeg: 'Woon je in zoiets?'

Nee,' zei ze fel. 'Ik huur een huisje bij iemand in de tuin. Maar ik heb mijn advocaat erop gezet, de vent bij wie ik woon probeert me eruit te krijgen.'

Ze praatten nog wat. Dat wil zeggen: hij vroeg, zij antwoordde. Hij moest zijn uiterste best doen het gesprek gaande te houden. Dat ze toen hij de eerste keer belde geen tijd meer had omdat ze naar vrienden moest werd steeds minder plausibel, Marianne behoorde tot het slag mensen met wie zelfs de warmhartigsten het op een zeker moment opgaven.

'Ben je getrouwd?'

'Tweemaal gescheiden. De laatste is dood, geloof ik. Hij zoop.'

'En heb je kinderen gekregen?'

'Een zoon, van de eerste. Maar hij woont al zelfstandig.'

Stroperig ging de conversatie voort. Zij stond erbij als een man, wijdbeens, in een donkere broek en lage zwarte schoenen. Haar armen zette ze afwisselend in de zij of ze hield ze over elkaar geslagen. Ieder moment zou ze met haar gehandschoende handen een sigaret kunnen opsteken, ze had een rokershuid.

'En jij? Zeker bakken met geld verdiend, gezien je fenomenale vehikel?'

'Samen met mijn vrouw maak ik documentaires.'

Haar reactie was een snuif. Ze vroeg niet waar die vrouw nu was, noch naar de reden van zijn verblijf in haar land, noch naar eventuele nakomelingen. Ze lijkt op haar vader, begreep hij terwijl ze zich aan het opwinden was over haar mobiele telefoon, waarmee ze hem wel tien sms'jes had gestuurd toen de trein niet bleek te gaan. Het kon natuurlijk ook aan de zijne liggen dat hij niets had ontvangen, ze vond het bespottelijk dat hij een prepaid toestel gebruikte. 'Wat heb jij je zaakjes slecht voor elkaar, zeg. Dit is de eerste reis die je maakt?'

Nu maar over Martin beginnen, dacht hij, Marianne was tenslotte de enige die hem verder kon helpen. Probeer je stem achteloos te laten klinken. 'Nog eventjes iets over Martin,' zei hij. Het kwam er nogal stijf uit. 'Ik heb hem eenmaal gezien, toen hij nog maar vijf was. Ik vermoed dat hij het niet gemakkelijk heeft gehad na Jespers dood.'

'Hoezo heb jij Martin gezien?'

'Rond mijn dertigste heb ik Jesper en Karen een keer opgezocht. Ze woonden toen in Rungsted Kyst. Weet je dat dan niet? Ik heb ze ook nog gevraagd hoe het met jou ging.'

Ze schudde haar hoofd en keek alsof het haar een onzinverhaal leek. 'Ik heb altijd wel geweten dat je bestond, dat heeft mijn moeder me verteld toen ik nog heel jong was. Maar dat je een keer bij Karen en Jesper op bezoek bent geweest, nee.'

'Leeft je moeder nog?' vroeg hij onverhoeds. Als haar moeder Marianne over zijn bestaan had verteld, dan moest ze een behoorlijk bijzondere vrouw zijn. Tenslotte was zijn eigen moeder haar concurrente. Misschien kon hij via Mariannes moeder achter de verblijfplaats van Martin komen.

'Hoezo dat?'

Hij moest directer zijn. 'Als je moeder nog leeft, zou ik graag haar adres of telefoonnummer hebben. Of kun je me vertellen waar Karen op het moment woont? Ik kon haar naam niet vinden in het telefoonboek. Het is heel belangrijk voor mij om Martin te spreken.'

Marianne antwoordde met een lange uitweiding, waaruit hij destilleerde dat haar moeder inderdaad nog leefde, maar niet te bereiken viel. Na de scheiding van Jesper had ze haar meisjesnaam weer aangenomen. Karen, tja, die werkte op de universiteit van Kopenhagen en had daar een vent ontmoet, een saaie zak met veel geld die altijd over vogels zat te ouwehoeren. Maar echt, Marianne had géén idee hoe ze Karen moest bereiken.

Sommige mensen gunden anderen hun geluk niet. Er bestond een nog zeldzamere soort die het nodig vond dat vermeende geluk actief te dwarsbomen.

Kort praatten ze over Jesper. Jarenlang had ze meer geld verdiend dan hij, vertelde Marianne met onverholen trots. Nu ging het even wat minder, ze had problemen met de belastingdienst, maar háár zoon was naar particuliere scholen geweest en Martin, die even oud was, naar openbare. Dat Jesper zelfmoord had gepleegd was volgens haar nogal logisch. Wie zou dat niet doen wanneer zijn echtgenote *was fucking around*? Die kerel van haar, die oubollige vogeltjesprofessor, *fuckte* Karen tijdens Jespers laatste jaren natuurlijk allang, zo was ze nu eenmaal. Tenslotte had ze Jesper ook van haar moeder afgetroggeld.

In een laatste poging haar hart te bereiken vertelde hij dat hij als kind met zijn verjaardag altijd cadeaus van Jesper toegestuurd had gekregen.

'Jij kreeg cadeautjes van hem? Laat me niet lachen! Die kocht mijn moeder, denk je nou echt dat hij jou ooit zelf iets heeft gestuurd?' Ze strekte haar arm en liet een grote vierkante wijzerplaat onder de mouw van haar jas vandaan komen. 'Ik weet niet wat voor plannen jij hebt, maar ik moet over tien minuten thuis zijn.'

Ze gaven elkaar weer een hand. Haar ogen bleven verborgen achter de groene zonnebril. Terwijl ze gebogen over haar stuur wegfietste, keek hij haar na tot hij haar om een hoek zag verdwijnen.

OP MAANDAGOCHTEND ZAT hij als eerste bibliotheekbezoeker van de dag achter een van de groot formaat flatscreens. Het duurde niet lang of hij had de site van het Ornithologisch Instituut van de universiteit van Kopenhagen gevonden. Er stonden pasfoto's van de medewerkers op. In de algemeen secretaresse, die Karen Jacobsen heette, herkende hij de Karen van twintig jaar geleden, alleen waren haar haren nu licht van kleur, grijs of blond. Hij huiverde. Zo'n foto was een wel heel directe confrontatie, het ging nu allemaal ontzettend snel. Dit was ze, dat kon vrijwel niet anders.

Hij zocht naar foto's van docenten en professoren, vond ze niet. In het onlinetelefoonboek probeerde hij het privéadres en telefoonnummer van Karen Jacobsen te achterhalen, maar er waren zoveel mensen die Jacobsen heetten dat het zinloos was.

Hij ging terug naar de site van het Ornithologisch Instituut en vond het e-mailadres van Karen op haar werk. Via hotmail schreef hij haar een bericht van één regel: *Hallo Karen, ik ben in Kopenhagen en zou je graag willen spreken. Met vriendelijke groeten, Ruben.* Hij twijfelde of hij achter zijn naam tussen haakjes de woorden 'zoon van Jesper' zou toevoegen. Het leek hem niet nodig, ze wist echt wel om wie het ging.

Hij verzond het bericht. Daarna surfte hij wat over het internet en keerde terug naar hotmail. Er was een bericht voor hem. Het was afkomstig van Karen Jacobsen van het Ornithologisch Instituut.

Zijn wijsvinger bleef boven de linkermuisknop zweven. Toen klikte hij het bericht open.

Dear Ruben, las hij.

Dear Ruben? Zelf had hij in plaats van het woord 'dear', dat weliswaar in het Nederlands een sterkere lading dan in het Engels had, zorgvuldig het woord 'hello' gekozen. *Dear Ruben, wat een verrassing. Hoe lang blijf je nog in Kopenhagen? Ik woon tegenwoordig in Dragør, niet ver van het vliegveld. Kom je woensdagavond eten? Tot snel, Karen.*

Hè? Werd hij in de maling genomen? Wie had de e-mail van Karen Jacobsen beantwoord, de een of andere ornithologiestudent die een geintje met hem wilde uithalen? Dat kon haast niet, hoe kwam zo'n student aan het wachtwoord van de afdelingssecretaresse? Het moest echt Karen zelf zijn geweest die hem dit had geschreven.

Hij vroeg zich af wat hij moest antwoorden. Ook 'dear' schrijven ging hem te ver, en woensdagavond bij haar thuis eten was nog veel intiemer. Na enig nadenken schreef hij terug – zijn aanhef luidde *Hi Karen* – dat hij woensdag eventueel wel wilde komen koffiedrinken rond 20.00 uur. Wat was het precieze adres?

Hij besloot om nog een halfuur in de bibliotheek te blijven, misschien antwoordde Karen opnieuw zo snel. Hem uitnodigen voor het eten bij haar thuis, dat was nog nooit vertoond. Wat zat erachter? Hij snapte er geen bal van.

Bij Google typte hij Hannahs voor- en achternaam in, met daarachter het woord Lars. Hij moest slikken toen hij op 'zoek' klikte, wie weet wat voor conclusies hij uit de combinatie van de twee namen zou moeten trekken. Maar in plaats daarvan verscheen er een Deense mededeling boven aan het scherm waaruit hij opmaakte dat Google geen sites had kunnen vinden waarin een combinatie van deze zoektermen voorkwam.

Hij keek of Karen al had geantwoord. Dat had ze. Ze

bleef volharden in haar eerdere houding, ze schreef dat hij woensdag aanstaande om 20.00 uur welkom was bij haar en haar nieuwe *husband*. Er volgde een routebeschrijving naar hun huis en haar mobiele nummer voor het geval er iets tussen kwam. Kon hij voor de zekerheid zijn eigen nummer nog even sturen? *See you Wednesday!*

DINSDAG. HIJ MOEST de tijd opvullen. Hoewel hij eigenlijk al genoeg aan de boeken en de kopieën had, en het werk van Harald Moltke hem voornamelijk nog om kunsthistorische redenen interesseerde, net als de schilderijen van pakweg Per Kirkeby of welke Deense schilder dan ook, bestudeerde hij toch de lange lijst met kunstwerken in zijn prints van de Kunst Indeks Danmark. Meteorologisch Instituut, Mineralogisch Instituut, Nat. Mus. (betekende dat Nationaal Museum of Natuurhistorisch Museum?), Vredespaleis Den Haag, Noord-Jutlands Kunstmuseum, in heel diverse collecties waren de litho's, schilderijen en andere kunstwerken te vinden. Haralds portretten van *polareskimoer* bevonden zich in het Nat. Mus., evenals een schilderij waarop zijn collega-poolonderzoeker Knud Rasmussen stond afgebeeld. Tussen de lange lijst zag hij ook de woorden *Fiskerbåde, Hellerup Strand* staan. Het ging om een *tegning*. Harald had dus hier in Hellerup een tekening gemaakt van vissersboten op het strand of iets dergelijks. De tekening bevond zich in het plaatselijke museum, genaamd Øregaard Museum.

Als hij naar dat Nat. Mus. reed, zou Igor weer in zijn mand moeten. Dat kon hij hem echt niet aandoen, Igors tolerantie had grenzen.

Een halfuur later stond hij in de door struiken en hoge bomen omsloten tuin van de witte villa die hij elke keer in het park zag staan als hij naar de bibliotheek liep. Over een sierlijk gebogen oprijlaan liep hij naar het bordes en duwde een door houtwerk omgeven deur open. In de hal van het Øregaard Museum werd hij ontvangen door een meisje dat verwonderd opkeek, kennelijk kwamen er in dit seizoen op een doordeweekse dag niet zo vaak bezoekers.

Hij vertelde over het doel van zijn komst. Het meisje pakte een telefoon en belde de hoofdconservator, die in een kamer op de bovenste verdieping resideerde. Na een minuut of vijf waarin hij wat door de hal drentelde, kwam de hoofdconservator met een map onder de arm de trap af. Hij had een oudere heer verwacht, een ietwat uitgedroogde theoreticus, maar dit was een vrouw met halflang blond haar en een sierlijke blauwfluwelen rok die naar onderen toe uitwaaierde. Onder de rok droeg ze strakke zwarte laarzen met haakjes en veters aan de voorkant, alsof ze ze in de garderobe van een negentiende-eeuwse dame had gevonden toen de villa tot museum werd verbouwd.

De hoofdconservator gaf hem een hand en stelde zich voor. Haar voornaam luidde Hildegard, haar achternaam kon hij zo snel niet verstaan. Ze was lang en slank, waardoor hij geen enkel idee van haar leeftijd had. Ze kon twintig jaar jonger zijn dan hij, ze kon vijf jaar jonger zijn. Haar gezichtshuid was opvallend blank. Ze had dikke donkere wimpers langs helderblauwe ogen.

Gezien de lengte van het relaas dat het meisje vanuit de hal telefonisch tegen haar had afgestoken wist de vrouw al ongeveer waarvoor hij kwam, maar voor de zekerheid legde hij het nog eens uit. Grootvader, tekening, Nederland, op zoek, dergelijke termen gebruikte hij. De naam 'Harald Moltke' kwam er naar behoren uit, de conservator knikte tenminste alsof ze het verstond.

'Ik heb het boven al even opgezocht,' zei ze in welluidend Engels, 'wij hebben hier inderdaad een tekening van

Harald Moltke in de collectie. Dus hij is je grootvader? Maar is hij dan een Nederlander? Ik heb altijd begrepen dat Harald Moltke een Deen was.'

Waarschijnlijk was het inbeelding, maar hij had het gevoel dat ze eigenlijk iets anders tegen hem had willen zeggen: 'Ach, ik vraag dit nu wel, maar ik ken jou allang, we zijn van dezelfde soort.'

Nadat hij had uitgelegd hoe het zat, omzeilend dat zijn moeder niet met zijn vader getrouwd was geweest, zei ze: 'Kom maar met me mee, ik zal de tekening in het archief gaan zoeken. Als je tenminste de tijd hebt, het kan even duren.'

Op gepaste afstand liep hij achter de blauwe rok aan twee trappen op. De vreemd gevormde hakjes van de laarzen maakten een tikkend geluid op de houten tredes. De conservator, die behalve de rok en de laarzen een zwart truitje droeg, wees hem waar hij kon gaan zitten, in een grote kamer aan de voorkant van de bovenste verdieping. Er stond een vergadertafel met stoelen eromheen. Zelf ging ze met de map een andere deur in en zei dat hij rustig moest afwachten, ze zou op zoek gaan.

Het duurde inderdaad lang. Aan een haak zag hij een kort zwart jasje hangen met een rand van lange zachte haren langs de hals en de uiteinden van de mouwen. Achter zijn rug, aan de andere kant van de muur, hoorde hij Hildegards hakken tikken. De verwarming stond hoog in deze vergaderkamer, hij kreeg het steeds warmer. Nadat hij zijn wollen trui had uitgetrokken rook hij onder de mouw van zijn shirt. In de met aarde en gras overdekte bunker mocht hij meermalen onder de douche zijn geweest – pissebedden bleken zich zelfs in Denemarken thuis te voelen – hij had toch de indruk dat hij langzamerhand weer in de staat begon te raken waarin hij zich bevond op het moment dat hij voor het eerst bij Señora arriveerde. Er viel bijna niet aan te ontkomen wanneer je zo lang in een auto sliep. Zijn wollen trui, die hij met de hand zou moeten wassen en die dan zeker drie dagen moest drogen, was het smerigst van alles.

Hij rook onder zijn andere arm. Niet fris. Hij moest kleren kopen, ook t-shirt s. Nog een wonder dat Hildegard – hij hoorde haar nu met een andere vrouw praten – hem zo welwillend had ontvangen en voor hem aan het zoeken was geslagen. Hannah kickte op zijn okselgeur, maar het was zeer de vraag of dat ook voor andere vrouwen gold.

Hij was net naar het raam gelopen en stond naar buiten te staren, naar het grote park dat tussen het museum en de weg naar Kopenhagen lag, toen de deur openging en Hildegard de kamer binnenkwam met nog steeds dezelfde map onder haar arm. Truitje, rok, veterlaarzen. Haar lippen leken hem rozer dan eerst, had ze ze gestift?

'Ik kan de tekening nog niet vinden.' Ze keek meevoelend, alsof ze hem wilde laten merken dat ze volledig achter zijn missie stond. Als een poes knipperde ze met beide blauwe ogen.

'Dan kom ik later terug.'

Hildegard was zelfs langer dan hij eerst had gedacht. Haar ogen waren op bijna dezelfde hoogte als de zijne, dat kwam hij niet vaak tegen. Hij zag nauwelijks rimpels, zelfs van dichtbij viel haar leeftijd niet te schatten. Daar hield hij van, hij hield van leeftijdsloze vrouwen die kennis van zaken combineerden met een vorm van speelsheid, ondeugendheid. Vrouwen die, wanneer je bijvoorbeeld met ze over het strand liep en fundamentele onderwerpen besprak, bij wijze van spreken plotseling een handstand zouden kunnen maken. Hildegard leek hem zo iemand.

Hij pakte zijn trui, die hij over de rugleuning van een stoel had gelegd, en trok hem aan. Ze keek toe. Hij hoopte dat de geur toch meeviel. Toen hij zijn rechterhand naar haar uitstak, vertoonde ze geen enkele aarzeling om de hare erin te leggen. 'Heel hartelijk bedankt tot zover,' zei hij.

'*You're welcome.*'

Ze liep niet mee naar beneden, maar keek hem vanaf de balustrade op haar verdieping wel na toen hij de trappen af ging. Terwijl hij het museum verliet en over de halfronde oprijlaan naar de uitgang van het terrein wandelde, moest hij zich inhouden om niet als een jonge bok op en neer te veren.

OP WOENSDAGOCHTEND KOCHT hij deodorant, vier T-shirts en een ruig zwart vest dat hij meteen aanhield. De oude trui stopte hij goed zichtbaar in een vuilnisbak, voor de laatste behoeftige die er in Hellerup was overgebleven.

Hij ging naar de bibliotheek en zocht het telefoonnummer van het Øregaard Museum. Hij sloeg het op in zijn mobieltje en stak het park over waarin het museum lag. Op de hoek, aan de weg naar Kopenhagen, had hij een telefooncel zien staan, zijn eigen toestel vertrouwde hij niet meer.

Ook deze telefooncel bleek niet defect. Hij kon met zijn visakaart betalen, de Deense hang naar perfectie had ook voordelen. Hij toetste het nummer van het museum in. Hildegard pakte zelf op, hij herkende haar stem meteen. Haar achternaam was 'Rosencrone' of iets dergelijks.

'Hallo, je spreekt met Ruben,' zei hij. 'Die Nederlander van gisteren.'

'Ha Ruben, ben jij het.'

Ze wist nog wie hij was. Eén punt. Wat moest hij nu zeggen? Hij had dit gesprek beter moeten voorbereiden.

'Eh... hoe gaat het ermee?'

'Goed, en met jou? Ik ben er nog niet aan toegekomen om naar de tekening te zoeken. Maar ik heb al wel in een lexicon gekeken. Het werk van je grootvader bevindt zich in allerlei collecties in Kopenhagen, dus je kunt veel beter naar andere musea gaan. Hij heeft ook boeken gepubliceerd.'

Hij kon zich niet meer precies herinneren wat hij haar verteld had. Meteen nadat ze met die klakkende laarsjes de trap af was gekomen en hij haar in de ogen had gekeken, was hij zo in verwarring geraakt dat hij een veel te lang en waarschijnlijk volstrekt onduidelijk verhaal had opgehangen. 'Ik had er al over gehoord,' zei hij, 'ook over de boeken. Maar in die musea ben ik nog niet geweest.'

'Morgen werk ik niet, ik moet met mijn moeder naar het ziekenhuis, maar bel me vrijdag nog een keer, dan heb ik de tekening ongetwijfeld gevonden.'

Als hij nu vriendelijk en begrijpend bleef en het bezichtigen van de tekening uitstelde tot vrijdag, zou hij het moeten volhouden Hildegard pas dan weer te zien. Dat zou hem absoluut niet lukken.

'Zou je misschien vandaag al naar de tekening kunnen zoeken?' vroeg hij gejaagd. 'Dan kom ik aan het eind van de middag bij je langs.'

'Over een kwartier verwacht ik mijn chef, de wethouder van Cultuur van onze gemeente. Ik heb deze baan nog maar een paar maanden. Nadat de wethouder is geweest hebben we een stafvergadering. Pas vrijdag heb ik de tijd om goed voor je te gaan zoeken.'

Het was alles of niets. 'Wat doe je dit weekend, Hildegard?' vroeg hij. 'Ik ben zaterdag en zondag vrij. Zullen we langs het strand gaan wandelen?'

Het bleef stil.

'Hildegard?'

Hij kon horen dat ze gniffelde. 'Bel me vrijdag.'

'Weet je wat?' vroeg hij met nieuw elan. 'Vrijdag haal ik je op aan het eind van de middag, dan gaan we ergens eten. Wat we daarna doen zien we wel. En veel plezier met de man die straks komt.'

'Welke man?'

'Die wethouder van Cultuur.'

'Dat is geen man maar een vrouw.'

'O...' Hij had een kanjer van een fout gemaakt, dit lag gevoelig. 'Wil je me vrijdag nog wel zien?' wist hij uit te brengen.

'Kom maar op,' zei ze uitdagend. 'Om een uur of vijf bij de ingang van het museum?'

De rest van de dag dacht hij aan Hildegard. Ze was meevoelend, ze was capabel, ze was mooi, ze had smaak, ze had humor. Hij had de indruk dat ze alleen leefde, hoe was dat in vredesnaam mogelijk? Als ze een man of een vriend had, dan zou ze toch nooit op vrijdagmiddag met hem willen afspreken? Zou hij uitzoeken of er een goed restaurant in Hellerup was of kon hij haar beter meenemen naar het centrum van Kopenhagen? En daarna, wat dan?

Gedoucht en in zijn netste kleding stond hij 's avonds pas om halfacht naast de auto. Hij moest opschieten, Dragør lag op een eiland ten zuiden van Kopenhagen, Karen en haar nieuwe man leken hem geen mensen bij wie je meer dan tien minuten te laat moest komen. Hij kon de uitnodiging van Karen nog steeds niet rijmen met de parelkettingpersoon die hij zich herinnerde.

Toen hij eenmaal via een brug op het eiland was beland, Amager heette het, was hij nog zo met zijn gedachten bij Hildegard dat hij telkens verkeerd reed. De routebeschrijving die Karen had gestuurd gold alleen voor het laatste stuk en zijn kaart was niet gedetailleerd genoeg, in het wilde weg sloeg hij wegen in die allemaal doodliepen. Hij had geen deodorant opgedaan, bedacht hij, na het douchen had hij er toch weer niet aan gedacht. Een stinkende entree lag in het verschiet.

Hij stuurde de auto lukraak in de berm, haalde achterstevoren over zijn stoel hangend de nieuwe deodorantroller uit de kast en bewoog die onder zijn kleren naar zijn oksels. Nadat hij de roller in het dashboardvak had gesmeten waarin ook de map met cd's lag, reed hij op volle snelheid verder.

Hij vond het adres in weer zo'n buitenwijk met vrijstaande huizen omgeven door tuinen. Een houten poort. Het was donker, maar de tuin waar hij doorheen moest leek rommelig, verwilderd. Haastig begaf hij zich over een pad van stoeptegels naar een bescheiden bungalow. Twee deuren, hij zag geen bel, welke zou de voordeur zijn?

Hij gluurde door een raam tussen de deuren en zag een man op zijn hurken voor een ijskast zitten. De man zag hem staan en bewoog zijn mond, hij riep iets tegen iemand.

Ruben merkte dat hij stond te trillen. De rechter deur zwaaide open. Er verscheen een vrouw van wie hij alleen maar wist dat het Karen was omdat hij haar foto op de website van het Ornithologisch Instituut had gezien. Grijs haar met blonde strepen erdoor. Een versleten spijkerbroek, afgetrapte sportschoenen. Achter haar verscheen de man, een grote man met een glad, jeugdig gezicht. Hij droeg een geblokt flanellen overhemd dat half over zijn broek hing. Aan zijn voeten kefte een hondje, precies hetzelfde hondje dat Karen en Jesper vroeger hadden, zo'n zwart-witte terriër met een platte snuit.

Hij haalde diep adem en schudde allebei de hand. 'Sorry, ik ben nogal laat.'

'Je bent prima op tijd,' reageerde de man ontspannen. 'Kom maar gauw binnen.'

Terwijl het hondje naar zijn broekspijpen hapte, leidden de twee hem een kleine woonkamer in. Er lag een kleed op de vloer dat vast uit Karens inboedel kwam, zulke kleden lagen ook in het huis in Rungsted. Op een lage boekenkast zag hij aquarellen staan waarop vogels waren afgebeeld. De meubels, een bank en twee stoelen, pasten niet bij elkaar. Via een breed raam met een openslaande deur zag hij dat de tuin aan de andere kant van het huis, waar een buitenlamp brandde, ook verwilderd was.

Geen broekrok maar afgetrapte sneakers. Geen klassiek interieur, maar een allegaartje van meubilair dat uit verschillende huishoudens bij elkaar was geraapt. 'Ga zitten,' zei Karen zo naturel dat de beste actrice het niet had kunnen nadoen. 'Kies maar een stoel uit. Die daar zit het lekkerst.'

In verwarring bleef hij voor het raam staan dat uitzicht op de tuin gaf. De hond sprong tegen zijn benen op, daarom deed Karen de tuindeur open en dirigeerde het beest ernaartoe. Absurd, het kon onmogelijk dezelfde hond als toen zijn. Vrijdag had hij alvast iets geks om aan Hildegard te vertellen.

'Koffie, Ruben?' vroeg de nieuwe man van Karen. 'De koffie is hier in huis mijn afdeling.'

'*Yes, please.*'

De man verdween naar de keuken. Ruben ging op de plaats zitten die hem was toegewezen, terwijl Karen tegenover hem op de bank neerzakte. Op haar borst bungelde aan een touwtje een leesbril. Nadat hij in het kort had verteld waarom hij in Denemarken was ('ik maak een studiereis door Europa') vroeg hij onomwonden: 'Waarom heeft Jesper alle kunstwerken van zijn eigen vader weggegooid?' Deze zin had hij voorbereid, hij wilde lijnrecht op zijn doelen afgaan.

Karen trok haar benen onder zich. Op zachtaardige

toon begon ze te vertellen dat het niet makkelijk was geweest om met Jesper te leven. 'Misschien ben ik te lang met hem doorgegaan, ik weet het niet. Hij kocht van alles zonder dat er geld voor was en dan kreeg ik de zorgen op mijn dak. Ik heb altijd tegen Martin gezegd dat het niet normaal was wat hij zag tussen zijn vader en moeder, dat hij zich een relatie zo niet moest voorstellen. De volgende dag moest Jesper van mij altijd zijn excuses aan Martin aanbieden. Voor Martin was het ook ongelooflijk dat zijn vader in een opwelling het werk van zijn opa had weggegooid. Jesper heeft nooit kunnen verkroppen dat Harald zo succesvol was. Wat hij ook probeerde om zijn vader te evenaren, het mislukte. Zijn zelfmoord kwam niet onverwacht voor mij.'

Het was zoveel informatie tegelijk, dat hij een hele poos nodig had om alles enigszins te ordenen. Hij wist niet dat Karen het moeilijk had gehad met Jesper, hij wist niet dat er problemen tussen hen tweeën waren geweest. Jesper – ze sprak de naam uit als 'Jesp' – had misschien tegen haar getierd en geschreeuwd. Of hij had haar geslagen, hij zou niet weten wat hij zich anders moest voorstellen bij de redenen waarom Jesper Martin zijn excuses moest aanbieden.

Karens nieuwe man kwam de kamer binnen met een groot dienblad met koffie, kopjes, een frambozentaart, glazen en een kan water. Terwijl hij het overvolle blad op de salontafel zette en het serviesgoed met ervaren bewegingen begon te verdelen, zette Karen haar leesbril op, alsof ze geen detail van zijn reactie wilde missen. 'Ruben,' zei ze terwijl ze hem intens aankeek, 'je moet niet denken dat je een afschuwelijke vader hebt gehad. Diep in hem verborgen zat een heel fijne man.'

'En hij was een competent ingenieur,' vulde haar wederhelft aan, hoewel het de vraag was of hij hem had gekend. 'Als hij met een bouwproject bezig was, kon hij ook met de arbeiders goed opschieten.'

Tsja, het zal allemaal wel, dacht hij. Diep in 'Jesp' verborgen zat een heel fijne man. Alleen merkte niemand dat. Hij sprak het niet uit om Karen niet te kwetsen. Inmiddels begreep hij dat ze sinds hun e-mailuitwisseling naar dit bezoek had toegeleefd, dat ze in haar eentje iets goed hoopte te maken van wat haar gestorven man hem had aangedaan. Er speelde mee dat ze onder invloed stond van haar nieuwe partner, die wél een warme ontvangst in zijn eigen huis kon organiseren, die wél geestelijk en lichamelijk in balans was. Wie daadwerkelijk een ander bestaan wilde gaan leiden, kon het beste op een totaal verschillende partner overgaan.

De man van Karen schonk de koffie in en begon de frambozentaart in punten te snijden. Omdat het stil bleef, startte hij een anekdote over hoe moeilijk het was geweest om koffie zonder suiker te krijgen toen hij een keer met zijn studenten een studiereis naar Turkije had gemaakt.

'Hij is gespecialiseerd in trekvogels,' verduidelijkte Karen. 'We werken op dezelfde faculteit, iedere morgen gaan we er samen in de auto naartoe.'

De punt taart was nog halfbevroren. Terwijl hij zich erdoorheen worstelde vroeg Ruben aan Karen hoe het nu met Martin was?

'We horen bijna nooit iets van hem,' zei ze. 'Heel soms belt hij, om te vragen hoe het met de hond gaat. Ik heb de hond als pup in huis gehaald toen het al heel slecht ging met Jesp. Het liefst zou Martin de hond bij zich hebben. Maar dat wil ik niet, het is een hond die moet kunnen uitrazen, Martin woont in een flat. Ach, ik denk dat hij zelf op een gegeven moment ook wel in zal zien dat een terriër hier beter af is.'

'Wat doet hij, studeert hij nog of werkt hij al?'

'Martin is nogal achterop geraakt door alles wat er is gebeurd, daardoor zit hij nog steeds op een middelbare school. Mediatechniek, computers, video, daarin specialiseert hij zich. Het gaat moeizaam, de andere leerlingen zijn jonger, hij vindt weinig aansluiting bij ze.'

Het bleef weer een tijd stil in de kamer. 'Ik heb Martin pas na de dood van Jesper verteld dat hij een halfbroer in Nederland had. Hij wist niet meer dat je een keer was geweest. Hij werd ontzettend boos. "Waarom heb je me dat nooit verteld!" Hij sloot zich op in zijn kamer. Toen hij weer naar buiten kwam was zijn conclusie dat het een rotstreek van zijn vader was: "Hij had een zoon en die zag hij nooit. Beláchelijk!" Vrijwel meteen erna is hij in de flat gaan wonen. Wij zijn er nog steeds niet geweest, dat mag niet, het schijnt er een bende te zijn. Je weet dat Martin Jesper heeft gevonden, hè? Dat had ik je toch geschreven op mijn ansichtkaart?'

Karens man vroeg of hij een tweede kop koffie wilde. Het drong maar vaag tot hem door. Per ongeluk hief hij zijn waterglas in plaats van zijn koffiekopje op.

'Ik heb Martin jouw mails doorgestuurd,' zei Karen. 'Dus hij wist dat je vandaag zou komen. Maar gisteren belde hij ineens. Ik dacht dat het weer om de hond ging, maar hij vroeg: "Is Ruben er al?"'

Gaat dit over mij? dacht Ruben in verwarring. Karen heeft mijn mails naar Martin doorgestuurd? Martin belde een dag te vroeg omdat ik op bezoek zou komen? Is hij dan nog steeds in mij geïnteresseerd, terwijl ik hem zo heb laten zitten?

'Waarom is hij er nu dan niet?'

'Dat weet je bij Martin nooit. Hij zei dat hij tentamenweek heeft. Ik hoop maar dat hij zit te leren. Meestal heeft hij niet zo'n zin om ons te zien. Maar hij wil jou graag ontmoeten, dat weet ik heel zeker. Waar logeer je?'

Stokstijf lag hij in bed. Kennelijk had Karen onmiddellijk nadat hij de deur uit was gegaan contact met Martin opgenomen, want terwijl hij van Dragør op weg naar Charlottenlundfort was kwam er al een sms binnen. Morgen kwam hij naar het fort, schreef Martin, *tomorrow I will come*. Dat was het hele bericht, er stond niet bij hoe laat. Hij had *okay* geantwoord. Het leek hem het beste om voor de zekerheid maar de hele dag op de camping te blijven. Goed dat er nog eten over was dat hij voor Marianne had gekocht. Martin had behoorlijk geleden onder alles wat hij had meegemaakt, dat was wel duidelijk na het relaas van Karen. Hij was er al bang voor geweest. Hoe zou het hebben uitgepakt als hij antwoord had gekregen op zijn e-mail naar Nederland waarin hij schreef dat hij 'goed ziek' van alles was, zou het hem dan de afgelopen jaren beter zijn vergaan? Was Martin nu net zo'n persoonlijkheid als Marianne geworden en wat was zijn eigen aandeel daarin? Als Martin morgen niet kwam opdagen, of hij vertoonde hetzelfde gedrag als zijn halfzus, dan was hij van plan om vrijdag aan Hildegard te vertellen hoe het allemaal zat, niet alleen het verhaal over de terriër. Hij hoopte maar dat Martin niet al te laat kwam. Als hij laat kwam, kon hijzelf pas vrijdagochtend op zoek naar een restaurant. Was dat op tijd, vrijdagochtend? Zou je tegenwoordig in Denemarken een kwaliteitsrestaurant veel langer van tevoren moeten reserveren? En zou hij ook alvast iets gaan regelen voor erna? Je wist niet of Hildegard hem mee naar huis zou vragen. Waarschijnlijk niet, zo was ze niet, daar was ze te bedachtzaam voor. Speels maar verstandig, zoals alle vrouwen die echt de moeite waard waren. Of zou Hildegard zich anders ontpoppen? Hij kon natuurlijk voor de zekerheid alvast een hotelkamer bespreken, die kon hij altijd nog afzeggen.

Veel te snel ademde hij in en uit. Het was allemaal zo

snel gegaan, zowel de ontmoeting met Marianne als het bezoekje in Dragør, het had hem overvallen. En dan Hildegard, Hildegard zou misschien...

En de nieuwe man van Karen...

Had Hildegard soms wel... Haar ziekelijke moeder...

In zijn eentje films maken... Dan toch Deens leren...

Zou Marianne...

Langzaamaan klonterden zijn gedachten samen tot een amorfe massa die niet te ontleden viel. In zijn verbeelding kreeg Hildegard Mariannes gezicht, voor zover hij het had kunnen zien achter dat gebarsten groen. De groeven. De plooien, boze plooien.

Hij draaide zich op zijn andere zij en dwong zichzelf een eenduidige conclusie over de afgelopen dagen te formuleren. Het lukte met geen mogelijkheid, hij kreeg zijn adem niet onder controle. Hortend kwam de lucht naar boven, hortend stootte hij de lucht weer uit.

Marianne...

Hildegard...

Marianne, nee Martin...Hoe zou Martin...

Uit angst dat hij zichzelf niet meer in de hand kon houden kwam hij overeind, deed het licht aan en legde zijn handen een poos op de warme vacht van Igor, die weer op zijn hoge post boven het dashboard was gaan liggen. Het hielp niet.

Hij pakte de map met cd's en haalde er een uit die hij nooit beluisterde onder het rijden, omdat het geluid van de dieselmotor geen ruimte gaf aan de subtiliteit van de muziek, die tot de mooiste en zuiverste behoorde die hij kende. Het was het *Requiem* van Gustave Fauré, uitgevoerd door het Philharmonia Orchestra met een koor en drie solisten.

Hij liet de cd in de speler wegglijden, knipte het licht weer uit en ging achterover liggen met het dekbed en de deken over zich heen. Ingehouden begon het koor hem toe te zingen. Ogenblikkelijk leken zijn schouders minder strak te staan, het matras werd een paar gradaties zachter. De stemmen die hij hoorde waren van menselijke wezens, dat wist hij, maar het was alsof ze zich hadden losgemaakt van alles waarover je je druk kon maken, waarover je zorgen had. Speciaal voor hem werd een wiegelied gezongen in een taal die hij niet verstond, zodat hij zelf de woorden moest bedenken. 'Wij staan achter je, wij staan achter je,' leken de stemmen te zingen. 'Geef je maar over, wat er ook is gebeurd, wat er ook gebeuren zal, laat maar los. Het komt goed. Het was al goed. Alles is toch goed.'

Het koor zwol aan, ondersteund door het orkest. Nu klonken de stemmen eerder aanmoedigend dan koesterend. Al met al, dacht hij, krijgt ieder mens in de loop van de jaren met tegenslagen te maken. De een reageert erop door compassie voor anderen te ontwikkelen, omdat hij uit ervaring weet hoe taai het bestaan kan zijn. Andere mensen trekken zich terug in hun eigen wereld, die ze bekleden met zoveel mogelijk pleziertjes. En een enkeling wordt bitter. Marianne had hem bewust pijn gedaan toen ze beweerde dat het niet haar vader, maar haar moeder was geweest die hem tijdens zijn kindertijd cadeaus had toegestuurd. Nu pas zag hij in dat hij haar niet had moeten geloven, dat ze het enige mooie wat er tussen hem en Jesper was geweest kapot had willen maken. Er zaten handgeschreven briefjes bij de cadeautjes. Vaak waren het spullen waarmee Jesper zelf als kind nog had gespeeld, hij probeerde altijd iets uit te zoeken wat paste bij de leeftijd die zijn Nederlandse zoontje op dat moment bereikte. Marianne weigerde dat te aanvaarden. Ze was niet bereid haar vader te delen met een eerder zo comfortabel onzichtbaar gebleven halfbroer.

Hij kon zich niet voorstellen dat hij ooit nog contact met

Marianne zou zoeken. 'Destructief', dat was een nog beter woord dan 'minachtend'. Het zou hem niet verbazen als ze door haar vaders daad haar eigen toekomst al voor zich zag. Wanneer ouders eenmaal met zelfmoord begonnen, kon het in een familie epidemische vormen aannemen. Het werd dan als het ware iets normaals, je ging jezelf in-beelden dat je de neiging ertoe had geërfd via je genen. 'Ik zal ook wel zo zijn, ik zal de traditie wel voortzetten', en dan voelde je je er min of meer naartoe gedreven.

Dat hij zelf aan de invloedssfeer van Jesper was ontsnapt, was een nog groter voordeel dan hij altijd had geweten. Het had hem de beste uitgangspositie opgeleverd. Marian-ne, die Jesper het langste had meegemaakt en het nodig had gevonden zich met hem te meten, net zoals Jesper zich-zelf met zijn eigen vader had willen meten, was in de loop van de jaren Jespers vrouwelijke pendant geworden. Door met Marianne te praten had hij als het ware de gelegenheid gekregen zijn vader voor de laatste keer mee te maken en zo zijn positie ten opzichte van hem scherp te krijgen. Zij-zelf had misschien gehoopt dat het andersom zou zijn, dat ze in haar oudste broer in zekere zin haar vader terug zou vinden.

Kalm lag hij op zijn rug. Zijn adem was regelmatig ge-worden. Het *In Paradisum* begon, het ijle, tedere slotstuk van Faurés Requiem. Nadat de laatste tonen waren wegge-vloeid wist hij wat hem te doen stond. Hij rees een stuk van zijn kussen op en keek naar de lichtgevende cijfers van de wekker die op het houten kastje stond. 04.17 las hij. Hij re-kende even – ja het kon. Buiten was het stil, zelfs op de kustweg vlak achter het fort reed op dit tijdstip niemand.

Hij kwam verder overeind en pakte zijn broek, zijn nieu-we vest en zijn jas, die over de leuning van de passagiers-stoel hingen. Hij trok ze aan over zijn nachtkleren. Zo ge-ruisloos mogelijk schoof hij de zijdeur van de auto open en haalde zijn schoenen met daarin zijn sokken van onder het bed naarboven. Igor bewoog een oor, maar bleef liggen waar hij lag.

Door de heldere, koude nacht liep hij naar de slagboom van het fort. Nadat hij eronderdoor was gekropen volgde hij het traject dat hij zo vaak had afgelegd, over het trottoir langs het fietspad in de richting van Kopenhagen. Tweemaal kwam hem een auto tegemoet. Hij zag niemand anders lopen. Een enkel venster van een woonhuis vormde een lichtgele vlek in de donkere gevel.

Hij liep stevig voort, zijn handen in zijn zakken, licht voorovergebogen alsof het zo nog sneller zou gaan. Voorbij de supermarkt, op de hoek van het park, zag hij de telefooncel staan, die werd verlicht door een lantaarnpaal.

Hij versnelde zijn pas. Onder het lantaarnlicht schoof hij zijn visakaart in de gleuf. Hij hield het niet vol om het voorgeschreven aantal seconden te wachten, daarom moest hij de kaart eruit halen en opnieuw in de gleuf laten verdwijnen. Toen hij het signaal kreeg dat hij het gewenste nummer mocht kiezen, hield hij zijn mobiele telefoon omhoog zodat hij het grote aantal cijfers goed kon lezen. Hij toetste ze in.

Aan de andere kant van de lijn ging de telefoon over met een ouderwets, laag geluid. Na vier keer, hij telde mee, werd er opgenomen. '*Hello?*'

Ze was het. 'Hallo,' zei hij, nuchterder dan hij zich voelde. 'Ik ben het.' Snel zei hij er 'alles is goed' achteraan.

Hij hoorde een hoge, heel lang aangehouden gil. De gil ging over in zijn naam. 'Ruben! Ruubje van me, Rubeltje, Rubelmannetje, je belt!!! Ruben!!!!!!!!!! Ik mis je zo!!! Ik wilde je niet storen, misschien was je met allerlei spannende avonturen bezig. Maar ik heb wel honderd keer bij de telefoon gezeten! Ik heb de hele tijd gekeken of je een e-mail had gestuurd! Waar zit je, hoe gaat het? Ruben!!!'

Zijn adem kwam weer hortend naar buiten. Ze miste hem. 'Ik zit in Kopenhagen en morgen komt Martin bij me.'

'Wat? Martin? Welke Martin? Hè? Hoe kan dat nou? Vertel op! Hoe laat is het in Kopenhagen?'

'Hoe is het bij jou, hoe gaat het?'

Ze schreeuwden eerst een heleboel zinnen door elkaar voor ze in staat waren een min of meer coherent gesprek te voeren. Hannah gilde nog een paar keer. Het ging goed met haar, heel goed zelfs, ze had veel geleerd, ze zouden er nog profijt van hebben bij hun volgende projecten, maar iedereen in Nederland die nog met het Amerikaanse systeem durfde te dwepen zou ze straks eens goed de waarheid vertellen. Ze was kapot! Al die eisen die er in dit land aan je werden gesteld! Al die mensen uit de filmwereld die daardoor aan de grond zaten! Het eeuwige slijmen met particuliere sponsors! Er zaten veel meer voordelen aan het Nederlandse systeem dan ze had beseft. De Nederlanders die alle subsidies wilden afschaffen waren gestoord. En er waren al zoveel subsidies afgeschaft. Zodra dat was gebeurd moest je maar afwachten of ze ooit terugkwamen. Maar dat wilde ze helemaal niet vertellen, ze wilde alleen maar vertellen hoe ze hem had gemist. Vier maanden was te lang! 'Ik hou van je,' riep ze er half snikkend, half lachend van geluk achteraan. 'Ik hou van jou en ik hou van Europa!'

'Ik ook, ik ook, heel veel!' riep hij terug. In telegramstijl vertelde hij wat er ongeveer was gebeurd sinds hij vanwege de gewiste e-mail had besloten naar Denemarken te rijden. Ribe, Århus, Charlottenlundfort, het telefoongesprek met Marianne. Hannah reageerde met de wilde kreetjes die ze altijd slaakte als ze ergens opgetogen over was. 'En wat deed je toen?' 'Maar wat goed!' 'Dat je dat durfde, dat je hebt doorgezet!' 'En wat is er toen gebeurd?' 'Dat kan ik haast niet geloven.' 'Tjezus. Maar heb je dan geen nieuwe afspraak met haar gemaakt?'

Hij vertelde ook over het bezoek aan Karen en haar nieuwe man, een professor.

'Dus Jesper heeft die litho's en schilderijen echt weggegooid? Alleen maar omdat hij niet kon uitstaan dat zijn vader succes had gehad? Hoe reageerde je?' 'Wat, musea? Zo!'

Hij was net bezig te vertellen wat hij verder wilde doen, dat hij voor een maand naar Käsmu zou gaan en dat Igor het daar vast ook geweldig zou vinden, toen de display van de telefoon aangaf dat ze het gesprek moesten beëindigen. 'Peeter heeft geregeld dat,' had hij net gezegd, toen er een klik klonk en Hannah hem niet meer hoorde. Snel haalde hij de visakaart weer tevoorschijn, duwde hem in de gleuf, slaagde erin lang genoeg te wachten en toetste het nummer opnieuw in.

'Ben je daar?'

Goddank, ze hadden weer contact.

'Wat zei je nou net, ga je een maand naar Käsmu? Heeft Peeter dat geregeld? Mag ik niet met je mee? Ik zie ertegen op om meteen vanuit New York weer thuis aan het werk te gaan. Ik heb me hier zo uitgesloofd, ik heb nu een tijdje rust nodig. Ik wil bij jou zijn, ik wil graag bij jou in Käsmu zijn.'

'Het zou geweldig zijn als je kwam.' Terwijl hij het zei, focuste hij zijn blik op de door de lantaarnpaal verlichte bosschages achter de telefooncel, waarachter het park met het Øregaard Museum lag. 'Probeer maar of je een ticket kan krijgen, dan haal ik je van het vliegveld in Tallinn. Het heeft geen haast, de kamers zijn pas over een kleine drie weken vrij.'

'Ik hoop dat Bruce en Joe het goed vinden,' zei ze. Hij schrok van de manier waarop ze de twee namen uitsprak, zo warm. 'Maar goed, ik heb dus nog bijna drie weken om alles af te ronden. Ik denk dat ze het wel zullen begrijpen.'

'Zal ik je over een paar dagen weer bellen?'

'Ik kan niet wachten.' Ze voegde er een heleboel koos-naampjes aan toe. Erna leek het of ze plotseling onzeker werd, alsof ze iets bedacht. 'Ben je ook met...'

Hij begreep meteen wat ze bedoelde. 'Ik vertel het je nog wel.'

'Echt alles?'

'Alles.'

'Bel je gauw?'

'Ik bel je gauw.'

'Denk je er wel aan? Niet vergeten, hoor!'

'Ik ben veranderd. Ik beloof dat je het zult merken.'

'Dat hoeft toch helemaal niet? Je was al goed zoals je was.'

'Jawel, wacht maar af.'

Een klaterende, onbevangen lach. Ze hingen op. Over-spoeld door een overweldigende golf van vreugde liep hij richting Charlottenlundfort terug. 'Ben je ook met...' Ze had hem niet durven bellen omdat hij misschien met span-nende avonturen bezig was. Die gunde ze hem, terwijl ze toch een benauwd stemmetje opzette toen ze ernaar vroeg.

Hij schaterde hard, het schalde door het duister.

WAT MOEST JE aantrekken als er iemand van vijfentwintig kwam? Eerst koos hij de zwarte outfit waarmee hij Señora voor zich had gewonnen, maar misschien moest hij voor deze gelegenheid toch een ander T-shirt kiezen? Hij dook weer in de bagage. Bij de T-shirt s die hij in Hellerup had aangeschaft zaten er twee die je over elkaar heen hoorde te dragen, een oranje en een zwarte met een onleesbaar op-schrift van witte en oranjerode letters. Het meisje in de kledingzaak had het uitgelegd; het was de bedoeling dat het oranje t-shirt bij de onderkant van de mouwen en de romp net even onder het zwarte uitkwam, dat was hier mode.

Hij trok het geheel aan en slaagde erin de mouwen en het lijf van het oranje shirt ongeveer anderhalve centimeter onder de bovenste laag te laten uitkomen. Zo liep hij naar de bunker en keek er in de spiegel. Dit was inderdaad misschien het beste. Terug bij de auto zocht hij in de gereedschapskist of hij een touwtje had, want al tijdens zijn eerste dag in Kopenhagen, toen hij door de wijk wandelde die aan het centrum grensde, was hem opgevallen dat verschillende jonge kerels een touwtje met wat kralen eraan om hun pols hadden gebonden.

Hij vond de veters die hij in Nerja bij de schoenmaker had gekocht, knipte de geplastificeerde uiteinden eraf en knoopte beide koordjes met enige moeite om zijn rechterpols. Daarna ging hij terug naar de bunker, waar hij zich douchte en gel in zijn haar smeerde. Gelukkig had zijn kapsel weer een acceptabele lengte bereikt. Voor zijn ontmoeting met Marianne had hij zich geschoren, waardoor zijn baard op dit moment precies de mate van stoppeligheid had die je op reclameposters zag.

Hij deed net een poging om Igor, die met zijn rug naar hem toe bij het muizenhol zat, naar zich toe te lokken zodat hij hem kon borstelen, toen hij een in het zwart geklede, nogal slungelige figuur zag aankomen met zwart haar dat aan één kant lang en getoupeerd was, en aan de andere kant gemillimeterd. Zijn gezicht was intens bleek. Het jasje dat hij droeg had paarse ruches.

Ruben kwam uit zijn gehurkte positie omhoog en liep naar de slungel toe. Zijn knieën knikten. Allebei staken ze hun hand uit, maar van de zenuwen schoten de vingers half langs elkaar heen. Hij klopte zijn bezoek op de schouder, voelde een schoudervulling. '*Hey! Great to see you.*'

Een schaamharen baardje. Een snor van hetzelfde warrige spul, alsof hij de boel maar zo'n beetje liet groeien. Zijn ogen daarentegen – de blauwgrijze van Karen – had hij zorgvuldig omrand met zwarte make-up. Van zijn neusvleugel naar zijn oorlel liep een zilverkleurig kettinkje.

De jongen, die hevig trilde, haalde oordopjes uit zijn oren.

'Naar welke muziek was je aan het luisteren?'

Hij noemde de naam van een band.

'Ken ik niet.'

'Hoor maar.' Hij kreeg de oordopjes aangereikt. Ruben deed ze in en hoorde iets ruigs, iets zwaars. Het volume stond hoog. Veel gitaren. Een gierende vrouwenstem.

'Ik hou van donkere muziek.' De jongen keek er trots bij. 'Gothic enzo. Heavy metal.'

Dit was hem echt. Dit was Martin. Hij bleef zichtbaar trillen, zodat Ruben nog maar een keer op de schouder van het jasje klopte. Een halve meter voor hem uit liep hij naar de auto, waar hij zijn eigen jas al opgevouwen had klaargelegd in de opening van de schuifdeur. Nadat Martin er op zijn verzoek op was gaan zitten, kwam Igor meteen nieuwsgierig kijken. Behaagzuchtig wreef hij zijn kop langs de hoge zwarte soldatenschoenen die met paarse veters over de smalle pijpen van een zwarte fluwelen broek heen waren dichtgeknoopt.

Ze verloren geen tijd met onzin. Ruben schonk vruchtensap in en ging naast Martin in de schuifdeur zitten, er was net ruimte voor twee personen. Martin zei eerst niets, maar nadat hij met zijn vrije hand, die net zo bleek als zijn gezicht was, Igor een tijdje over zijn vacht had gestreken, vroeg hij met zachte stem waar Ruben was opgegroeid en of hij tijdens zijn jeugd wel eens contact met Jesper had gehad? Hoe dacht hij in die tijd over Jesper? Hij stelde zijn

vragen in het Engels, prima Engels. Het woord 'vader' gebruikte hij niet, alsof hij dat te veel eer voor Jesper vond. Of
hij wilde hem, Ruben, niet in verlegenheid brengen, dat
zou ook kunnen.

Hij gaf op alle vragen zo goed mogelijk antwoord, in korte, neutrale zinnen. Martin zat zwijgend te luisteren, zijn
ogen op Igor gericht.

'En hoe is het jou vergaan nadat je Jesper in de garage
had gevonden?' vroeg Ruben voorzichtig.

'Ik heb heel lang nachtmerries gehad. Steeds zag ik hetzelfde.'

Dus toch.

'Ik kreeg geen slaap meer. Op een gegeven moment was
ik zo moe dat ik een touw ben gaan kopen.'

'En toen?' vroeg hij geschrokken.

'Het kwam er niet van.'

'Hoe gaat het nu?' vroeg hij. 'Hoe slaap je?'

'Het is nu wel over.'

Hij kon Martins gezichtsuitdrukking niet zien toen hij
het zei, Martin hield zijn blik op Igor gericht, die om de
soldatenschoenen heencirkelde en zelfs af en toe een lik
over het leer gaf. Geen van beiden wisten ze nog iets te
zeggen. Martin boog weer voorover en begon Igors hoofd
te aaien.

'Je bent gek op dieren, hè? In Dragør heb ik de terriër
gezien.'

Martin knikte heftig, bijna neurotisch. Het kettinkje tussen zijn neus en oor rinkelde. De terriër leek een pijnlijk
onderwerp voor hem te zijn.

'Ik begrijp je goed, hoor,' zei Ruben. 'Voor mij zijn dieren ook heel belangrijk. We lijken op elkaar.'

Ik moet iets luchtigers aansnijden, dacht hij. Niet meer
aan Jesper refereren, de hond en Karen ook niet noemen,
dat komt later wel, zoiets moet geleidelijk gaan. Ik weet ze-

ker dat Martin en ik elkaar vaker zullen ontmoeten. Harald Moltke kan ook wachten. Hij overwoog om heel even Martins knie aan te raken, maar hij wist niet zeker of het te opdringerig zou zijn.

'Je hebt tentamenweek?' zei hij uiteindelijk.

Martin legde zijn hand onder Igors hangbuik en tilde hem op schoot, wat Igor vol welbehagen toeliet. 'Ik zit in het examenjaar. Als ik het niet haal is het wat mij betreft afgelopen met die kleuterschool. Vanmiddag heb ik een mondeling tentamen, maar ik kan het niet opbrengen om ernaartoe te gaan.'

'Enig idee wat je na je examen gaat doen?'

'Ik weet het niet. Iets met computergames of met video-animatie. Maar ik haal het toch niet. Ik kan nooit op tijd uit bed komen. Wat doe jij eigenlijk?'

Ruben vertelde het zo'n beetje. Niet de details, de grote lijnen. Martin keek ervan op, hij vond het interessant. Misschien wilde hij ook wel gaan filmen, zei hij. Hij wilde alles over de samenwerking met Hannah weten, zoiets leek hem geweldig.

'Heb jij een vriendin?'

'Nou..,' grijnsde hij, 'een tijdje geleden ging ik wel met een meisje om. We waren als broer en zus, *you know what I mean*. Ze zingt in een band. *Medieval*, *Darkambient*, dat soort muziek. Maar we zien elkaar haast nooit meer, ze is nu met een gitarist. Hoe lang ben jij met je vrouw? Of zijn jullie niet getrouwd?'

Hij gaf het antwoord enigszins besmuikt. Mensen lieten hun geliefde een contract tekenen omdat ze bang waren belazerd te worden, het bleef iets genants houden. 'We zijn inderdaad getrouwd,' zei hij. 'Om acht uur 's ochtends, met de bodes van het stadhuis als getuigen. Toen we weer buiten kwamen waren de cafés nog dicht.' Hij vertelde dat het trouwen praktische redenen had, dat Hannah en hij een film in Roemenië hadden gemaakt en dat ze er daarna altijd rekening mee hielden dat een van beiden aan ziekte, een ongeluk of geweld van buitenaf ten onder kon gaan. Een samenlevingscontract kostte geld, trouwen om acht uur was gratis.

'Maar wanneer was dat dan?'

Hij noemde het jaartal en voegde eraan toe dat Hannah en hij daarvoor ook al een hele tijd bij elkaar waren. Martin reageerde totaal anders dan hij had verwacht, hij riep: '*Cool!*'

Ruben mompelde iets over een mix van liefde, gewenning en eigenbelang. Martin reageerde er niet op, alsof hij de begrippen niet herkende. 'Dus al voordat jullie trouwden hadden jullie samen je eerste film gemaakt in Roemenië?' vroeg hij enthousiast. 'Hoe was het daar, ik wil er ook graag een keer naartoe. Hoe vond je het kasteel van Dracula, daar ben je toch wel geweest? Heb je nog iets van een vampiristische sfeer gemerkt? Wist je dat Vlad Țepeș de hoofden van zijn tegenstanders op spiezen prikte?'

De mijnwerkers in Boekarest waren twintigste-eeuwse navolgers van Vlad Țepeș, maar dat bedoelde Martin vast niet. 'Weet ik,' antwoordde hij simpel. 'Maar in dat kasteel ben ik niet geweest, we waren steeds met ons werk bezig.'

'Ik heb een site over Vlad Țepeș gemaakt,' vertelde Martin, 'voor school, voor webdesign. Hij staat online, ik had er een heel hoog cijfer voor, zal ik je het adres geven? Je kunt ook doorlinken naar filmpjes.'

Ruben pakte een pen en noteerde het webadres. Ze wisselden meteen ook e-mailadressen uit. Intussen moest hij aan het tentamen denken dat Martin vanmiddag eigenlijk had. Dat hij een heel hoog cijfer voor webdesign had gehaald, betekende dat hij 'die kleuterschool' toch echt wel aankon, dat hij een zeker talent voor nieuwe media bezat. Het zou zonde zijn als hij het examen verknalde. Het was heel begrijpelijk dat hij met school wilde kappen als hij niet slaagde, op een gegeven moment trok je het niet meer om altijd maar een eenling te zijn.

'Martin... ik wil me niet met jouw zaken bemoeien... hoe laat heb je dat tentamen precies?'

'Geen idee, mijn spullen liggen thuis.'

'Kun je niet even iemand bellen en het vragen?'

Fout gegokt. Martin liet zijn schouders hangen. 'Het interesseert me niet.'

'Maar mij wel! Weet je wat, ik breng je snel met de auto naar huis en dan pak je je spullen. Kom je misschien nog op tijd. Als je je examen haalt, zou je kunnen doorgaan in de games. Of in de videoanimatie. Ik kan je verder helpen, hier en daar ken ik wel wat mensen op dat gebied.'

Martin draaide zijn hoofd naar hem toe en keek hem voor het eerst rechtstreeks aan. Ruben zag dat hij niet alleen zwarte make-up rond zijn ogen had, hij had er ook nog paarse vlakken boven gemaakt waardoorheen een zorgvuldig aangebrachte zilverkleurige kronkellijn liep. Het kettinkje op zijn wang verraadde dat hij nog steeds trilde. '*Wow*, dat zou *cool* zijn.'

Ze maakten meteen haast. Samen deden ze Igor in zijn mand en zetten de mand vast. Martin vertelde hoe ze moesten rijden. Het was rustig op de weg, zonder problemen bereikten ze de flat. Die bleek in een wijk te staan waar vrouwen met hoofddoeken en lange jassen liepen. Een geparkeerde vrachtwagen was beklad met graffiti.

Martin verdween in het trappenhuis en kwam hijgend terug. 'Het is over een kwartier, ik kan het nog net halen.'

'Stap gauw in!'

Ze raceten weg. De school was niet ver. Ernaast puilde vuil uit een container. 'Geef je huisnummer even,' zei Ruben toen Martin uitstapte. 'Aan het eind van de middag kom ik bij je langs om te vragen hoe het is gegaan.'

Terug in het fort dacht hij lang na. 'Diep in Jesp verborgen zat een heel fijne man', hij hoorde het Karen nog zeggen. Martin was vijfentwintig. Hij leek verdacht veel op hemzelf toen hij twintig was, alleen had hij het geluk gehad dat hij Philippe tegen het lijf was gelopen, die hem paarden, geiten en varkens liet temmen. Na het mailtje uit 2001 had hij Martins Philippe kunnen worden.

Aan het eind van de middag reed hij in de richting van de flatwijk en kwam langs het Øregaard Museum. Hij keek zo lang opzij dat hij een aanrijding maar net kon voorkomen.

Bij de flat belde hij aan. Martin deed open, hij droeg nog steeds zijn fluwelen broek en de soldatenkisten. Erboven had hij iets anders aangetrokken, een zwart T-shirt met witte en oranjerode letters die de woorden *Der Untergang* vormden.

De wanden in de flat waren zwart. Het was er inderdaad een bende. Over een doorgezakte bank lag een soort kleed met letters die aan vlammen deden denken. Een strijkplank was beladen met zwarte en paarse kleren. Een poster hing aan één punaise. Maar voor het mondelinge tentamen was Martin op tijd geweest. Het was goed gegaan, hij had een voldoende gehaald. Morgenmiddag had hij weer een tentamen.

Martin zette muziek op en draaide het volume hoog. In de keuken haalde hij twee mokken tussen een stapel vuil serviesgoed uit, waste ze af en maakte intussen thee. Ruben leunde tegen de deurpost en keek toe. Nadat Martin de thee had ingeschonken en hem zijn mok had aangereikt, gingen ze luisterend naar het chaotische ritme op de bank zitten. De mokken kreeg je bij hondenvoer, thuis in Amsterdam stonden dezelfde met katten erop.

Ruben schoof dichter naar Martin toe en schreeuwde door de muziek heen: 'Ik moet je nog iets vragen.' Aan

Martins reactie kon hij zien dat hij hem verstond. 'Na Jespers dood heb je me een mailtje gestuurd. Het was in de tijd dat je nachtmerries had. Ik heb niet gereageerd. Wat vond je ervan dat je niets hoorde?'

Martin hoefde niet na te denken. Met zijn mond in de buurt van Rubens oor riep hij zijn antwoord. Ruben voelde speekseldruppeltjes. 'Ik dacht dat je net zo iemand als Marianne was.'

TOCH WEER SLAPELOOS. Morgen met Hildegard uit. Hij zag haar naakt, voelde haar lichaam, kon een zaadlozing niet tegenhouden.

Martin had verondersteld dat hij, Ruben, net als Marianne was. Marianne, de destructieve. Het was vrijwel zeker dat zij – onder het dekbed lachte hij geluidloos om de cynische constatering – ook kinine toegediend had gekregen. Ideetje van Jesper, nietwaar?

Zou het wel goed komen met Martin? Hij was er niet gerust op. De zwartgeverfde flatwanden. *Der Untergang* op het T-shirt. Dat gekochte touw. Het trillen dat maar niet wilde stoppen. Zou Martin wel vrienden hebben die hem door moeilijke momenten heen sleepten? De zangeres die op een gitarist was overgestapt vond hem vast te onzeker, te zachtaardig. Hij had een goede inborst, dat was een feit. Martin was uit zichzelf naar Charlottenlundfort gekomen, terwijl hij wist dat hij het risico nam om er met een mannelijke Marianne geconfronteerd te worden. Als Martin nou maar doorzette op school. Nog een paar maanden, dan kon hij het diploma op zak hebben. Games, videoanimatie, wie zou hij eens benaderen om Martin als betaalde stagiair te nemen? Wat kon hij verder nog voor hem doen?

EEN BESLUIT. DIT was het. Dit moest het zijn. Het kon geen dag wachten. Doorpakken.

Hij betaalde voor zijn verblijf en leverde de slagboompas in. Bij de flat parkeerde hij zo dicht mogelijk bij het trappenhuis. Hij liep naar Martins verdieping en belde aan. Het duurde lang voor de deur openging. Martin verscheen met een warrige bos haar die nog asymmetrischer was dan eerst. Hij had geen make-up rond zijn ogen. Wel droeg hij hetzelfde shirt, alsof hij erin geslapen had.

'Ik moet iets met je bespreken,' zei Ruben zonder omhaal. 'Vannacht heb ik nagedacht. Ik heb een cadeau voor je. Het gaat om Igor. Wil jij Igor hebben? Echt hebben, bedoel ik. Je mag hem houden. Hij is nu acht, hij kan nog jaren mee.'

Martin stond bewegingsloos op de drempel. Hij kon alleen maar een schor 'uh-uh' uitbrengen. Wel sperde hij zijn ogen wijd open, zodat hij diepe rimpels in zijn blanke voorhoofd kreeg. 'Ik heb nog nooit eerder een dier gehad dat helemaal van mij alleen was,' stamelde hij.

'Je voelt er dus voor?'

'Ja maar jij kunt Igor toch helemaal niet missen?'

'Het zal moeilijk worden, dat klopt wel. Zonder hem had ik deze reis nooit kunnen maken. Maar ik weet heel zeker dat jij nog meer aan hem hebt dan ik.'

Vijf minuten later liep Igor door de flat te trippelen. Het was alsof hij voor deze omgeving was gemaakt, nog nooit waren zijn witte vlekken zo fraai uitgekomen. Er was veel waaraan hij kon snuffelen. Vooral een stel sokken dat in de hal lag had zijn grote belangstelling. En in de keuken zat achter een zak afval kennelijk iets interessants.

Samen met Martin zocht Ruben de geschiktste plaats voor de kattenbak en maakte een oude kartonnen doos leeg, zodat ze er een gat in konden snijden en de doos over de bak heen kon staan. Ook liet hij Martin zien tot welk

streepje het voerbakje tweemaal daags gevuld moest worden. 'Wees gewaarschuwd, iedere morgen mauwt hij je
om halfacht uit je bed, dan wil hij onmiddellijk zijn eten
hebben.'

Hij ging naar beneden om de rest van het voer en de zakken met kattenbakvulling uit de bagagekist te halen. Het
was voor lange tijd genoeg. Nadat hij ook Igors andere
spullen naar boven had getransporteerd, zei hij tegen Martin dat hij vandaag nog uit Denemarken weg moest, maar
dat hij over een maand en bijna drie weken, wanneer hij
weer naar Nederland ging, terug zou komen om te horen
hoe het met hem ging en of het op school goed verliep.
'Bevalt Igor je niet, dan neem ik hem gewoon weer mee,
geen enkel probleem. Bevalt hij je wel, dan blijft hij bij jou,
daar kun je op rekenen.'

Igor keek geen seconde op of om toen hij de deur van de
flat uitging, hij had het veel te druk met het onderzoeken
van het gevlamde kleed op de bank. Martin liep mee naar
de auto. Het leek net of hij nu al zelfverzekerder bewoog,
energieker, vastberadener. Beneden omhelsden ze elkaar.
Ruben stapte in. Terwijl hij vanachter het stuur het zijraam
opendraaide werd hij toch weer overvallen door de angst
dat Martin hetzelfde als Jesper zou gaan doen. Kon hij wel
weg?

Onmiddellijk erna, de tekst op het T-shirt op zijn oog-
hoogte, zag hij in dat het ook wel eens diametraal anders
zou kunnen zitten, dat Martins interesse voor vampirisme
en alles wat met gothic samenhing juist op een heel natuurlijke manier het feit kon absorberen dat hij zijn vader had
moeten vinden toen die zich in de garage had opgeknoopt.
Nu Martin *into* gothic en vampirisme was, was het in zekere zin gunstig dat hij het beeld van de bungelende dode
had moeten zien en dat die gebeurtenis sindsdien bij zijn
persoonlijke historie hoorde. Wat een geweldige oplos-

sing om je in vampirisme te verdiepen nadat je je ontzielde vader met een touw om zijn nek had aangetroffen! Daarmee gaf je de gebeurtenis een plaats binnen de denkwereld die bij het vampirisme hoorde en kreeg je status, zelfs al had je niemand om erover te vertellen en kreeg je die status alleen binnen je eigen gedachten.

Hij startte en reed naar het eind van de straat om te keren. Daar stopte hij, haalde de map met cd's uit het dashboardvak en pakte de meest geschikte cd die hij had, *Highway to Hell* van AC/DC, nog met Bon Scott als zanger.

Hij liet de schijf in de speler verdwijnen, draaide ook het raam aan de passagierskant open en reed stapvoets langs Martin. Toen hij vlak bij hem was zette hij AC/DC op het hoogste volume en passeerde hem in een zware vlaag van geluid, zijn linkerarm zwaaiend uit het raam. Martin herkende de muziek uiteraard. Hij grijnsde breed en stak zijn beide duimen waarderend omhoog.

Op het kruispunt waar hij moest kiezen tussen teruggaan naar Hellerup of naar het oosten rijden twijfelde hij toch nog zo lang dat er achter hem geclaxonneerd werd. Toen koos hij resoluut voor het oosten. Vannacht, terwijl hij aan Hildegard dacht en ze als het ware bij hem in bed lag, bleef dat niet beperkt tot één aspect, het had zich uitgestrekt tot haar hele persoonlijkheid, of in ieder geval tot de persoonlijkheid die hij haar toedichtte. Als ze die werkelijk bleek te hebben, dan zou daar verdriet uit voortkomen voor hun alle drie, heel veel verdriet. Teleurstelling over een niet nagekomen afspraak was makkelijker te overwinnen.

Tien minuten later zoefde hij over de nieuwe, vrijwel onafzienbare brug naar Malmø. Links en rechts strekte het gladde water van de Oostzee zich uit. Er waren weinig andere automobilisten.

Hij reikte naar de cd-speler en spoelde terug naar het eerste nummer. De legendarische beginakkoorden. *Livin'*

easy / livin' free / season ticket on a one-way ride. Er zat een ga-
loppeerritme in dit nummer. Hij veerde op en neer en liet
zijn hoofd meegaan met de beweging. Vanavond sliep hij
wel ergens op een parkeerplaats. Dan een week of wat in
zijn eentje door Zweden zwerven. De boot naar Tallinn
nemen. Bij Peeter thuis Ests bier drinken en haring met
room eten. Dan eindelijk, eindelijk Hannah van het vliegveld halen. Haar tegen zich aan drukken, haar ruiken, haar
smaak proeven. 'Een mix van liefde, gewenning en eigenbelang', hoe kwam hij erbij. Hannah! Zijn externe funda-
ment. Een zekere mate van onvrijheid was nodig tussen
twee mensen, die gaf je bestaan de stevigheid waardoor je
overeind bleef, dat had hij tegen Martin moeten zeggen.
Samen optrekken, samen eenzaam zijn. Je veilig voelen.

Hij gaf meer gas. Met Hannah door de dichte bossen
naar Käsmu. Daar slapen, eindelijk samen slapen, een hele
maand lang samen slapen. Als je je vijfentwintig jaar lang
naast elkaar durfde over te geven aan de slaap, kleurde je eigen wezen zich met het wezen van de ander. Je kreeg er
een vollere ziel door, zou je bijna kunnen zeggen. Zoiets
lukte niet gauw een tweede maal.

Achter hem bleef het stil. Hij galoppeerde nog verender
op en neer, alsof hij alvast iets anders aan het doen was. Ja,
dat eerst, dat meteen. Daarna zou hij Hannah alles vertellen, ook over Martin. Martin, zijn broer, hij had een broer
gekregen! Martin, die het *cool* vond dat er met hem te praten viel, dat hij films maakte, dat hij iets van muziek wist,
dat hij al zo lang met haar samen was. Met Igors hulp haalde Martin zijn examen vast toch. Als ze op de terugweg
over Kopenhagen reden, konden Hannah en hij Martin
uitnodigen om in de zomervakantie naar Amsterdam te
komen. Eventueel zouden ze hem kunnen meenemen
naar Bulgarije, daar zou hij ook veel van kunnen leren. Een
cursusje vooraf, dan kon hij mee als geluidsman.

I'm on a highway to hell / on the highway to hell / highway to hell. Hij zong het hard mee. Vals, een halve octaaf te laag, die Scott had een veel groter bereik.

'Nobody's gonna slow me down / nobody's gonna mess me around / And I'm goin' down all the way.'

Hij zette de muziek af, sperde zijn mond open en begon te balken.